U0091108

古典文獻研究輯刊

二九編

第 **12** 冊

文學微區位論視域下的清代虎丘地區詩文研究（上）

殷虹剛 著

國家圖書館出版品預行編目資料

文學微區位論視域下的清代虎丘地區詩文研究（上）／殷虹剛 著 -- 初版 -- 新北市：花木蘭文化事業有限公司，2024〔民113〕
目 6+170 面；19×26 公分
（古典文學研究輯刊　二九編；第 12 冊）
ISBN 978-626-344-562-8（精裝）
1.CST：清代文學 2.CST：文學評論 3.CST：區域研究
820.8　　　　　　　　　　　　　　　　112022460

ISBN-978-626-344-562-8

9 786263 445628

古典文學研究輯刊
二九編　第十二冊　　　　　　ISBN：978-626-344-562-8

文學微區位論視域下的清代虎丘地區詩文研究（上）

作　　者　殷虹剛
總 編 輯　杜潔祥
副總編輯　楊嘉樂
編輯主任　許郁翎
編　　輯　潘玟靜、蔡正宣　美術編輯　陳逸婷
出　　版　花木蘭文化事業有限公司
發 行 人　高小娟
聯絡地址　235 新北市中和區中安街七二號十三樓
　　　　　電話：02-2923-1455／傳真：02-2923-1452
網　　址　http://www.huamulan.tw 信箱 service@huamulans.com
印　　刷　普羅文化出版廣告事業
初　　版　2024 年 3 月
定　　價　二九編 21 冊（精裝）新台幣 56,000 元　　版權所有・請勿翻印

文學微區位論視域下的清代虎丘地區詩文研究（上）

殷虹剛　著

作者簡介

殷虹剛，字仲和（趙杏根先生所取），1979 年生，江蘇江陰人。2004 年於蘇州大學獲文學碩士學位，師從曹林娣先生；2020 年於蘇州大學獲文學博士學位，師從趙杏根先生。現任教於蘇州城市學院城市文化與傳播學院，副教授，中國文學地理學會理事。研究方向：文學地理學、清代文學、蘇州歷史文化，曾發表《中國文學地理學研究的五個學術發展空間》《論清代楓橋詩歌中的類型化地理意象》《「虎丘劍池」石刻考》等論文。

提　　要

　　本書分為上、中、下三編。

　　上編：基於普遍存在的文學活動空間分布的非均質現象和大量文學地理學實證研究成果，借鑒人文地理學的區位論，首次提出並闡述文學區位的概念和理論。文學區位研究分為宏觀、中觀和微觀三個尺度，其中文學微區位研究立足具體的地理環境，能有效融合「空間中的文學」和「文學中的空間」研究。

　　中編：採用典型調查法，對《清代詩文集彙編》中蘇州詩文的空間分布情況進行統計和分析，揭示清代虎丘地區在蘇州空間系統中的樞紐地位。進而從文學微區位條件的視角，剖析清代虎丘地區地理資源的豐富程度、具體內容、知名程度、位置特徵和交通條件等因素，與其文學微區位優勢之間的關係。

　　下編：從文學微區位因子的視角，解讀清代虎丘地區詩文對地理資源的文學書寫，揭示作家、作品與地理之間的多重互動關係。地理資源能影響詩文的創作與傳播，詩文也能豐富地理資源的歷史文化內涵，現實中詩文有時甚至對地理資源具有反作用。

　　本書上編側重理論研究，中編側重實證研究，下編側重闡釋研究。中編和下編互為表裏，是對上編提出的文學區位和文學微區位相關概念和理論的運用和驗證。

目

次

緒　論

　　文學地理學作為一門新建學科，文學與地理環境的關係是其研究對象，融合文學與地理學的跨學科研究是其研究範式。在學術界前輩和同仁的辛勤耕耘下，國內文學地理學在實證研究方面已取得了大量成果，在理論研究方面也頗有建樹，甚至有學者開始關注對文學地理學的應用研究。可以說，文學地理學在以文學史為主的傳統文學研究之外開闢了一個嶄新而廣闊的學術空間。

　　本書在中國文學地理學的發展背景下，根據現有研究成果，借鑒人文地理學的區位論，首次提出並闡述文學區位論和文學微區位論，並用來指導對清代虎丘地區在蘇州的文學微區位研究，力求實證研究結合理論研究，為國內文學地理學的創新和發展盡綿薄之力。

一、相關研究成果述評

　　本書的文學區位論和文學微區位論，是在中國文學地理學的發展背景下提出的，這發展背景包括實證研究和理論研究兩個方面。因此，本書需要對文學地理學學科的發展史進行簡要回顧和述評。需要說明的是，因為我所學是中國古代文學專業，研究主題是以虎丘地區為中心的清代詩文中的蘇州文學地理，受到專業方向、研究內容和自身知識結構的局限，我在回顧和述評時將以中國文學地理學的發展史為主。

（一）三篇關於文學地理學發展史的重要文獻

　　文學地理學這一概念由德國哲學家康德於 18 世紀中葉在著作《自然地理學》中首次明確提出，但文學地理學的思想雛形在康德之前早已有之。國內學

術界對於文學地理學漫長的發展歷史已經有較為全面系統的梳理，代表作有陶禮天先生的《略論文學地理學的過去、現在和未來》、曾大興先生的《文學地理學學術史略》和梅新林先生的《文學地理學的成長歷程》。這三篇文獻以國內外大量文學地理學的研究成果為基礎，既有史的客觀描述，也有論的深刻闡述，各有側重，各具特色，綜合起來已經對文學地理學發展史作了非常精彩到位的總結。學術界前輩珠玉在前，故我不再狗尾續貂，而是通過對這三篇關於文學地理學發展史的重要文獻作簡要介紹，以代本書對文學地理學學科發展史的回顧。

陶禮天先生是國內較早進行文學地理學理論研究的學者，其《略論文學地理學的過去、現在和未來》一文發表於 2012 年第 1 期的《文化研究》，根據李偉煌輯錄的《文學地理學論著目錄索引》〔註 1〕，可知這是國內最早對文學地理學發展史進行綜述的論文。該文除開頭「小引」和結尾「餘論」外，中間「文學地理學的理論構建與存在問題」「西方與中國：文學地理學的產生」「景觀、景觀學與文學地理學的未來」和「空間風格與時間風格」等四個部分為主體，從不同方面對文學地理學發展史做了回溯。該文的著眼點是論述中國文學地理學的發展歷史和趨勢，但作者跳出中國局限，放眼全球，在國內學術界首先關注到中西方文學地理學在發展過程中的相互影響和相互借鑒。這主要體現在三個方面：首先，西方文學地理學在產生的源頭上受到中國的影響。法國 18 世紀啟蒙思想家孟德斯鳩在《論法的精神》中首倡文學地理學言論，討論氣候對文學藝術的影響，他在書中注意到了中國典籍中有大量資料記載北方和南方氣候冷熱不同、北方人勇敢而南方人怯懦的南北差異現象。也就是說，「中國古代有關南北地理自然環境論、南北方之人的異同論，對孟德斯鳩建立他的學說也有一定影響」〔註 2〕。而孟德斯鳩《論法的精神》直接影響了後來斯達爾夫人、丹納、蒂博岱等人相繼進行有關文學與地理關係的研究，討論歐洲南北文學與文學地域問題。發展至 20 世紀 40 年代，迪布依出版《法國文學地理學》，費雷出版《文學地理學》，西方文學地理學終於在法國正式創立。其次，20 世紀初中國文學地理學的發展受到西方的影響。1902 年梁啟超在流亡日本

〔註 1〕 李偉煌：《中國文學地理學論著的數理統計與分析》附錄，廣州大學，2012 年碩士學位論文。

〔註 2〕 陶禮天：《略論文學地理學的過去、現在和未來》，《文化研究》第 12 輯，社會科學文獻出版社 2012 年版，第 269 頁。

期間撰寫了《中國地理大勢論》，在文中首次明確提出「文學地理」概念，而「梁啟超提出『文學地理』這個概念及其研究理路，當是受到孟德斯鳩《論法的精神》和當時日本譯介西方人文地理學有關」〔註3〕。再次，20世紀80年代以來，受西方新文化地理學的迻譯、輸入的影響，中國文學地理學重新開始復興，袁行霈、嚴家炎、滕守堯、章培恒、王水照等學者紛紛發表文學地理學方面的重要論著。另外，經過對中西方文學地理學發展現狀的比較研究，作者提出中國文學地理學未來的發展要借鑒西方的空間轉向，將研究的中心與重心轉到景觀學上來。作者詳細考察了「景觀」一詞在中國古典文獻中的意義演變，為西方的景觀學在中國生根發芽尋找本土理論依據，以達到融合中西的目的。陶禮天先生的這篇文章雖名曰「略論」，闡述不是很詳盡，體系也不是很嚴謹，但是，作為國內第一篇對中西文學地理學發展史進行較為系統論述的文章，表現出融通中西的學術視野和理論高度，而且對文學地理學史料多有挖掘，篳路藍縷，以啟山林，善莫大焉。

　　曾大興先生的《文學地理學學術史略》是一篇五萬多字的長文，以附錄形式收錄在其著作《文學地理學概論》中，2017年3月由北京商務印書館出版。早在2012年曾大興先生就發表了論文《建設與文學史學科雙峰並峙的文學地理學科——文學地理學的昨天、今天和明天》，從副標題可以看出，該文包含對文學地理學研究的歷史和現狀的總結。不過，曾大興先生當時在文中認為「國外沒有文學地理這個學科」〔註4〕，所以並未涉及西方文學地理學的發展。而在《文學地理學學術史略》中，作者已將研究文學地理學發展史的目光從中國擴展至世界，依次論述了「文學地理學在中國的三個發展階段」「文學地理學在國外的三個主要板塊」和「文學地理學學科在中國誕生的原因」三個部分。從文章篇幅來看，所論最詳的是第一部分。在第一部分中，作者將中國文學地理學發展史分為片段言說、系統研究、學科建設三個階段，其劃分依據是三個標誌性事件：公元前544年的季札觀樂、1905年劉師培發表《南北文學不同論》、2011年中國文學地理學會的成立〔註5〕。作者較為詳細地梳理了中國文

〔註3〕陶禮天：《略論文學地理學的過去、現在和未來》，《文化研究》第12輯，社會科學文獻出版社2012年版，第268頁。

〔註4〕曾大興：《建設與文學史學科雙峰並峙的文學地理學科——文學地理學的昨天、今天和明天》，《江西社會研究》2012年第1期。

〔註5〕曾大興：《文學地理學概論》，北京商務印書館2017年版，第367頁。

學地理學在片段言說階段的發軔對後世發展的影響，例如：春秋時期「季札觀樂」是中國文學地理學發展史上最早的文學地理學批評，採用的方法就是「區域研究法」；東漢班固在《漢書・地理志》中的文學地理學批評體現了「史學家的『實錄』精神，開啟了文學地理學的『徵實』方法」〔註6〕；南梁劉勰《文心雕龍》在前人的基礎上進一步採用了區域比較法。另外，作者在學科建設階段全面總結了 20 世紀 90 年代以後中國文學地理學的發展，將該階段中國文學地理學的研究內容概括為五個方面：一是文學家的地理分布之研究，二是文學作品的地域特徵與地域差異之研究，三是文學與地域文化之關係研究，四是地域性文學流派、文學群體之研究，五是其他相關問題之研究。作者在文中臚列了這五個方面研究的代表性著作，並指出這些研究成果與之前的系統研究階段相比，「在實證研究方面做了更多、更系統、更紮實的工作……多以具體的考證、統計和文本細讀為基礎」〔註7〕。縱觀《文學地理學學術史略》全文，作者在全球視野中考察了中國文學地理學的發展歷程，通過比較認為「中國的文學地理學研究在世界上是最早的」〔註8〕，文學地理學「這個學科是在中國本土產生的」〔註9〕，具有強烈的中國本土情懷，為中國文學地理學的學科建設鼓與呼。

梅新林先生的「文學地理學的成長歷程」是《文學地理學原理》的第一章，該書由中國社會科學出版社於 2017 年 12 月出版。早在 2010 年梅新林先生即發表了《世紀之交文學地理研究的進展與趨勢》〔註10〕，不過該文主要是對 20 世紀 80 年代至 21 世紀初中國文學地理學的研究情況進行總結，對中國古代、20 世紀早期和中期文學地理學研究的歷史進程言之簡略，同樣未涉及西方文學地理學。而在「文學地理學的成長歷程」中，作者已將中西文學地理學的發展史並置，分為四個階段，即：中希發軔時期、中國軸心時期、西方軸心時期、中西並盛時期。與前面兩位學者不同的是，在「中希發軔時期」部分，梅新林先生將中國與古希臘作為世界文學地理學的兩大發源地，古希臘擅長描述地理學，而中國擅長對文學經典展開地理學闡釋。作者也認為春秋時期的季札觀

〔註6〕 曾大興：《文學地理學概論》，北京商務印書館 2017 年版，第 375 頁。
〔註7〕 曾大興：《文學地理學概論》，北京商務印書館 2017 年版，第 403 頁。
〔註8〕 曾大興：《文學地理學概論》，北京商務印書館 2017 年版，第 447 頁。
〔註9〕 曾大興：《文學地理學概論》，北京商務印書館 2017 年版，第 412 頁。
〔註10〕 梅新林：《世紀之交文學地理研究的進展與趨勢》，《浙江師範大學學報》（社會科學版）2010 年第 3 期。

樂「開啟了文學地理學批評之先聲」〔註11〕。中希發軔之後，西方文學地理學進入衰落期，而中國文學地理學「長時期地以一枝獨秀的優勢牢牢佔據了世界軸心地位」〔註12〕。在「中國軸心時期」部分，作者從史志、文論、集序和專題論著這四種載體中，總結出詩騷地理論、江山之助論、南北比較論和地方文學論這四大主題。而從18世紀初，世界文學地理學的發展轉入西方軸心時期。在「西方軸心時期」部分，作者又將西方文學地理學的發展分為18世紀的理論奠立、19世紀的多元探索和20世紀前期的正式誕生三個階段。作者認為，20世紀「40年代，法國奧古斯特·迪布依《法國文學地理學》、安德烈·費雷《文學地理學》的相繼出版，標誌著文學地理學終於率先在法國走向獨立和正式產生」〔註13〕。在接下來的「中西並盛時期」部分，作者首先指出「從20世紀之初開始，中國文學地理學界經由日本的『中介』途徑，在重點借鑒西方『地理環境決定論』等現代地理學理論與融合傳統地理學成果的基礎上實現了現代轉型」〔註14〕，並概述了五個方面的表現。繼而作者先後對20世紀後期以來西方和中國文學地理學的發展盛況進行了較為詳細的論述。除「文學地理學的成長歷程」專章外，《文學地理學原理》第二章第一節之「『文學地理學』的概念變遷」部分，也涉及對中西方文學地理學發展史的論述，作者指出：「從觀念史（history of ideas）的角度略加梳理，中西『文學地理學』的概念變遷無不相似之處，但彼此明顯存在著一定的時空差」〔註15〕。縱觀書中對文學地理學發展史的論述，作者放眼世界，包容並蓄，「鎔鑄中西學術傳統與研究成果，主動對接並融入世界學術譜系」〔註16〕，表現出宏闊的國際學術視野，實現了對中西文學地理學的超越。

　　三位學術界前輩對於中外文學地理學發展史的論述，建立在對大量既有

〔註11〕梅新林、葛永海：《文學地理學原理》，中國社會科學出版社2017年版，上卷，第61頁。

〔註12〕梅新林、葛永海：《文學地理學原理》，中國社會科學出版社2017年版，上卷，第66頁。

〔註13〕梅新林、葛永海：《文學地理學原理》，中國社會科學出版社2017年版，上卷，第104頁。

〔註14〕梅新林、葛永海：《文學地理學原理》，中國社會科學出版社2017年版，上卷，第120頁。

〔註15〕梅新林、葛永海：《文學地理學原理》，中國社會科學出版社2017年版，上卷，第156頁。

〔註16〕潘德寶：《文學地理學的理論奠基》，《中華讀書報》2019年2月27日，第10版。

研究成果的總結基礎上，光論著資料的搜集整理過程就必定耗費了大量時間和心血，實在令我輩感佩。這三篇重要文獻都認為，中國文學地理學發軔早，在漫長的發展過程中取得了豐碩的研究成果，形成了自己的傳統，尤其是 21世紀以來，中國文學地理學進入學科自覺階段，開始建設成為一門與傳統文學史學雙峰並峙的新學科，共同構築起一個文學研究的時空座標系。

中國幅員遼闊，地形地貌複雜多樣，有五十六個民族，地域文化多姿多彩，加上各地的社會、經濟發展水平又不均衡，這些不同的自然地理和人文地理必定會影響中國各地區過去、現在和未來的文學發展，這就為文學地理學提供了異常豐富的研究資源和極其廣闊的發展舞臺。先天的學科發展優勢，中國文學地理學悠久的發展歷史，古代典籍中豐富的文學地理學思想資源，再加上學術界齊頭並進、紮實創新的研究態度，因此我們相信，中國文學地理學具有廣闊而光明的發展前景。正如提出「重繪中國文學地圖」命題的楊義先生所言：「文學地理學是一個極具活力的學科分支，是一片亟待開發的學術沃土」〔註17〕。

二、研究思路與方法

（一）研究思路

本書分為上編、中編和下編三個部分。

上編標題為「文學區位與文學微區位的概念和理論」，共有兩章。

第一章，第一節將介紹人文地理學中區位和微區位的概念與理論，以表明本書提出的文學區位論和文學微區位論源自對地理學成熟理論的借鑒。第二節，首先將正式闡釋文學區位論，其中包括文學區位、文學區位條件、文學區位因子和文學區位的空間結構等概念。其次將借鑒地理學中的「尺度」概念，闡述文學微區位的概念，並通過具體的案例來說明文學微區位與文學宏觀區位、中觀區位之間的聯繫與區別，以展示文學微區位的獨特價值。第三節，將探討文學區位論與區位論之間的區別，通過比較說明文學區位論的提出雖然受到區位論的啟發，但是文學區位論以文學為本位，屬於文學地理學範疇。第四節，將結合具體的案例闡述文學區位所具備的系統性、層級性、差異性和動態性等四個基本特徵。第五節，將討論文學區位論四個方面的理論價值，即：強調文學地理學研究的「尺度」，強調「文學區位因子」的作用，強調不同文學活動空間之間的比較研究，強調對「空間中的文學」與「文學中的空間」的

〔註17〕楊義：《文學地理學會通》，中國社會科學出版社 2013 年版，第 37 頁。

融合研究。

　　第二章，第一節將介紹文學區位論的五種主要研究方法，即數據統計法、
繫地法、圖表法、比較分析法和文地互釋法。第二節，將簡要闡述文學區位論
研究的十個方面的內容，即：文學家空間分布的文學區位問題、文學家族空間
分布的文學區位問題、文學社團空間分布的文學區位問題、文學家集會空間分
布的文學區位問題、文學家流動空間分布的文學區位問題、文學作品空間分布
的文學區位問題、文學傳播的文學區位問題、文學接受的文學區位問題、文體
的文學區位問題、文學區位的變化問題。對這十個方面內容的敘述將結合現有
的研究論著展開，以證明文學區位論的這些研究內容並非來自邏輯上的演繹，
而是來自對具體研究成果的歸納。第三節，將分析曾大興先生的《中國歷代文
學家之地理分布》、李德輝先生的《唐代交通與文學》和梅新林先生的《中國
文學地理形態與演變》這三本著作中蘊含的文學區位論思想，來展示文學區位
論的典型研究案例，以表明文學區位論的概念和理論並非生搬硬造，早已有學
者在研究中不自覺地運用，本書首次系統提出文學區位論思想，是以前人的實
證研究為基礎的。

　　本書題為《文學微區位論視域下的清代虎丘地區詩文研究》，因此上編是
全書的理論根基，為避免因理論的抽象性帶來敘述的空洞感，將儘量結合已有
的相關論著和具體的文學地理學研究案例來展開闡述。

　　中編標題為「空間中的詩文：對清代虎丘地區文學微區位的定量研究」，
共有四章。

　　第三章，將把清代由三縣（吳縣、長洲、元和）、兩廳（太湖廳、靖湖廳）
構成的蘇州作為一個大的空間系統，以蘇州城區為中心，按照一定的原則把蘇
州分為九個二級空間，即：蘇州城區、金雞湖地區、澹臺湖地區、虎丘地區、
石湖地區、靈巖山地區，鄧尉山地區、太湖地區、陽城湖地區。然後對這九個
二級空間的主要地理資源進行說明，以展示下文進行「以文繫地」詩文統計的
依據。

　　第四章，首先將採用典型調查的方法，按照蘇州本土、蘇州下轄縣、僑寓
蘇州和任職蘇州這四種情況，從《清代詩文集彙編》中選取 387 位作家，對其
詩文集中與蘇州有關的詩文進行爬梳整理，然後把所得詩文按照九個二級空
間進行繫地歸類。需要說明的是，本書所統計的蘇州「詩文」指在《清代詩文
集彙編》中占絕對主體的古體詩、近體詩、詞和散文，並不包括零星的賦等文

體。其次，將以表格的形式呈現對蘇州詩文繫地歸類的具體統計數據。一共有五張表格，前四張是對蘇州本土作家、蘇州下轄縣作家、僑寓蘇州的外地作家、任職蘇州的官員作家這四類作家群體的詩文繫地統計詳表，最後一張是清代蘇州詩文繫地統計總表。這五張統計表是開展對蘇州空間系統中九個二級空間文學微區位關係定量研究的基礎。

第五章，將全面深入地分析這五張清代蘇州詩文繫地統計表的數據，以考察清代虎丘地區在蘇州空間系統中的文學微區位情況。在具體的量化分析過程中，首先，將從共時性視角，分別考察清代蘇州詩文空間分布情況、創作作家空間分布情況、作家群體創作詩文數量的均值和中位數情況，然後綜合判斷蘇州空間系統中九個二級空間文學微區位關係；其次，將從歷時性視角，把清代分為前期、中期和後期三個時期，分別考察蘇州詩文清代分期總體空間分布情況和蘇州本土作家、下轄縣作家、僑寓作家、官員作家這四類作家群體的蘇州詩文清代分期空間分布情況，以分析清代虎丘地區在蘇州空間系統中文學微區位的分期變化。經過多角度、多層面的量化分析，可以看到，在清代蘇州空間系統中，虎丘地區具有突出的文學微區位優勢。

第六章，首先將從五個方面對九個地區的地理資源展開分析，剖析這九個地區所具有的優劣不同的文學微區位條件，以對第五章中所得出的蘇州空間系統中九個二級空間的文學微區位關係作出解釋。其次，將對清代虎丘地區文學微區位條件進行專題分析，一方面，將進一步理解為何清代虎丘地區在蘇州空間系統中具有突出的文學微區位優勢；另一方面，將解釋清代虎丘地區文學微區位發生歷時性變化的原因。經過對九個地區文學微區位條件的系統分析，最終認為，在清代蘇州空間系統的九個二級空間中，虎丘地區處於文學微區位的樞紐地位，這種樞紐地位主要表現在交通和文化這兩個方面。

整個中編，主要以文學產生的外部空間與文學作品地理分布之間的關係為研究對象，屬於對「空間中的文學」的研究。其中，蘇州空間系統中九個二級空間的詩文數量和創作作家人數的地理分布情況是表象，而九個二級空間地理資源的位置特徵、具體內容、豐富程度等是影響表象的內在本質。

中編從蘇州詩文的空間分布來考察清代虎丘地區在蘇州的文學微區位，採用的是定量研究的方式，但嚴格來說，蘇州詩文的空間分布情況與虎丘地區等九個二級空間之間只是存在一種相關性，中編的研究更多是描述性的，而非因果關係的解釋。或者可以說，虎丘地區等九個二級空間為清代作家創作蘇州

詩文提供了一種可能性，但是，這種可能性的關聯最終要獲得更具說服力的印證，還需要從作家創作的詩文內部來尋找答案。如果把清代蘇州詩文的空間分布看作蘇州文學地理在外在數量上的表徵，那清代作家在詩文中對蘇州九個二級空間的文學書寫才是內在質性上的具體體現。因此，以中編為基礎，本書下編將通過解讀清代蘇州詩文的文本，繼續深入探討清代蘇州空間系統中虎丘地區的文學微區位問題，以深入剖析文學微區位論視域下地理與文學之間的關係。

下編標題為「詩文中的空間：對清代虎丘地區文學微區位的定性研究」，共有四章。

第七章，將主要闡述「地理意象」這個概念，為後面對清代虎丘地區詩文的具體解讀和闡釋提供理論支持。清代蘇州作家在傳統「江山之助」論的基礎上，提出「江山助人必於遊得之」的觀點，將遊覽視為地理與文學之間的橋樑。地理資源作為客觀存在，經作家「默契神會」的遊覽後，寫入文學作品，即從外在物象變為內在意象，成為「地理意象」。其中「類型化的地理意象」值得注意，因為這種地理意象反映了不同作家的審美共性，並將影響後來作家的地理感知與文學表達。

第八章，主要揭示地理區位對清代虎丘地區離別詩的影響。虎丘地區地處運河要衝，交通便捷，因此成為清代蘇州人餞行的碼頭。這種現實地理區位反映在文學中，即是數量眾多的虎丘地區離別詩。經反覆的文學書寫後，虎阜山塘甚至演變成一個被抽離實際環境特徵、代表離別的符號化的地理意象。另外，通達南北的地理區位特徵也讓虎丘地區的離別詩具有一種空間敞開性。這些特徵是蘇州空間系統中其他地區的詩文所沒有的。

第九章，將主要探討虎丘地區人文地理資源對清代詩歌的影響。首先是唐張繼《楓橋夜泊》對清代詩歌中楓橋和寒山寺書寫的深遠影響。張繼《楓橋夜泊》聲名遐邇，以至清代詩人們遊覽楓橋和寒山寺時形成了一種「感知定向」，詩歌中存在明顯的類型化的地理意象。其次是崇禎年間舉行的三次復社虎丘大會，為虎丘注入了獨特的政治和歷史文化內涵。明清易代後，復社成員無論是遺民詩人，還是仕清詩人，詩歌中均表現出或隱或現的亡國之悲，「以樂景寫哀」是這些詩歌共同的藝術特色。再次，虎丘地區因闔閭墓、劍池、生公講臺、真娘墓、五人墓、懷杜閣等眾多歷史名蹟，對清代作家的文學書寫產生多方面的影響，展現出地理資源與文學之間豐富的互動關係。最後，將從文學微

區位論視域揭示地理資源與文學之間的三種互動關係：詩文能豐富地理資源的文化內涵，而人文地理資源能影響詩文創作與傳播，有時在現實世界中文學甚至對地理資源具有反作用。

第十章，將首先呈現清代詩文對虎丘地區玩月、冶遊、競渡、花市等民俗和市廛的書寫，然後揭示這些詩文中隱藏的三組對立的觀念，即：清遊與俗遊的遊覽觀，奢靡與儉樸的消費觀，養花與植麻的經濟觀。這三組觀念截然相反，卻又都在書寫虎阜山塘盛況的詩文中有明顯的體現，這種對立與統一，歸根結底，與虎丘地區兼具城市、山林、農村等多種地理環境特徵有關。正是虎丘地區的這種多重屬性，形成了詩文主題的多元性。

下編部分在闡述過程中，將涉及有關虎丘地區的大量清代詩文，不過這些詩文可以通過地理意象進行繫地歸類。在中編的論述中，地理資源影響作家的遊覽和創作，進而影響詩文數量和創作作家的空間分布。而在下編的論述中，地理資源經作家寫入詩文後，成為地理意象，其中一些類型化的地理意象豐富或強化了地理資源的文化內涵，又對後來作家的地理感知和文學表達產生影響。由此，地理與文學之間呈現出一種相互影響、循環發展的關係。而文學與地理之間的這種互動關係，在宏觀視野中容易被忽視，只有在文學微區位的視域下才能被清晰揭示。

總體而言，本書上編側重理論研究，中編側重實證研究，下編側重闡釋研究。中編和下編互為表裏，共同論證文學微區位論視域下清代虎丘地區在蘇州空間系統中具有的樞紐地位，同時中編和下編也是對上編提出的文學區位和文學微區位相關概念和理論的運用和驗證。

（二）研究方法

研究方法由研究內容、研究思路和研究目的等決定。文學地理學具有跨學科屬性，需要融合運用地理科學的實證方法與文學批評的闡釋方法。為更好地考察清代虎丘地區在蘇州的文學微區位問題，本書主要綜合運用了以下四種研究方法。

1. 以文繫地法

本書主要考察清代蘇州詩文的空間分布與文學作品對虎丘地區等空間的文學書寫情況，因此，對文學作品的以文繫地是本書最基本的一個研究方法。在開展具體的研究之前，為獲得第一手的研究資料，本書對《清代詩文集彙編》

中相關作家的大量文學作品進行了爬梳，然後將其中的蘇州詩文按照不同的地區進行歸類。這個文獻整理的基礎工作涉及以文繫地的兩個步驟：第一步，對蘇州進行較為科學合理的空間劃分，以構建一個由多個二級區域組成的空間系統，為後面的詩文繫地和數據比較打基礎。這其中涉及對蘇州各地區山丘、湖泊、河道、寺廟、園林、古蹟等具體地理資源的掌握，這些地理資源主要通過閱讀《同治蘇州府志》《虎阜志》《寒山寺志》《桐橋倚棹錄》等清代地方志和實地考察得來。第二步，在閱讀文獻的過程中，將那些書寫蘇州地理空間的詩文識別出來，並進行繫地的歸類和記錄。這個以文繫地的文獻整理過程雖然漫長而繁瑣，但非常重要，讓我對清代蘇州詩文形成了較為系統的認識和具體的文本感知。

2. 數據統計法

本書中編主要是對清代蘇州詩文空間分布情況的數量考察，因此，數據統計是本書採用的一個重要研究方法。本書採用典型調查的方法，以《清代詩文集彙編》中蘇州本土作家、下轄縣作家、僑寓作家和官員作家這四類作家的詩文集為數據統計對象。在前期以文繫地的文獻整理基礎上，本書以表格的形式呈現對蘇州詩文空間分布情況的數據匯總。在設計表格時，除考慮繫地的空間因素外，還考慮到作家出生先後的時間因素。一方面，表格按照虎丘地區等九個二級空間橫向展示每位作家的詩文數量，另一方面，表格中還按照出生年份對作家進行縱向排列，為歷時性的分析數據提供方便。另外，本書還以分表和總表的形式對數據進行了詳略不同的呈現。不過這些客觀數據的匯總只是數據統計的第一步，對數據進行分析處理才是關鍵。在數據分析的過程中，本書使用「均值」「極大值」「中位數」等統計學的基礎概念和方法，努力讓數據「說話」，挖掘數據背後對研究有用的信息，最終通過闡釋揭示這些信息所反映的清代虎丘地區文學微區位情況。通過對數據的匯總和分析，本書將努力呈現清代蘇州詩文空間分布情況的靜態表現和動態變化、整體面貌和區域差異。

3. 區域比較法

「區域比較法是地理學傳統的、基本的研究方法。它的依據是：建築在任何區域的地理特徵大都是相對的，通過比較而存在的……區域比較法是認識區域差異的一種研究方法，是橫向比較中常見的一種形式」〔註18〕，本書將蘇

〔註18〕過寶興編：《地理調查研究方法》（第二版），高等教育出版社 2001 年版，第145 頁。

州視為一個由九個二級空間構成的空間系統，虎丘地區的文學微區位只有在這個空間系統中通過與其他地區進行比較才能得到凸顯，因此，區域比較法是本書的一個重要研究方法。本書將對虎丘地區、蘇州城區等九個二級空間的自然地理和人文地理特徵展開比較，發現不同地區之間的差異性，探討不同地區特徵與蘇州詩文空間分布之間的聯繫。對於本書來說，地理學傳統的區域比較法是一塊基石，但重要的不是發現不同地區之間的差異，而是從「地理」出發向「文學」攀登，發現蘇州詩文空間分布與地區特徵之間的關聯，探求影響虎丘地區文學微區位的文學區位條件，而這也是研究過程中文學地理學跨學科屬性的重要體現。

4. 文本分析法

所謂文本分析法，即鄒建軍先生提出的「文本解析」〔註19〕，梅新林先生提出的「文本分析」〔註20〕，曾大興先生提出的「空間分析」〔註21〕。三位學者都強調文本分析法，可見文學地理學研究過程中對文學作品中地理空間的分析和解讀的重要性。本書下編主要考察清代蘇州詩文對虎丘地區的文學書寫，以探求影響虎丘文學微區位的文學區位因子，因此文本分析法是一種關鍵的研究方法。本書將分別考察清代蘇州詩文對虎丘地區的商業、民俗、歷史、宗教等方面的書寫，而這些方面在詩文中表現為街市、賞月、競渡、古蹟、寺廟等具體的物象或事象，因此，在詳細的文本分析過程中，本書將關注對虎丘地區詩文中「地理意象」的研究。張偉然先生認為：「地理意象就是對地理客體的主觀感知」〔註22〕，通過分析詩文中虎丘地區的各類「地理意象」，正可以窺見文學作品中隱藏的文學家對虎丘地區的審美標準、價值取向和主觀選擇，而這正可以體現影響虎丘地區文學微區位的文學區位因子。

最後，我要坦率承認，在從確定題旨到撰寫成稿的研究過程中，我不斷意識到自己在知識結構、理論儲備和研究方法等方面的不足，雖然我已經努力去彌補這些不足，但是我知道本書肯定還存在著諸多疏漏與錯誤，在此懇請各位學術界前輩、師長和同仁批評指正。

〔註19〕劉遙：《關於文學地理學的研究方法與發展前景——鄒建軍教授訪談錄》，《世界文學批評》2008 年第 2 期。
〔註20〕梅新林：《論文學地圖》，《中國社會科學》2015 年第 8 期。
〔註21〕曾大興：《文學地理學概論》，北京商務印書館 2017 年版，第 312 頁。
〔註22〕張偉然：《中古文學的地理意象》前言，中華書局 2014 年版，第 13 頁。

上編　文學區位與文學微區位的概念和理論

　　文學地理學主要研究文學與地理環境的關係，跨學科研究既是其學科屬性，也是其研究範式。「文學地理學的跨學科性同時決定了其研究方法的『二元性』：一方面需要借鑒和運用『地理學』的科學研究方法，包括準確的空間定位，大量的數據統計，以及各種圖表的編製，甚至還需學會使用專業性的工具，這些都是『地理學』研究的基本功，『文學地理學』研究同樣也不例外；而另一方面，則需要繼承和運用『文學』的審美研究方法，包括對文本空間形態與意義細緻深入的描述、分析與闡釋」〔註1〕，因此，文學地理學作為一門新建學科，在興起和發展的過程中，必然要從地貌學、氣候學等自然地理學分支學科和文化地理學、經濟地理學、城市地理學等人文地理學分支學科中借鑒相關概念和理論，然後消化吸收，逐步形成自己的一套相對完整的理論體系。李仲凡先生就認為：「全面而深入地理解和借鑒地理學的各種關鍵學科思想與研究方法，不但可以幫助我們發現並理解地理學帶給文學研究的勃勃生機與廣闊空間，還將使文學地理學超越文學的地理要素研究，成為真正具有文學和地理學雙重學科品格的學術知識體系。」〔註2〕在這方面，已有學術界前輩和同仁進行大膽有益的嘗試。例如，曾大興先生提出的「文學

〔註1〕梅新林：《「新文學地理學」學術體係之建構》，《浙江社會科學》2017 年第 7 期。
〔註2〕李仲凡：《地理學學理資源在文學地理學建構中的作用》，《蘭州學刊》2015 年第 6 期。

區」概念，即「受到文化地理學中的文化區這個概念的啟發」〔註3〕，但這並不是生搬硬套或簡單模仿，而是結合文學的特性對原概念加以創新和超越，「從『文化區』到『文學區』，雖然只有一字之差，中間體現的卻是一種明確的文學地理學意識」〔註4〕。

目前，學術界關於文學地理學學科理論體系構建的著作主要有《文學地理學概論》和《文學地理學原理》。

曾大興先生的《文學地理學概論》由北京商務印書館於2017年3月出版，全書共有九章，另附「文學地理學學術史略」。在第一章第三節中，作者將文學地理學的知識體系分為五大板塊，依次是「文學地理學學術史」「文學地理學原理」「文學地理學研究方法」「文學地理學批評」和「各式各樣的文學地理」。作者對這五大板塊之間內在的邏輯關係進行了簡要說明，「五個板塊相互匹配，有機銜接，由此構成文學地理學學科知識體系的『整體關聯性』」〔註5〕。這五大板塊即全書章節安排的架構。根據作者對這五大板塊的闡述，全書九章中，第一章至第七章「文學地理學的研究對象與學科定位」「地理環境對文學的影響」「文學家的地理分布」「文學作品的地理空間」「文學擴散與接受」「文學景觀」和「文學區」屬於「文學地理學原理」知識板塊，第八章「文學地理學研究方法」和第九章「文學地理學批評」直接闡述相應的知識板塊，而「文學地理學學術史」知識板塊以「文學地理學學術史略」為名附錄在第九章之後。對於「各式各樣的文學地理」知識板塊作者未單獨安排章節，而是分散在各個章節的具體闡述中。在文學地理學學科興建的過程中，學術界存在各種質疑和爭議，但作者表現出極大的學術魄力，篳路藍縷，勇於開拓。作者以自己2012年出版的著作《文學地理學研究》的上篇「宏觀研究」為基礎，結合國內學術界已有的文學地理學研究成果，博採眾長，貫通古今，首次搭建了文學地理學學科的理論框架。作為國內第一部對文學地理學學科做通盤考慮的著作，該書無疑具有開山之功，「此書所彰顯的『獨立』之呼號意義重大，這是對文學地理學科的獨立的呼喚，亦是中國研究創新獨立的意義體現」〔註6〕，有學者認

〔註3〕曾大興：《論文學區》，《學術研究》2017年第4期。

〔註4〕李仲凡：《〈論文學區〉的理論創新與超越——〈理論建構的邊界與問題〉商榷》，《江漢論壇》2018年第7期。

〔註5〕曾大興：《文學地理學概論》，北京商務印書館2017年版，第17頁。

〔註6〕劉川鄂、黃盼盼：《文學地理學研究蓄勢已久——曾大興〈文學地理學概論〉述評》，《博覽群書》2017年第10期。

為該書「標誌著文學地理學學科初步建成」〔註7〕。

梅新林先生和葛永海先生合著的《文學地理學原理》由中國社會科學出版社於 2017 年 12 月出版，分上下卷，共 118 萬餘字。該書雖名曰《文學地理學原理》，然而在卷首「導論」部分即提出「新文學地理學」的理論命題。所謂「新文學地理學」是相對於西方文學地理學而言的，「實際上是一種源於而又超越於傳統與西方的新的文學地理學」〔註8〕，全書實際是「新文學地理學」學術體系的整體重構。該書具有三個明顯的特色：1. 視野宏大。全書在兩大源頭（古希臘與古代中國）、四大時段（中希發軔、中國軸心、西方軸心、中西並盛）、三大中心（法國、美國、中國）的總體格局中來闡述「新文學地理學」，可謂貫通古今，融會中外；2. 內容豐富。全書共分十章，依次詳細闡述了文學地理學的成長歷程、概念界說、學科定位、理論建構、空間聚焦、情結動力、路向選擇、研究方法等八個方面，以及文學地理學與文學地圖、文學史學的關係，書中譯介了大量西方文學地理學的第一手文獻資料，是一大亮點；3. 邏輯縝密。全書「以『版圖復原‧場景還原‧精神探原』的『三原』理論為引領，以概念界定、學科定位、理論建構與方法整合為四大支柱，最終融合為『歷史回顧』、『學科理論』、『空間動力』、『研究路徑』、『學術關聯』五大板塊」，「重點圍繞『還原—建構—超越—回歸』四大環節展開系統論述」〔註9〕，內容之間相互關聯，有機統一，具有很強的內在邏輯性，構建了一個嚴謹而又開放的文學地理學理論體系。羅時進先生稱譽該書為「文學地理學的理論集成」〔註10〕，確實名副其實。

《文學地理學概論》和《文學地理學原理》用各自的方式構建了文學地理學的理論體系，對於推進文學地理學的學科建設與學術研究具有重要的理論價值與實踐意義。兩者在具體論述中互有異同，但都堅持文學地理學的「文學本位論」，都認為文學地理學是文學與地理學的跨學科研究，都提出文學地理學在研究方法上要借鑒地理學的方法。梅新林先生在《文學地理學原理》中提

〔註7〕杜華平：《文學地理學學科建設的一個標志——讀曾大興〈文學地理學概論〉》，《世界文學評論》（高教版）2018 年第 1 期。

〔註8〕梅新林、葛永海：《文學地理學原理》，中國社會科學出版社 2017 年版，上卷，第 3 頁。

〔註9〕梅新林、葛永海：《文學地理學原理》後記，中國社會科學出版社 2017 年版，第 1139 頁。

〔註10〕羅時進：《文學地理學的理論集成》，《文匯報》2019 年 3 月 15 日，第 15 版。

出「二元複合研究法」〔註11〕：

> 「文學地理學」既是融合「文學」與「地理學」的新興交叉學科，同時也是一種跨學科的研究方法，需要交替運用和有機融合地理科學的實證方法與文學批評的闡釋方法，彼此正如鳥之雙翼、車之雙輪，缺一不可，我們姑且稱之為「二元複合研究法」，簡稱「二元研究法」。

曾大興先生在《文學地理學概論》中也提出文學地理學要兼用文學和地理學的研究方法：

> 文學地理學研究方法包括一般方法和特殊方法。所謂一般方法，是指地理學研究的一般方法與文學研究的一般方法；所謂特殊方法，是指文學地理學作為一個獨立學科所使用的特殊方法。〔註12〕

其所謂的文學地理學的「特殊方法」，就是將文學和地理學結合起來產生的研究方法，例如「現地研究法」，即「把文獻研究法和田野調查法這兩種方法結合起來」〔註13〕。

學術界前輩的研究實踐和理論指導是對後來者的最好示範和鼓勵。本書遵循文學地理學的跨學科屬性，堅持文學本位論，在總結文學地理學相關研究成果的基礎上，根據文學地理學學科理論體系的內在肌理，借鑒人文地理學中「區位」與「微區位」的概念和理論，首次提出「文學區位」與「文學微區位」的概念和理論，欲為文學地理學學科建設盡微薄之力。

〔註11〕梅新林、葛永海：《文學地理學原理》，中國社會科學出版社 2017 年版，下卷，第 759 頁。

〔註12〕曾大興：《文學地理學概論》，北京商務印書館 2017 年版，第 303 頁。

〔註13〕曾大興：《文學地理學概論》，北京商務印書館 2017 年版，第 307 頁。

第一章　文學區位的相關概念和
理論闡釋

第一節　區位與微區位的概念和理論介紹

借鑒的第一步是學習，只有對其他學科的理論和方法有深入系統的理解，才能採用「拿來主義」，取其精華，運用到自己學科領域的研究中。因此，本書接下來將簡要介紹人文地理學中有關「區位」與「微區位」的概念和理論。

一、區位

區位是人文地理學的一個重要概念，英國學者 R. J. 約翰斯頓主編的《人文地理學詞典》「地理學」詞條認為地理學有三個基本特點，其中第一個特點就是「強調區位」，「地理學關注地球表面自然現象和人文現象的區位或空間變化。地理學試圖建立準確的區位，並有效而經濟地表現出來，設法理順產生特別空間模式的要素（例如，區位理論）」〔註1〕。

區位論所說的區位，源自德語〔註2〕。在德語裏，「區位」（Standort）是個複合詞，前半部分「Stand」是「站立」「位於」之意，後半部分「Ort」表示「地點」「場所」「位置」等，組合在一起，即「站立之地」、「位於……（地點）」。

〔註 1〕〔英〕R. J. 約翰斯頓主編：《人文地理學詞典》，柴彥威等譯，柴彥威、唐曉峰校，北京商務印書館 2004 年版，第 258 頁。

〔註 2〕本節關於「區位」的詞源學分析主要參考陸大道《區位論及區域研究方法》第一章「緒論」之第一節「區位論及其產生的社會經濟背景」。

區位論主要運用在經濟地理學、城市地理學的研究中。歷史上系統研究區位問題的首推德國的杜能（J.H.v.Thünen），他於 1826 年出版《農業和國民經濟中的孤立國（第一卷）》，提出農業區位論思想。1937 年，杜能的著作被翻譯成中文，書名《孤立國》，並開始運用「區位」一詞。「區位」確切的漢語翻譯應為「分布的地區或地點」。

在英語中，德語「Standort」被翻譯成「Location」，該詞意義為「場所」「位置」「定位」等，但是有兩點需要注意〔註3〕。其一，自然事物有位置，但沒有區位的問題，區位不是指自然事物的位置，而是「專指人類布局或設計的事物」，「區位與人的知識、素質、經驗、行為偏好有密切關係」〔註4〕。也就是說，區位是人類決策並行動後產生的結果，與自然事物無關。因此，可以描述珠穆朗瑪峰的位置，但不能說「珠穆朗瑪峰的區位」。其二，區位不同於位置，不存在孤立的區位。位置僅指事物空間所在的方位、範圍，而「區位指人類活動的空間位置及其與外部的空間聯繫和所具有的社會經濟意義」，「區位不僅回答『在什麼地方』的問題，還要回答『與外部有什麼聯繫？』、『對社會經濟發展有什麼影響和作用？』的問題，比單純的『空間位置』具有更深刻的社會經濟內涵」〔註5〕。也就是說，單個的人類活動場所有位置，但沒有區位，某個人類活動場所的區位價值只有在與外部發生聯繫時才能得到凸顯，只有把某個活動場所置於一個空間系統中，才能考察其區位意義。

二、區位論

1988 年，陸大道先生編著《區位論及區域研究方法》一書，第一次向國內學術界系統闡述了區位論。區位論，就是「關於人類活動的空間分布及其空間中的相互關係的學說」，其基本宗旨是「尋求人類活動的空間法則」〔註6〕。

區位中佔有空間的事物稱為區位主體〔註7〕，例如文化活動、政治活動、經濟活動等人類活動，其內容或實體都是區位主體。研究的區位主體類型不

〔註3〕 本節關於區位兩個注意點的論述主要參考白光潤《應用區位論》第一章「區位論概說」之第一節「區位與區位論」。
〔註4〕 白光潤：《應用區位論》，科學出版社 2009 年版，第 1 頁。
〔註5〕 白光潤：《應用區位論》，科學出版社 2009 年版，第 1 頁。
〔註6〕 陸大道編著：《區位論及區域研究方法》，科學出版社 1988 年版，第 1、2 頁。
〔註7〕 本節關於區位主體、區位條件和區位因子的論述主要參考李小建主編《經濟地理學》（第二版）第二章「經濟活動區位及影響因素分析」之第一節「經濟活動區位的基礎概念」。

同，構成不同的區位論。杜能最早運用區位論來研究農業，提出農業區位論，後來學術界運用區位論來研究工業、運輸、城市、商業等其他人類活動空間，產生了工業區位論、運輸區位論、城市區位論、商業區位論等理論。

　　現實中，某種類型的人類活動常常在某個具體場所進行，而並非均勻地分佈在地球表面。人們在選擇活動場所時，會受到活動場所自身條件的影響。這主要是因為不同的場所具有不同的屬性或資質，即區位條件不同，因而能滿足的人類活動也會不同。「人類對活動場所的選擇在很大程度上取決於區位條件的好壞。區位主體不同，區位條件選擇也隨之不同。」〔註8〕就區位條件而言，對區位主體的區位選擇影響大的為主要區位條件，相對影響較小的為次要區位條件。例如，在選擇工業區位時，勞動力、資本、原料、能源、運輸、市場等一般是主要區位條件；而在選擇農業區位時，氣溫、降水、土壤、勞動力、交通、市場等一般是主要區位條件。也有研究者根據區位條件的類型，認為區位條件「主要包括自然環境因素、生產技術因素和社會經濟因素」〔註9〕。

　　除場所自身的區位條件對區位主體產生影響外，人類選擇活動場所，還受到區位因子的影響。區位因子是指影響區位主體分布的原因，是就選擇活動場所的人而言的。在傳統區位論中，距離因子起主導作用，「傳統區位論分析問題的基本點是空間距離關係」〔註10〕。人類選擇的活動場所距離越遠，就需要付出越多的努力，花費越長的時間，支付越高的成本，從而導致了活動場所聯繫存在距離衰減律，即相隔較遠的場所間聯繫較弱，而較近場所間聯繫較強。隨著區位論的不斷深入發展，除空間距離外，研究者還關注各種社會因素的作用，尤其是考慮到活動場所選擇過程中人的主觀因素，開展對區位的行為主義分析，「人們的心理狀態、思想行為以及偏好、決策者行為等，作為影響區位選擇的複雜因素，受到區位理論研究者的重視」〔註11〕。因此有研究者指出，在區位研究中，距離是一個意義豐富的詞彙，「距離可以是空間距離，也可以是時間距離，還可以是文化、制度、信息、心理、動機等方面的差異」〔註12〕。

〔註8〕李小建：《經濟地理學》（第二版），高等教育出版社2006年版，第36頁。
〔註9〕劉豔芳等編著：《經濟地理學：原理、方法與應用》（第二版），科學出版社2017年版，第41頁。
〔註10〕白光潤：《應用區位論》，科學出版社2009年版，第18頁。
〔註11〕李小建：《經濟地理學》（第二版），高等教育出版社2006年版，第84頁。
〔註12〕劉衛東等：《經濟地理學思維》，科學出版社2013年版，第35頁。

三、點、線、面與空間結構類型

　　點、線、面是地理學家用來描述區位的最基本要素，也是建立空間結構分類體系的重要基礎〔註13〕。空間結構的點要素是指某些人類活動在地理空間上集聚而形成的點狀分布形態。點要素是區位要素中的最基本形式，也是地理學家空間結構的研究重點。線要素是指人類活動在地理空間中所呈現的線狀分布形態。在空間結構中，常作為線要素來分析的包括交通線路、河流、邊界線等。其中，交通線路對社會空間結構的塑造起著最為重要的作用。常見的交通線路包括公路、航道、街道、鐵路等。面要素是指社會活動在地理空間中所呈現的面狀分布形態，通常是指區域空間結構內除去點和線之外的所有地域空間。

　　點、線、面結合會產生不同的空間結構類型。「對空間結構的構建而言，點和線具有核心的地位與作用」〔註14〕，點、線要素組合，產生了三種空間結構類型：1. 點與點結合成節點結構；2. 點與線結合成軸線結構，區位要素的空間運行形式呈樞紐發展；3. 線與線結合成網絡結構，區位要素的空間運行形式呈網絡發展。

四、尺度

　　某一個空間，在研究時被抽象成「點」還是「面」，由使用的尺度決定。尺度是地理學中的一個重要概念，「尺度（scale）在嚴格意義上指一種表現的等級」〔註15〕。因為尺度大小不同，對同一區域的表現就完全不同，「小尺度的區域可以在大尺度背景中看做是一個『點』，相對於更小尺度的地域，『點』又可以看做是區域。」〔註16〕。例如，在研究全球或全國尺度時，蘇州可以抽象為一個「點」，但當研究蘇州本身的城市空間結構時，則需將其抽象為一個「面」。使用不同的尺度，把同一區域抽象成「點」或者「面」，會帶來不同的觀察內容和研究結果。

五、微區位

　　20世紀60～70年代，隨著區位論的發展，逐漸從宏觀研究向微觀研究過

〔註13〕本節關於點、線、面的論述主要參考劉衛東等所著《經濟地理學思維》第四章「空間結構」之「認識點、線、面」部分。

〔註14〕劉衛東等：《經濟地理學思維》，科學出版社2013年版，第83頁。

〔註15〕顧朝林主編：《人文地理學導論》，科學出版社2012年版，第41頁。

〔註16〕劉衛東等：《經濟地理學思維》，科學出版社2013年版，第81頁。

渡，「開始涉及到微觀的城市消費場所區位空間結構的研究」〔註17〕，具體的
實證研究成果促使產生了「微區位」概念。

　　根據研究時使用的不同尺度，區位總體上可以分為宏觀、中觀、微觀三
個層次〔註18〕。就區位選擇對象的空間範圍而言，宏觀區位一般是國家或地
區，中觀區位一般是城市和城市所轄的區域，微觀區位簡稱微區位，一般是
城市或城鎮的具體街區，甚至更細的劃分。「不同尺度的區位，其主體、對
象空間範圍和影響因素、制約機制有很大的差異，因而研究方法也相應有所
不同。」〔註19〕

　　宏觀區位、中觀區位和微區位三者之間既有聯繫，又有區別。宏觀區位、
中觀區位是確定微區位的背景框架和依據，不過任何事物最終都要落實到具
體的空間位置，因此微區位是事物的最後落腳點。相比之下，微區位與現實生
產生活的關係更為密切，微區位更加側重於在具體生產生活中的實際應用。

　　微區位研究特別重視對城市自然、社會、經濟背景的分析，重視微環境、
空間意象、行為偏好的研究。其中「人本主義與個性研究」是研究微區位的一
個重要方法。「區位主體的行為偏好不同，對區位的選擇不同，重視人的區位
選擇的研究，成為微區位研究的重要方面」。另外，西方學者在微區位研究上
借鑒心理學中的行為主義，「重視空間行為感知分析，提出興趣引力（吸引力、
新奇性、方便性）的問題」〔註20〕。換言之，在微區位研究中，認知作為一個
重要的區位因子，影響著人對活動空間的選擇。例如，有學者以知名度、熟知
度、活動趣味、易進入性、引人注目等作為社會區位認知因子，以文化風格與
特色、氛圍和情調、文化節目、身份認同等作為文化區位認知因子，對南京市
文化休閒空間進行微區位研究，發現「總體上行為主體對南京市文化休閒空間
的社會區位認知度高於文化區位認知度」，而「知名度和熟知度是社會區位認
知最主要的影響因素」〔註21〕。

　　總之，因為尺度的縮小，微區位研究中人的主觀因素得到了凸顯，微區位

〔註17〕 王興中、秦瑞英、何小東等：《城市內部生活場所的微區位研究進展》，《地理
　　　　 學報》2004 年第 S1 期。
〔註18〕 本節關於宏觀區位、中觀區位和微區位的論述主要參考白光潤《應用區位論》
　　　　 第二章「應用區位論」之第一節「區位的尺度觀」。
〔註19〕 白光潤：《應用區位論》，科學出版社 2009 年版，第 25 頁。
〔註20〕 白光潤：《微區位研究》，《上海師範大學學報》（自然科學版）2003 年第 3 期。
〔註21〕 張敏、張宜軒、劉學等：《基於認知的南京城市文化休閒空間微區位研究》，中
　　　　 國地理學會 2007 年學術年會論文摘要集。

帶有明顯的人本主義、行為主義色彩，其理論價值是宏觀區位和中觀區位所不能代替的。微區位是「區位論的發展活力所在」〔註22〕。

第二節　文學區位、文學區位論與文學微區位

　　不同學科之間在理論和方法上的相互借鑒，除了學者的努力外，更重要的是基於各學科知識體系的內在邏輯，其中一個重要的基礎是不同學科的研究對象之間存在共性。否則，即使一個學科借鑒了另一個學科的理論或方法，也會因強行移植而導致水土不服，最終無法成功。

一、文學區位

（一）「文學區位」的概念

　　在人文地理學中，「區位是人類活動（人類行為）所佔有的場所」〔註23〕。而在文學地理學中，文學家集會、文學家遷移、文學創作、文學傳播、文學接受等文學活動作為一種人類活動，也需要在場所中展開，因此，文學地理學也存在區位問題。

　　簡要來說，所謂文學區位，是指空間系統中的某個場所，在各種文學活動的空間分布關係中所佔有的地位及其所有具有的文學地理學意義。

　　文學區位概念的提出以一個客觀的文學地理現象為基礎，即文學活動的空間分布存在明顯的區域差異。區域差異（areal differentiation）〔註24〕是地理學研究歷來深受關注與重視的主題之一，是指「地球表面不同區域存在的自然、經濟、人文、社會等諸方面差別的綜合反映」〔註25〕。區域差異普遍存在，文學活動的空間分布也不例外。現實世界中，文學家集會、流動、創作等各種文學活動在不同區域的空間分布是非均質的，不同區域之間存在差異。

　　需要強調的是，文學區位不是指某一個具體的物理意義上的文學活動場

〔註22〕白光潤：《應用區位論》，科學出版社 2009 年版，第 26 頁。
〔註23〕李小建：《經濟地理學》（第二版），高等教育出版社 2006 年版，第 34 頁。
〔註24〕關於 areal differentiation，有學者翻譯成區域差異，例如劉敏、方如康主編《現代地理科學詞典》（科學出版社 2009 年版，第 523 頁），也有學者翻譯成區域分異，例如柴彥威等翻譯的英國 R.J.約翰斯頓主編的《人文地理學詞典》（北京商務印書館 2004 年版，第 29 頁），本書敘述中採用區域差異的譯名。
〔註25〕劉敏、方如康主編：《現代地理科學詞典》，科學出版社 2009 年版，第 523 頁。

所，而是對某個文學活動場所在由多個場所組成的空間系統中所體現的重要程度的描述，一般表述為某個場所具有文學區位優勢或文學區位劣勢。

（二）文學區位與文學區的區別

從名稱上來看，文學區位與曾大興先生提出的「文學區」很相似，但文學區位不同於文學區。

「所謂文學區，是根據不同地區呈現的文學特徵的差異而劃分的一種空間單位」〔註26〕，因此，文學區是一種文學研究過程中的區域概念，強調對文學活動場所的區域差異研究，凸顯不同區域文學的個性。不同文學區的文學各具特色，但不分高下，相互平等。「文學區的劃分，目的在於對文學進行區域分析，增強人們的文學區域感，感受文學的空間性、區域性與多樣性」〔註27〕，因此，特色鮮明的文學區越多，越能證明整體的文學發展具有活力，在文學區的概念下，文學的國度裏一枝獨秀不是春，百花齊放才是春滿園。

而文學區位不僅對文學活動場所分布的區域差異展開研究，而且注重分析這些文學活動場所之間的相互關係。在現實中，文學活動場所的空間分布不是均勻的。例如，在幾個相近的場所中，有些場所名聲遠揚，人來人往，歷代文學家紛紛創作與之有關的詩文，文學活動頻繁；有些則寂寂無聞，少人問津，只偶爾被寫入文學作品，文學活動貧乏。比較之下，就凸顯出不同場所在文學區位上的差別。因此，一個場所的文學區位意義只有在與其他場所發生聯繫時才能得到彰顯，文學區位重在揭示發生文學活動的不同場所之間的關係。

曾大興先生在闡釋文學區概念時，指出「形式文學區都有一個中心區，有的還有一個或一個以上的亞中心區」〔註28〕，例如，他認為吳越文學區的中心區在南京，亞中心區則在杭州。這種觀點說明在同一個文學區中，不同區域的文學發展水平是不均衡的，地位是不平等的。把整個文學區視為一個由不同區域組成的空間系統，其中一個區域處於重要的中心位置，一個或一個以上的區域處於次要的亞中心位置，而餘下的大多數區域則處於不重要的一般位置。這種「中心區」或「亞中心區」的說法是對不同區域之間相互關係的反映，其實已經涉及本書提出的文學區位問題。

〔註26〕曾大興：《文學地理學概論》，北京商務印書館 2017 年版，第 4 頁。
〔註27〕曾大興：《文學地理學概論》，北京商務印書館 2017 年版，第 264 頁。
〔註28〕曾大興：《文學地理學概論》，北京商務印書館 2017 年版，第 261 頁。

二、文學區位論

曾大興先生在《文學地理學概論》中未進一步解釋「中心區」和「亞中心區」產生的原因，如果把這個問題放到文學區位概念下來分析，則屬於文學區位論的範疇。

文學區位論是關於文學區位問題的理論，主要研究人類文學活動場所空間分布的特徵和形成原因，以及空間分布與文學之間的相互關係。

對於文學區位來說，各種文學活動的主體或內容即文學區位主體。文學區位主體主要包括文學家、文學家族、文學社團、文學家流動、文學家集會、文學作品、文學傳播、讀者、文學接受等等。

文學區位論不僅要揭示文學活動在空間分布上的非均質現象，還要解釋該現象背後的原因，探討文學區位模式，以及場所的文學區位對文學的影響。也就是說，對於文學活動空間分布的非均質現象，文學區位論不僅要描述「是什麼」，還要回答「為什麼」。

（一）文學區位條件

文學活動作為一種高級的人類活動，常常與人的審美有關，對場所也有不同於一般活動的特殊要求。並不是所有場所對文學活動的作用都相同，只有滿足文學活動一定要求的場所才能具有文學區位優勢。場所自身所擁有的能影響文學區位主體空間分布的屬性稱為文學區位條件。

文學區位條件分為自然地理和人文地理兩類。

自然地理類的文學區位條件，包括場所的位置、範圍、地貌、氣候、土壤、植被等因素。例如，那些風景優美的名山大川最受文學家的青睞，他們流連山水，詩興大發，創作出動人的文學作品。中國古典文學中有山水詩和田園詩這兩大類，正體現了山水和田園這兩種場所與城市等其他場所相比具有更加突出的文學區位條件，也因此在空間關係中具有明顯的文學區位優勢。

人文地理類的文學區位條件，包括場所的交通、風俗、歷史、經濟、宗教、政治、軍事、建築等因素。例如，那些與名人、戰爭有關的古蹟往往能引發作家對歷史和人生的思考，激發他們的創作靈感。蘇軾在《念奴嬌‧赤壁懷古》中說「人道是、三國周郎赤壁」，他明知道眼前所見並不是赤壁古戰場，只是地名相同而已，但就是「赤壁」這個地名，引發了他對當年周瑜火燒赤壁的想像，以及對人生的感慨。蘇軾這首詞並不是為寫景，而是為「懷古」。赤壁原本只是一個自然地理空間，因為一場戰爭而具有厚重的人文地理類的文學區

位條件，在蘇軾心中，赤壁也就不同於其他場所，具有了重要的文學區位，這種重要性與赤壁的自然地理環境關係並不緊密，「赤壁」在他心中已經演化為一個內涵豐富的歷史文化符號。

（二）文學區位因子

文學區位條件是一個場所擁有的客觀屬性，不以人的意志而改變。面對同一個場所，有些作家讚不絕口，有些覺得一般，有些甚至會反感，因此作家在選擇或評價活動場所時存在鮮明的主觀因素。另外，不同區域讀者對文學作品的接受情況也往往存在差異，同一部文學作品，在一個區域好評如潮、廣為流傳，但是在另一個區域卻評價一般，少有人知，因此不同區域的讀者在接受文學作品的過程中也存在一定的主觀因素，受到其先在經驗的影響。影響作家對場所的選擇、評價和表現的主觀因素，與影響不同區域讀者對文學作品的接受情況的主觀因素，統稱為文學區位因子。

文學區位因子包括作家或讀者的籍貫、性別、年齡、身份、行為偏好、經濟狀況、宗教信仰、價值追求、文化品位等。另外，就作家而言，文學區位因子還包括作家與場所之間的距離。距離對於不同場所之間相互作用的影響被稱為地理學第一大定律，因此作家在選擇集會、遊覽等活動的場所時，也會受到距離的影響。

文學區位因子有共性與個性之分。所謂共性文學區位因子，即群體表現出的較為一致的影響場所的文學區位的主觀因素；所謂個性文學區位因子，即個體表現出的獨特的影響場所的文學區位的主觀因素。共性文學區位因子決定一個場所在空間系統中的文學區位，但是也不能忽視個性文學區位因子的作用，因為共性文學區位因子往往由個性文學區位因子發展而來。例如，寒山寺原本只是姑蘇城外一座不起眼的普通寺廟，因為張繼的獨特感悟，將其寫入《楓橋夜泊》，於是聲名鵲起，從蘇州眾多寺廟中脫穎而出，從此頻繁出現在後代文學家的作品中，寒山寺在江蘇乃至全國就具有了一定的文學區位優勢，「作為寺廟，它屬於詩歌；作為詩歌，它屬於寺廟。遷客騷人，芸芸眾生，爾來千年，奉祀唯謹。於是一座寺廟的歷史就成了一部詩歌史」〔註29〕。寒山寺從一座普通寺廟變成文學景觀，今天更是被建成了一個著名景區，豎立著刻有《楓橋夜泊》的巨大詩碑，中外遊客四季絡繹不絕，每年都舉行盛大的新年聽

〔註29〕凌郁之：《寒山寺詩話》前言，鳳凰出版社 2013 年版，第 1 頁。

鐘聲活動。這個過程，其實就是張繼的個性文學區位因子逐漸發展為共性文學區位因子的過程。

不管是哪一種文學區位因子，最終都會對文學活動的空間分布發生作用，並影響作家創作時對外在地理環境的表現，或讀者對文學作品內在文學地理的理解。

（三）文學區位的空間結構

點、線、面是描述文學區位的基本要素。在點、線、面組成的各種空間結構中，文學區位論主要研究由點和線結合成的空間結構。在不同的研究尺度上，地區、城市、景區、建築等都可以被抽象為點，河道、街道、公路、鐵路等都可以被抽象為線。點和線的不同結合會產生節點、軸線、網絡等不同的文學區位空間結構類型。文學區位空間結構類型是對場所之間相互空間關係的表達，常常通過簡單的示意圖表來表示，可以直觀體現一個場所在空間系統中的文學區位。

三、文學微區位

（一）「文學微區位」的概念

根據研究尺度的大小，文學區位分為文學宏觀區位、文學中觀區位和文學微觀區位，文學微觀區位簡稱文學微區位。文學宏觀區位一般以國家或地區為研究尺度，文學中觀區位一般以城市為研究尺度，而文學微區位一般以城市內的某個街區、景區乃至建築物為研究尺度。

（二）文學微區位與文學宏觀區位、文學中觀區位的關係

從不同尺度的空間範圍來講，文學宏觀區位涵蓋文學中觀區位，而文學中觀區位涵蓋文學微區位。文學中觀區位是文學微區位的背景，文學宏觀區位又是文學中觀區位的背景。

1. 文學微區位與文學宏觀區位、文學中觀區位的區別

尺度不僅意味著觀察的空間範圍，還意味著觀察的精度和表現的等級，「按一種尺度對於類型和過程進行的概括在另一種尺度下就可能不適用」〔註30〕。宏觀世界不是微觀世界的線性疊加，微觀世界也不是宏觀世界簡單

〔註30〕〔英〕R.J.約翰斯頓主編：《人文地理學詞典》，柴彥威等譯，柴彥威、唐曉峰校，北京商務印書館2004年版，第631頁。

的微縮版。宏觀世界有其規律，而微觀世界可能另有規律。在宏觀尺度上觀察到的本質，縮小尺度後用微觀的方法進行觀察，卻往往發現這些本質只是現象，在微觀世界另有與宏觀世界不同的本質。

在文學領域，不管作家身處某個國家，某個地區，某個城市，其文學活動總是在一個具體的場所進行。或曲水流觴暢敘幽情，或登臺懷遠天地悠悠，或臨水歎逝不捨晝夜，或旅館寒燈客心淒然，或巴山夜雨秋池歸思……總之，文學宏觀區位和文學中觀區位最終都要落腳在文學微區位上。與文學宏觀區位和文學中觀區位相比，文學微區位更加強調兩方面的內容：其一，某個場所中自然地理和人文地理因素的文學微區位條件對文學微區位主體——文學活動的影響，主要表現為與該場所有關的文學作品的數量和質量、文學家遊賞或集會的頻次等；其二，作家對某個場所的認識、感知、行為和體驗，主要表現為文學作品中與該場所有關的文學書寫。

從現有的研究成果來看，學術界對文學宏觀區位和文學中觀區位問題的研究，總體上主要採用「以人繫地」的方法，通過考察文學家靜態或動態的空間分布、文學家族的空間分布、文學社團的空間分布等內容，來分析宏觀或中觀尺度上不同區域在空間系統中的文學區位問題。對於文學微區位問題的研究，總體上則主要採用「以文繫地」的方法，通過考察文學作品的空間分布，以及文學作品文本中的空間書寫，來分析微觀尺度上不同場所在空間系統中的文學區位問題。

作家用文學作品進行自我表達，靠文學作品來確立自己在文學界和文學史上的地位。曾大興先生曾多次強調文學地理學中研究文學作品的重要性。他在《文學地理學研究》中說：「考察和研究文學家的地理分布，無論是靜態的分布，還是動態的分布，都是為了弄清楚文學家所接受的地理環境方面的影響，進而弄清楚地理環境通過文學家的作用而對文學作品所構成的影響，從而回歸到作品本體，從而使這種研究最終成為文學地理學的研究，而不是人文地理學的研究」〔註31〕，在《文學地理學概論》第九章闡述「文學地理學批評的基本原則」時，第一個原則就是「以文本分析為重點」，第一個步驟就是「從文本出發」〔註32〕。相比而言，運用「以文繫地」的方法研究文學微區位問題，更能進入文學家的精神世界，瞭解其具體細微的日常生活，發現文學家隱藏在

〔註31〕曾大興：《文學地理學研究》，北京商務印書館2012年版，第4頁。
〔註32〕曾大興：《文學地理學概論》，北京商務印書館2017年版，第339、350頁。

某個特定場所背後的行為偏好、價值判斷、審美追求、文學品味等深層內容，以及文學如何反映文學家的生活和心靈。

2. 文學微區位與文學宏觀區位、文學中觀區位的聯繫

對某個場所文學微區位問題的研究，首先受到文學宏觀區位或文學中觀區位的限定。某個場所的文學微區位與文學宏觀區位和文學中觀區位相比，有其特殊性，但是這種特殊性是以文學宏觀區位或文學中觀區位為背景呈現的，無法避免文學宏觀區位和文學中觀區位所代表的地域性特色。

文學微區位問題是對文學宏觀區位或文學中觀區位問題的細化和深化。要瞭解一個特定場所的文學區位問題，既不能只關注微觀的尺度，也不能完全不顧宏觀和中觀的尺度。研究文學微區位問題，有助於更深入地瞭解文學宏觀區位或文學中觀區位問題。只有把微觀和宏觀、中觀三個層級結合起來，才能全面深刻地瞭解文學區位問題的真實狀態。

研究文學微區位問題時所經常採用的「以文繫地」的方法，是聯結文學宏觀、中觀和微觀區位問題的紐帶，因為不管是哪個尺度的文學區位問題，最終都要落實到對文學作品的分析上，而文學作品中所反映的往往是某個特定的具體場所。

現以柳宗元的《永州八記》為例，簡要說明文學微區位與文學宏觀區位和文學中觀區位之間的關係。永州地處湘、桂、粵交界，在隋唐以前，永州經濟文化十分落後，安史之亂後，永州更是經濟凋零，民不聊生，加之偏僻荒涼，而成為朝廷流放罪臣之地。永貞元年（805），柳宗元參與「永貞革新」失敗後被貶謫到永州，擔任司馬的閒職，在此度過了長達十年的貶謫生涯。據學者統計，「《柳宗元全集》共收集柳宗元的詩文 547 篇，其中寫於永州的就達 317 篇，約占五分之三」〔註33〕，因此完全可以說，柳宗元是在永州實現了從一名政治失意的貶官到著名文學家的轉變。從文學微區位來看，永州境內的一些具體空間對於柳宗元實現這一轉變有重要作用。永州雖然僻遠荒涼，但境內以山地為主，山水靈秀，風景優美，正是這些青山秀水為柳宗元排遣貶謫後冤苦鬱悶的心情，轉向詩文創作提供了幫助。李芳民先生在論文《空間營構、創作場景與柳宗元的貶謫文學世界——以謫居永州時期的生活與創作為中心》中對柳宗元在永州遊歷之地及相關詩文進行了列表統計，數據顯示，西山是一個重要場

〔註33〕鄧怡舟：《論永州使柳宗元從失意的貶官成為著名文學家》，《社會科學論壇》2010 年第 5 期。

所。西山一帶是柳宗元在遊歷時無意中發現的、尚未被當地人留意的美景，促成了「永州八記」遊記名篇的創作。在「永州八記」中，西山之景與柳宗元之情相契合，例如《至小丘西小石潭記》結尾部分寫道：「坐潭上，四面竹樹環合，寂寥無人，淒神寒骨，悄愴幽邃」〔註34〕，風景的淒清與作者作為被貶者內心的淒涼孤寂相互映襯，達到了情景交融的藝術境界。柳宗元在《始得西山宴遊記》中寫道：「自余為僇人，居是州，恒惴慄。其隙也，施施而行，漫漫而遊。日與其徒上高山，入深林，窮回溪，幽泉怪石，無遠不到。到則披草而坐，傾壺而醉；醉則更相枕以臥，臥而夢。意有所極，夢亦同趣」〔註35〕，在他眼中，西山已經超越了一般自然景觀的意義，他把西山當成了自己貶謫生涯中自在的精神世界。因為「永州八記」，西山後來聲名鵲起，成為歷代文人墨客去永州遊覽必到之地。今天，永州市政府以零陵區西山區域「永州八記」所寫景點為主體，打造了一個 4A 級的柳宗元文化旅遊景區。清人王日照《愚溪懷古》云：「一官觳繫幾何年，一代文章萬古傳。山水得名從此始，非公誰與破荒煙」，此言不虛。

　　在柳宗元貶謫永州之前，在全國或楚地文學版圖中，永州地處僻遠，非政治中心，經濟文化落後，無論是從文學家的數量還是文學作品的數量和質量上來看，都處於文學宏觀區位或文學中觀區位的劣勢，無法與長安、洛陽、長沙等文學中心相提並論。但是，在柳宗元貶謫到永州後，當地清幽明淨的山水風光激發了他的文學才情，促使其創作出以「永州八記」為代表的詩文名篇。從文學微區位的視角考察，西山、愚溪等永州境內的具體場所不具備政治、經濟、文化等人文地理類的文學區位條件，但幽美的自然風光對柳宗元的文學創作產生了巨大的作用。「山水詩文標誌著柳宗元為後人所推崇的文學成就，永州得天獨厚的地理環境當然功不可沒」〔註36〕，可以說，柳宗元貶謫永州期間的文學創作得永州「江山之助」。而永州山水中，西山無疑是最重要的，具有文學微區位的優勢。沒有西山，就沒有「永州八記」；沒有「永州八記」，就沒有後來在湘楚乃至全國文學版圖上異峰崛起的永州。另外，柳宗元「投跡山水間，放情詠離騷」(《遊南亭夜還敘志七十韻》)，在西山、愚溪等具體場所上投射了自己的主觀人格，分析其詩文，我們能發現這些場所「不僅與其思想、心態、

〔註34〕柳宗元：《柳宗元集》，景洪業解評，山西古籍出版社 2006 年版，第 74 頁。
〔註35〕柳宗元：《柳宗元集》，景洪業解評，山西古籍出版社 2006 年版，第 66～67 頁。
〔註36〕衣若芬：《瀟湘文學與圖繪中的柳宗元》，《零陵學院學報》2002 年第 1 期。

情感之間有著密切的關聯，而且多又成為其作品的表現對象、創作場景與描寫內容，由此他在永州的創作也創造了一個個性獨特的貶謫文學世界」〔註37〕。而這些深層而細緻的內容，在文學宏觀區位或文學中觀區位的視角下無法進入研究視野，只有對西山等具體空間開展文學微區位的研究後才能發現。

第三節　文學區位論與區位論的區別

本書提出的文學區位和文學微區位概念初看似乎是對人文地理學中區位和微區位概念的簡單模仿，其實不然，兩者存在諸多不同。

一、區位主體不同

人文地理學的區位概念，主要運用在經濟地理學和城市地理學中，區位主體是農業、工業、商業、運輸、城市建設等經濟活動。而文學區位概念屬於文學地理學，各種文學活動是其區位主體。經濟活動以功利性為主要特徵，而文學活動以審美性為主要特徵，因為兩者的區位主體不同，區位條件和區位因子也就相應地有所不同。文學區位條件與區位條件之間存在共性，但更具個性，有鮮明的文學地理學特徵，帶有強烈的文學色彩。

二、行為主體不同

因為人文地理學的區位論最早用來研究經濟地理，因此在區位論中，將選擇活動空間的行為主體或者抽象為追求利潤最大化或費用最小化的「經濟人」，或者視為按照「最小努力原則」獲取某種滿足的「滿意人」〔註38〕，都帶有明顯的功利色彩。而文學區位論的行為主體是作家或讀者，雖然作家或讀者在文學活動中也難以避免考慮功利，但這是次要的，當作家或讀者開展文學創作或文學鑒賞等活動時，更是一種超功利的審美狀態。因此，文學區位論的行為主體可以稱為「審美人」。文學區位論與區位論對行為主體的假設完全不同，因此，文學區位因子也與區位因子有很大差別。另外，就基於籍貫的文學家空間分布的文學區位問題而言，並不存在文學區位因子，因為文學家籍貫是一種不發生變動的靜態分布，不存在主觀因素的影響。

〔註37〕李芳民：《空間營構、創作場景與柳宗元的貶謫文學世界——以謫居永州時期的生活與創作為中心》，《清華大學學報》（哲學社會科學版）2019 年第 1 期。
〔註38〕李小建：《經濟地理學》（第二版），高等教育出版社 2006 年版，第 84 頁。

三、區位數量不同

區位論認為「區位條件最終表現為一定的場所（位置）……區位條件是和一定的地理位置唯一對應的」〔註39〕，認為「一個場所一個區位」〔註40〕。但是，文學區位論中一個場所卻可能具備多個區位。完整的文學活動既包括創作，也包括傳播和接受，創作、傳播和接受過程作為不同的文學區位主體，對場所有不同的文學區位條件和文學區位因子要求，因此，同一個場所從創作、傳播和接受這三個不同的方面進行考察，可能會得到三種不同的文學區位。

四、研究目的不同

區位論帶有很強的實用性，除能對經濟地理、城市地理等領域中已存在的區位現象提供合理解釋外，還能在城市規劃、工業園選址、企業選址乃至商鋪選址等或大或小的實際工作中發揮具體指導作用。甚至發展出了專門的應用區位論，「具體事物具體分析是它的靈魂，應用性是其最突出的特點」〔註41〕。但是，與區位論相比，文學區位論應用性不強，無法像區位論那樣在現實世界中用來指導具體的規劃工作。這與文學本身的特性有關，文學創作是作家通過文學作品的主觀表達，文學接受是讀者對文學作品的主觀審美，而無論主觀表達還是主觀審美都是無法事先進行規劃設計的。但是，文學區位論是對客觀存在的文學地理現象的研究，能幫助我們深入理解文學活動空間分布背後的規律、場所與文學之間的相互影響等文學地理學問題。總而言之，區位論重在改變現實世界，而文學區位論重在解釋文學世界。

五、主要研究方法不同

受注重應用性和理學學科思維的影響，區位論研究過程中包含各種數學公式和大量的數字計算，以保證在指導實際規劃時的準確高效。而文學區位論作為一種文學理論，在研究過程中，雖然經常運用數據統計法，以發現文學活動空間分布的特徵，但還是以文學擅長的文本分析法為主，通過對文本深入細緻的解讀，發現文學與場所之間內在的本質關係。

判斷一個學科對另一個學科的概念或理論是科學借鑒還是簡單模仿，不

〔註39〕劉豔芳等編著：《經濟地理學——原理、方法與應用》（第二版），科學出版社2017年版，第51頁。
〔註40〕李小建：《經濟地理學》（第二版），高等教育出版社2006年版，第34頁。
〔註41〕白光潤：《應用區位論》，科學出版社2009年版，第26頁。

能從表面上名稱的相似性來看，否則就容易犯分析問題粗淺的錯誤。我們要關注的不是名稱，而是這個受到其他學科啟發而產生的新的概念或理論，對本學科已有的研究成果是否具有概括力，在研究本學科領域時是否具有解釋力，是否能幫助研究者透過現象看本質。如果答案是肯定的，那就說明這個過程是借鑒，而非模仿，並且說明這個新的概念或理論是有生命力的。文學區位論是在對現有的文學地理學研究成果進行總結歸納後，發現了各種文學活動在空間分布上的共性，然後借鑒人文地理學的區位概念來對這些文學現象進行描述，稱之為「文學區位」，因此，文學區位論是以豐富的文學地理學研究成果為基礎，根底紮實，富有解釋力和概括力的理論。

第四節　文學區位的基本特性

在文學區位論中，一個場所的文學區位具有以下四個基本特徵。

一、文學區位的系統性

系統性是文學區位最主要的一個特性，有三層含義。

其一，一個場所只有置於多個場所組成的空間系統中，才能具有文學區位，單獨的場所不存在文學區位。

其二，一個場所的文學區位由客觀的文學區位條件和主觀的文學區位因子共同作用而產生，研究時應兼顧雙方，不能只片面地考慮一個方面。

其三，一個場所的文學區位條件和文學區位因子包括多方面的因素，在分析評價某一場所的文學區位條件和文學區位因子時，要遵循系統論的思想，具體問題具體分析，注意區分其文學區位條件和文學區位因子中的主要因素與次要因素，針對其中某些主要因素展開重點分析。在分析單個因素的同時要考慮其他因素的關係，以及整個系統的結構組成。

例如，同樣兩個風景區，都景色優美，與作家的距離也差不多，但一個地方山路崎嶇，另一個地方水路便捷，由於文學區位條件中的交通因素不同，文學家到這兩個地方進行個人遊賞或文學雅集的頻次就會有很大差別，其文學區位也就不同。正如王安石在《遊褒禪山記》中所說：「夫夷以近，則遊者眾；險以遠，則至者少」，在古代的技術條件下，距離和交通往往會決定一個場所的文學區位。但這也不是絕對的，還需要考慮文學區位條件中的歷史、宗教等人文地理因素和文學家個人的經濟狀況、宗教信仰、價值追求、行為偏好等個

性文學區位因子。

二、文學區位的層級性

尺度是文學區位論中一個重要概念，不同研究尺度下，同一個場所的文學區位會發生變化。一個場所，在全國的文學版圖中微不足道，不具備文學宏觀區位優勢，但是在區域的文學版圖中，卻可能十分重要，具有文學中觀區位優勢。在更小的尺度下觀察，也許這個場所就會具有突出的文學微區位優勢，成為特定範圍內的文學重心。

文學區位的層級性說明判斷一個場所的文學區位，與這個場所的面積、體積、高度等物理屬性無關，只與使用的研究尺度有關。不同的研究尺度，就意味著在不同的層次上考察一個場所的文學區位。

三、文學區位的差異性

文學區位因子是對文學家或讀者而言的主觀因素，因此文學區位具有差異性。同樣的一個場所，在不同的文學家群體或個人眼中，吸引力會有很大差別。梅新林先生提出「精神磁場」的概念：「古今中外，都有一些經過歷史滄桑積澱的特殊景觀，對於文人群體具有特別強烈而持久的吸引力，可以稱之為『精神磁場』」〔註42〕，說明場所所具有的歷史文化內涵是一種共性文學區位因子，對文學家普遍具有很強的吸引力。除共性文學區位因子外，還有個性文學區位因子。一些在眾人眼中平淡無奇的場所，或者一些路途艱險、少人問津的場所，在另外某些人或某個人眼中，卻因為其與眾不同的審美特徵、行為偏好、價值追求等原因，變得獨具魅力，非去不可，因此具有超出尋常的文學區位優勢。

例如，東晉謝靈運開創山水詩派，就是因為個性文學區位因子的作用，是對文學區位差異性的最好說明。謝靈運在永嘉、會稽時，「尋山陟嶺，必造幽峻，岩嶂千重，莫不備盡」〔註43〕，為方便登山，他特意設計了一種木屐，人稱「謝公屐」，他可以說是中國第一位玩賞山水的專家。在謝靈運存世的約百首詩歌中，有六十首左右是山水詩，奠定了後世山水詩的寫作傳統。白居易在

〔註42〕梅新林：《文學地理學：基於「空間」之維的理論建構》，《浙江社會科學》2015年第3期。

〔註43〕《宋書‧謝靈運傳》，《謝靈運集校注》附錄一，顧紹柏校注，中州古籍出版社1987年版，第279頁。

《讀謝靈運詩》中說：「謝公才廓落，與世不相遇。壯志鬱不用，須有所泄處。泄為山水詩，逸韻諧奇趣」〔註44〕，但政治上鬱鬱不得志，並不表示就一定會「泄為山水詩」。白居易的觀點代表了從政治視角分析謝靈運山水詩的傳統。從文學區位論來看，謝靈運開創山水詩派與他個人的主觀因素有更加直接的關係。謝靈運雖然一生追求用世，「自謂才能宜參權要」，但《宋書》中說他「為性褊激，多愆禮度」〔註45〕，從他疏狂不遜、縱情自適的言行來看，他確實不是一名經天緯地的社稷之才。相反，他在文學方面天資過人，「靈運詩、書，皆兼獨絕」〔註46〕，而且對山水風光「宿所愛好」，擁有非凡出眾的山水審美品位。他在《遊名山志（並序）》中說：「夫衣食，生之所資；山水，性之所適。今滯所資之累，擁其所適之性耳。俗議多云，歡足本在華堂，枕岩漱流者乏於大志，故保其枯槁。余謂不然……豈以名利之場，賢於清曠之域邪」〔註47〕，可見他志在山水；他在《山居賦（並序、注）》中說：「仰前賢之遺訓，俯性情之所便……謝平生於知遊，棲清曠於山川」，並自注云：「性情各有所便，山居是其宜也」，可見他自認為適合居住在山林，而非城市。山水自古常在，政治失意者也自古常有，但只有發展到謝靈運這裡，他的性情、審美、文采，再加上他「因父祖之資，生業甚厚」〔註48〕，具有雄厚的經濟實力，這些文學區位因子，與永嘉、會稽青山綠水的文學區位條件相遇，才能飽覽山川，寫下大量優秀的山水詩，開創中國文學史的山水詩派。從此，山水在全國的文學空間系統中，才具有了重要的文學區位優勢。在謝靈運之後，原本因他而顯的個性文學區位因子，逐漸在越來越多的文學家——無論政治失意還是得意——身上發展為共性文學區位因子，中國文學中的山水詩也因此蔚為大觀。

四、文學區位的動態性

　　一個場所的文學區位並不是一成不變的，會隨著文學區位條件和文學區

〔註44〕白居易：《白氏長慶集》卷七，《影印文淵閣四庫全書》總第 1080 冊，臺灣商務印書館 1986 年版，第 72 頁。

〔註45〕《宋書·謝靈運傳》，《謝靈運集校注》附錄一，顧紹柏校注，中州古籍出版社 1987 年版，第 377 頁。

〔註46〕《宋書·謝靈運傳》，《謝靈運集校注》附錄一，顧紹柏校注，中州古籍出版社 1987 年版，第 378 頁。

〔註47〕《謝靈運集校注》，顧紹柏校注，中州古籍出版社 1987 年版，第 272 頁。

〔註48〕《宋書·謝靈運傳》，《謝靈運集校注》附錄一，顧紹柏校注，中州古籍出版社 1987 年版，第 379 頁。

位因子的改變而改變。所以一個場所的文學區位既有共時性，又有歷時性。

　　例如，唐代近三百年中，全國政治、經濟、文化的中心基本都在長安，各地文人紛紛湧向這個國家的「心臟」，去尋找自己的夢想。洛陽雖然名為東都，但影響力無法比肩長安，只是一個區域的文學重心。但在武則天執政時期，駐蹕洛陽二十餘年，洛陽成為當時實際的都城。這對文學產生重大影響，湧現出崔融、李嶠、宋之問、沈佺期、徐彥伯、杜審言、蘇味道、陳子昂等一批文學家。在這段時間裏，洛陽文學也成為京都文學的一部分，在全國文學的空間系統中佔有舉足輕重的文學宏觀區位。但是，武則天退位後，中宗重回長安，洛陽失去了政治中心的地位，其文壇盛況也一去不復返，無法與武則天執政時期相提並論，其文學區位也隨之改變，重新回到區域文學重心。

第五節　文學區位論的理論價值

　　一個學科借鑒另一個學科的理論，並不是借用或仿造幾個概念名詞那麼簡單，需要深入學習其他學科科學的思想體系和研究方法，然後用來分析自己學科的研究內容，在原有基礎上加深對研究內容系統性和深刻性的理解。本書提出的文學區位論，主要結合文學地理學的學科特點，對人文地理學區位論的一些思想和方法進行了借鑒，具有以下四方面的理論價值：

一、強調文學地理學研究的「尺度」

　　在現有的文學地理學研究成果中，雖然經常涉及「尺度」概念，但都沒有對此進行清楚的揭示。在地理學中，尺度是一個非常重要的基礎概念，「尺度（或比例尺）意味著所表現出來的概括程度。……對尺度的瞭解是非常重要的。在地理學研究中，在一種尺度上有意義的概念、關係和理解並不適用於另一種尺度下的情況」〔註49〕。這就好比對於同一片樹葉，用肉眼和用顯微鏡觀察到的結果是完全不同的。觀察尺度變了，觀察方法、觀察對象、觀察要素等也都會跟著改變，在組織結構、性狀特徵、生長規律等方面也會表現出巨大的差異。

　　在研究文學地理的過程中，強調「尺度」概念，有以下三個方面的作用。

〔註49〕　〔美〕阿瑟・格蒂斯、〔美〕朱迪絲・格蒂斯、〔美〕傑爾姆・D・費爾曼：《地理學與生活》，黃潤華、韓慕康、孫穎譯，世界圖書出版公司北京公司 2013 年版，第 14 頁。

其一，能深化對已有研究成果的理解。我們用「尺度」概念對已有的文學地理學研究成果進行宏觀、中觀和微觀的分類，通過梳理可以發現，總體來說，目前學術界較為重視在宏觀和中觀尺度上展開文學地理研究，採用的方法一般是以人繫地，而非以文繫地。因為在宏觀和中觀的尺度上，歷代文學家的數量雖然很多，但與從古至今積累的不計其數的文學作品相比，數量畢竟有限，較為容易開展計量統計分析，所以以人繫地研究相對方便。

其二，對文學地理學研究具有方法上的指導意義。有了清晰的「尺度」概念，在開展文學地理研究之前，我們能用「尺度」概念先對研究內容進行定位，劃定範圍，明確層級，然後選擇合適的研究方法。

其三，能細化研究對象，促進文學地理學的區域差異研究。例如曾大興先生在《文學地理學概論》中將全國分為東北文學區、秦隴文學區等十一個文學區，這是宏觀尺度上的劃分。每一個文學區內部，不同的區域肯定也存在各自具體的文學特徵，如果我們縮小尺度進一步展開研究，能加深對於各大文學區之間和文學區內區域差異特徵的認識。在文學地理學研究中，不同尺度不僅意味著不同的研究取向，還意味著不同的觀察精度。從這個意義上來說，尺度能幫助我們進一步拓展文學地理學的研究空間。

二、強調「文學區位因子」的作用

在已有的文學地理研究成果中，一般都會強調地域的自然地理環境和人文地理環境對文學的影響。例如曾大興先生總結「中國歷代文學家之地理分布規律」時，指出文學重心的分布大體呈現為四大節點，即京畿之地、富庶之區、文明之邦和開放之域，這四大節點「實際上正是關係到文學重心形成的政治、經濟、文化和地理四大要素」〔註50〕。這種分析以文學地理的區域差異研究為基礎，主要考慮了不同地區的人文地理環境特徵，而忽視了文學家的主觀能動性，帶有一定程度上的地理決定論色彩。

文學區位論吸收了人文地理學區位論中對行為主體的重視，強調「文學區位因子」的作用。人文地理學的區位論，尤其是微區位論，帶有明顯的人本主義和行為主義色彩。行為主義地理學「將心理學帶入地理學，試圖瞭解人們的思想和感覺對其空間行為決策的形成及行動後果，或者更確切地說，不同環境

〔註50〕曾大興：《中國歷代文學家之地理分佈》，北京商務印書館 2013 年版，第 580 頁。

中的人所產生的行為以及行為背後的決策過程是不同的，這些能夠反映空間形態的特徵」〔註51〕，人本主義地理學「強調人的因素及個人經歷，探討人的自主性、機動性、創造力、價值觀、歷史文化等因素如何影響人的生存及生活、環境認知及人地關係」〔註52〕。文學區位論通過借鑒人文地理學區位論的這種研究長處，將作家或讀者置於文學地理的重要位置，研究一個具體場所的文學區位問題時，既注重場所客觀的文學區位條件，也注重作家或讀者自身主觀的文學區位因子，揭示文學地理中場所與人的互動關係，凸顯一個活動場所在空間系統中形成文學區位優勢的過程中，作家或讀者發揮的主觀能動作用。

文學區位論強調「文學區位因子」的作用，將作家或讀者置於文學地理的重要位置，這有助於擴大研究者的視野，拓寬研究範圍，深化研究內容。例如，女性文學家的空間分布特徵，女性文學家在選擇活動空間、創作文學作品時的空間偏好，女性文學家作品對空間的感知和表現特徵，等等，這些與女性文學家有關的文學地理問題，因為現有文學地理學理論中缺少性別視角，所以長期被遮蔽，而在「文學區位因子」概念的觀照下，就會進入研究者的視野。再如，官宦或士人、在朝或退隱、遺民或貳臣等身份不同的文學家，集會時的場所選擇偏向，創作文學時的場所偏好，文學作品中對場所的感知和表現特徵，等等，這些原來被忽視的細分內容也將更容易獲得重視。

三、強調不同文學活動場所之間的比較研究

人文地理學中的區位論經常運用在經濟地理學和城市地理學研究中，用來指導現實世界中工業園區、住宅區、商鋪等具體場所的選址，因此十分注重研究一個場所在空間系統中的比較優勢，甚至把距離、面積、人流量等空間要素抽象為數學模式，進行精確計算，以發現區位最優的場所。文學區位論雖然沒有現實應用價值，但是，借鑒了區位論對不同活動場所進行比較研究的思想，強調在區域差異研究的基礎上，再對不同場所進行比較研究，發現在一定區域內具有文學區位優勢的場所。

文學區位論強調兩點：第一，單獨的一個場所不存在文學區位問題，一個場所的文學區位是相對而言的，只有在一定的區域內與其他場所發生聯繫時才存在。孤立地討論某個場所的文學區位是沒有意義的，也是不可能的；第二，

〔註51〕柴彥威等：《城市地理學思想與方法》，科學出版社2012年版，第5頁。
〔註52〕柴彥威等：《城市地理學思想與方法》，科學出版社2012年版，第7頁。

文學區位並不是指某個具體的活動場所，而是在對不同文學活動場所進行比較研究後，對某一個場所與其他場所之間關係的描述。文學區位論研究重在分析不同文學活動場所的差異以及相互之間的關係。

在現有的文學地理學研究成果中，不少學者已經對不同文學活動場所的差異與相互之間的關係展開了研究，例如，有學者提出「文學重心」「文學中心」「亞文學中心」等概念，這就是對某個場所在空間系統中文學區位的描述。但是，尚未發現有學者對此進行抽象總結，通過明確的概念和系統的理論將其固定下來，上升到學理層面，使其具有更加普遍的學術價值。

四、強調「空間中的文學」與「文學中的空間」的融合研究

如前所述，目前中國文學地理學研究存在「空間中的文學」與「文學中的空間」的割裂問題，而文學區位論將有效促進這兩者的融合研究。

在文學區位論中，重視研究文學作品空間分布的文學區位問題。就文學作品的空間分布問題而言，一個場所在空間系統中的文學區位情況受到文學區位條件和文學區位因子兩方面的影響。一個場所的文學區位條件是其自身的自然地理和人文地理特徵，這是先於文學作品存在的外在客觀條件，是文學作品產生的外部地理環境，其位置、地貌、氣候、植被、交通、風俗、歷史、經濟、宗教、建築等都將對文學家的文學創作活動產生各種形式的影響，進而體現在文學作品的數量和質量上。另外，一個場所的文學區位情況還受到文學區位因子的影響。文學區位因子是作者的籍貫、性別、年齡、身份、行為偏好、經濟狀況、宗教信仰、價值追求、文化品位等主觀因素。這些主觀因素將影響文學家對一個場所的興趣，進而體現在文學家創作與該場所相關的文學作品的數量和質量上。而這種文學區位因子很少被直接表達出來，但是，通過解讀作者創作的文學作品，能夠被發現。因此，研究一個場所的文學區位因子，天然地需要分析文本。

文學區位條件是一個場所擁有的客觀屬性，是文學作品產生的「外層空間」；而文學區位因子是作者擁有的主觀因素，是存在於文學作品中的「內層空間」。因此，在研究文學作品地理分布的文學區位問題時，文學區位論通過文學區位條件和文學區位因子這兩個概念，把主觀和客觀、「外層空間」和「內層空間」統一到了一起，即要想從文學作品的地理分布角度來研究一個場所在空間系統中的文學區位，就必須同時研究「空間中的文學」和「文學中的空間」。因此，文學區位論將有效促進對二者的融合研究。

第二章　文學區位論的研究方法、
　　　　　研究內容與研究案例

第一節　文學區位論的主要研究方法

　　文學區位論作為文學地理學的一種理論，在文學地理學研究中能運用的各種方法也都能運用到文學區位論的研究中。關於文學地理學的研究方法，國內學術界楊義、曾大興、梅新林、鄒建軍、李仲凡等學者都曾撰文表達過自己的觀點，其中最為具體全面的應屬曾大興先生和梅新林先生在各自文學地理學專著中的專章介紹。曾大興先生《文學地理學概論》的第八章「文學地理學研究方法」，側重介紹實際研究過程中經常應用的方法，主要包括繫地法、現地研究法、空間分析法、區域分異法、區域比較法和地理意象研究法等六種研究方法。而梅新林先生在《文學地理學原理》的第八章「文學地理學的研究方法」中，側重對方法的理論體系構建，從文學地理學跨學科的屬性出發，提出「交替運用和有機融合地理科學的實證方法與文學批評的闡釋方法」的「二元複合研究法」〔註1〕，並根據基於「地理學」和「文學」的不同本位立場，提出「地→文」和「文→地」兩種不同範式論。兩者雖側重點不同，但仔細考察其具體方法，多有交叉重合。

　　根據文學區位論的研究內容，有一些方法對研究有重要作用，使用率比較高，現結合實際應用作簡要介紹。

〔註1〕梅新林、葛永海：《文學地理學原理》，中國社會科學出版社 2017 年版，下卷，第 759 頁。

一、數據統計法

從學術界現有與文學區位論有關的論著來看，數據統計法是一種使用率極高的方法，主要運用在對文學家地理分布的研究中。從 20 世紀 80 年代王尚義先生的論文《漢唐時期山西文人及地理分布及其文化發展之特點》〔註2〕、王尚義先生和徐宏平先生合作的論文《宋元明清時期山西文人的地理分布及文化發展特點》〔註3〕開始，數據統計法就成為研究一定區域內的文人地理分布情況的有效方法。後來，曾大興《中國歷代文學家之地理分布》（1995）、胡阿祥《魏晉本土文學地理研究》（2001）、梅新林《中國文學地理形態與演變》（2006）、劉躍進《秦漢文學地理與文人分布》（2012）、杜紅亮《江河視閾下的中國古代文學流向》（2016）等一批著作都以數據統計法為基礎研究方法，對斷代或通代、地區或全國的文人地理分布情況進行統計，然後概括其特徵，分析其原因。

梅新林先生在《中國文學地理形態與演變》「導論」中說自己主要綜合運用四種研究方法，其中第一種就是數據統計法，並認為「理論的創新與建樹必須建立在紮實的學術研究基礎之上，而紮實的學術研究則又必須建立在紮實的實證基礎之上。就中國文學地理研究而言，其最重要的實證基礎之一就是客觀可信的數據統計」〔註4〕。數據統計法的大量使用，由文學區位論的實證主義特色決定，是文學區位論區別於其他文學研究理論的一個標誌。文學區位論研究中，以現象為出發點，把文學家籍貫、文學家流動地、文學家族所在地、作品創作地等信息看作調查對象，運用數據統計法進行匯總分析，客觀呈現研究對象的地理分布情況。

二、繫地法

曾大興先生在《文學地理學概論》中指出：「所謂繫地，就是考證文學事象發生的地點，然後按照形式文學區或功能文學區進行排列」〔註5〕。繫地法是數據統計法的前提，只有先確定文學家、文學作品等文學現象所屬的地理位

〔註2〕 王尚義：《漢唐時期山西文人及地理分佈及其文化發展之特點》，《山西大學學報》1986 年第 4 期。

〔註3〕 王尚義、徐宏平：《宋元明清時期山西文人的地理分佈及文化發展特點》，《山西大學學報》1988 年第 3 期。

〔註4〕 梅新林：《中國文學地理形態與演變》，上海人民出版社 2014 年版，第 16 頁。

〔註5〕 曾大興：《文學地理學概論》，北京商務印書館 2017 年版，第 306 頁。

置，接下來才能進行數據統計。繫地包括以人繫地和以文繫地。以人繫地可以分為文學家、文學家族、文學家集會、文學社團等方面的繫地，以文繫地可以分為文學創作、文學傳播、文學接受等方面的繫地，其中文學創作繫地又可細分為文學作品寫作地和文學作品寫及地兩種情況。

從現有研究成果來看，目前學術界普遍運用的是以人繫地的研究方法，而以文繫地卻很少見。這是由學術界關注的研究對象決定的。自王國維在《宋元戲曲史》（1915）中對元雜劇作家的空間分布進行考察之後，以人繫地一直是文學地理學研究的重點。20世紀90年代以來，更是產生了一大批用以人繫地方法為基礎研究文學家地理分布的著述。梅新林先生在《文學地理學原理》中闡述「文→地」範式論時，提出「以地證文」的方法，其實質與「繫地法」有共通之處。他在分析「以地證文」的「時空定位」環節時說：「從目前學界『以地證文』的時空選擇來看，其極限……向上很少超越全國而走向洲級乃至全球，向下則較少縮小到省級以下。後者主要是由於選題研究意義所限，前者則主要是由研究者能力所限」〔註6〕，詳其上下文表述，應該主要是就文學家空間分布——即以人繫地而言。他在這裡無意中也忽略了文學作品的空間定位——即以文繫地。其實從以文繫地來看，省或全國以上的研究反而更加困難，因為文學作品不計其數，研究者往往有心無力，而省以下的研究則相對容易一些，但這並不表示研究選擇意義有限。

因此，在文學區位論中，以人繫地和以文繫地兩種繫地法各有千秋，應該根據研究內容靈活運用，研究者不應存在偏見。

三、圖表法

對於數據統計的結果，一般學者都會採用圖表進行呈現，很少通過語言進行敘述，因為與語言敘述相比，圖表簡單清晰，一目了然。因此，在涉及文學區位研究的文學地理學論著中，經常能看到大量的圖表。圖表分為圖像和表格兩種，目前文學區位論研究中普遍使用的是表格。製作表格相對簡單，製作圖像則相對困難，需要借助相應的專業軟件並具備一定的操作技巧。但是隨著計算機技術的發展，在研究中使用圖像呈現研究成果的學者也日漸增多。例如王兆鵬先生與搜韻網站聯合開發的「唐宋文學編年地圖」，就採用文學地圖形式，

〔註6〕梅新林、葛永海：《文學地理學原理》，中國社會科學出版社2017年版，下卷，第811頁。

直觀便捷，非常方便研究者使用，鄧曉倩在論文《試論辛棄疾詞對蘇軾詩詞接受的地域差異——以唐宋文學編年地圖為參考依據》〔註7〕中就引用了「辛棄疾一生行跡示意圖」「辛棄疾在吳越文學區的行跡示意圖」「辛棄疾在荊楚文學區的行跡示意圖」「辛棄疾在閩臺文學區的行跡示意圖」等四幅圖。

四、比較分析法

　　一個場所的文學區位只有在與其他場所組成的空間系統中才存在。文學區位是在空間系統中不同場所區域差異的基礎上通過比較分析後顯現出來的，沒有比較，就沒有文學區位。因此，比較分析法是文學區位論的一種重要研究方法。「比較分析法，是把兩個或兩類事物加以分析，對比和鑒別，從而確定它們的相同點和不同點，找出內在聯繫，共同規律和特殊本質的認識方法。」〔註8〕文學區位論中，用來比較分析的場所往往不只兩個，而是組成空間系統的多個場所。對於文學區位論的比較分析法，有以下三點需要注意。

　　1. 對不同事物可以進行數量、質量、外部特徵、內部結構等不同方面的比較分析，因此，在研究文學區位問題時，不同場所之間也可以從文學家數量、文學社團數量、文學作品數量、自然地理條件、人文地理條件、文學作品傳播情況、文學作品接受情況等方面進行比較分析。

　　2. 比較分析的過程中，不僅要看到場所之間的不同之處，也要看到相同之處。只有把不同和相同結合起來，才能全面考察不同場所之間的文學區位關係，發現文學地理現象背後隱藏的空間法則。

　　3. 比較分析分為共時比較和歷時比較兩種。共時比較，是對同一時期不同場所之間進行比較，以發現各個場所在相互組成的空間系統中的文學區位的靜態狀況。歷時比較，是在共時比較的基礎上再加上時間維度，以考察歷史發展過程中文學區位的動態變化。

五、文地互釋法

　　數據統計只是對文學區位現象的實證研究，只能回答「是什麼」，並不能

〔註7〕鄧曉倩：《試論辛棄疾詞對蘇軾詩詞接受的地域差異——以唐宋文學編年地圖為參考依據》，《文教資料》2017年第21期。

〔註8〕高鳳歧、陸軍恒編著：《調查研究理論與藝術》，中國政法大學出版社1987年版，第159頁。

揭示現象背後的本質，回答「為什麼」。要想回答為什麼不同場所在相互組成的空間系統中具有不同的文學區位問題，就要落實到文本分析，通過深入剖析文本來考察場所對作家和作品的影響，最終揭示不同文學區位形成的原因。運用比較分析法可以揭示不同場所在文學區位條件上的差異，然而這種差異只有與文學區位因子相互作用——即只有通過作家或讀者主體——才能影響文學區位。文學區位條件和文學區位因子會相互影響，相互轉化。具體來說，一方面，場所的氣候、物候、山水地貌等自然地理環境和歷史、宗教、商業、民俗等人文地理環境會激發作家的創作熱情，變成作家的審美對象，從而被寫入文學作品；另一方面，作家創作的文學作品又會豐富場所的人文內涵，甚至使一些純自然的場所也具備了人文色彩，變成文學景觀。隨著這些文學作品的傳播，原來的場所又進一步增進了文學區位條件，具有更大的知名度和吸引力。在這個過程中，包括了文學活動中「創作—傳播—接受」的各個環節，內含了「地→人（作家）→文→人（讀者）→地」的循環鏈條，而銜接這根鏈條的就是文學作品，所謂「山水借文章以顯，文章憑山水以傳」。文地互釋法就是以文本為中心，研究「地—人—文」三者之間的互動關係，相互闡釋，不斷深入，最終理解文學區位現象背後的本質。

第二節　文學區位論的研究內容

　　文學區位論研究文學活動的一般空間法則，至少包括以下十個方面的研究內容，接下來本書結合已有的研究成果進行闡述。

一、文學家空間分布的文學區位問題

　　文學家在空間分布上存在非均質性，一些地區文學家人才輩出，燦若星辰，而另外一些地區卻文學家很少，甚至沒有。文學家空間分布的文學區位問題是文學區位論的一項重要研究內容，具體包括：揭示文學家空間分布的區域差異特徵，並詮釋現象背後的原因；發現那些在文學家空間分布上具有文學區位優勢的地區，並考察其與其他地區之間的關係；研究同一地區在文學家空間分布方面的文學區位的歷史變化；文學家空間分布的文學區位對文學發展的具體影響；等等。

　　文學家的空間分布是文學地理學的一項重要研究內容，成果較為豐碩，已出版多部專著，例如曾大興《中國歷代文學家之地理分布》、梅新林《中國文

學地理形態與演變》、劉躍進《秦漢文學地理與文人分布》、杜紅亮《江河視閾下的中國古代文學流向》等，都涉及這方面的研究。前文對此已有討論，茲不贅述。

在這裡要提別提出的是女性文學家空間分布的文學區位問題。在中國古代文學史上，文學家群體以男性為主，女性文學家雖然很少，但也代不乏人，發展至清代達於極盛，在數量上也有了較大的突破。以清末民初施淑儀所編纂的《清代閨閣詩人徵略》為例，據陸草先生在論文《論清代女詩人的群體性特徵》中統計，該書共收錄女詩人 1262 名。因此，對女性文學家文學活動的文學區位問題研究，應該也是大有文章可做。但是，目前對於女性文學家空間分布的研究很少，僅有個別學者開始注意到這方面的內容。例如，陸草先生在 20 世紀 90 年代率先對清代女詩人的空間分布問題展開研究，他在論文《論清代女詩人的群體性特徵》中總結了清代女詩人群體存在的五個特徵，其中第一個就是：「由空間分布不勻而形成的地域性」。具體而言，「在清代女詩人的空間分布方面，南方遠較北方密集，以浙江、江蘇兩省為最，其次是安徽、福建兩省，以上四省的女詩人數量共占全國總數的 85.25%。而浙江省的女詩人絕大多數集中在以錢塘江為中心的杭州灣沿岸，江蘇省的女詩人絕大多數集中在以太湖為中心的常州、蘇州、鎮江、松江、太倉五府，即今江蘇省的長江以南、鎮江以東地區。上述兩個地區的女詩人數量約占全國總數的一半」。但是，「在清代的二百六十多年間，北方女詩人在全國所佔的比重一直呈下降趨勢，即從清初的 8.38% 下降到清末的 3.38%」〔註9〕。作者經過統計，發現清代在女詩人空間分布上，江、浙、徽、閩四省具有全國範圍內的文學宏觀區位優勢，而環太湖的蘇州等五府和以錢塘江為中心的杭州灣沿岸又在各自所屬的江、浙兩省內具有文學中觀區位優勢。作者還從文學區位條件的角度對這種全國範圍內各省文學宏觀區位的巨大差異進行了簡要的解釋，他說：「一般地說，文學創作優勢是文化優勢的一種體現，而某一地區的文化優勢，又是該地區的歷史傳統、地理環境、經濟基礎、文化積澱，乃至居民性格氣質、民風民俗、宗教意識等諸多因素的綜合反映，也同該地區的某一特定歷史時期的社會政治環境有關」〔註10〕。他的解釋已經基本包括了文學區位條件中的主要因素。

〔註 9〕陸草：《論清代女詩人的群體性特徵》，《中州學刊》1993 年第 3 期。
〔註 10〕陸草：《論清代女詩人的群體性特徵》，《中州學刊》1993 年第 3 期。

二、文學家族空間分布的文學區位問題

文學家族空間分布的文學區位問題與文學家空間分布的文學區位問題有相似之處，但也有不同。

關於文學家族的空間分布，曾大興先生在《中國歷代文學家之地理分布》的第十章「中國歷代文學家族之地理分布」中有專門的闡述。通過翔實的數據統計，作者揭示出文學家族在地理分布、時代分布與類型分布上的七個特點。就文學家族的地理分布特點而言，他指出：「主要分佈在黃河與長江流域，珠江流域較少，松江與遼河流域沒有」，「就黃河、長江、珠江三大流域而言，以下游流域的平原居多，黃河與長江中游流域的平原居少，上游流域的平原或盆地更少。珠江的中游流域（桂文化區）沒有文學家族分布」〔註11〕，這些論述分析了不同流域之間，或同一流域的上、中、下游之間，在文學家族空間分布上的差異，這已經涉及文學家族空間分布的文學區位問題。我們用文學區位論來分析曾大興先生的研究成果，可以得出關於文學家族空間分布的文學區位問題的兩個結論：其一，在全國的文學空間系統中，黃河、長江、珠江三大流域具有明顯的文學宏觀區位優勢；其二，在黃河、長江、珠江三大流域的文學中觀區位考察中，各流域的下游平原地區具有明顯的文學區位優勢。

再如，晁成林先生在論文《地域文化視域下唐前江蘇文學家族的地理分布》中，對西漢至隋代的近八百年時間裏江蘇出現的 25 個文學家族的空間分布進行了考察，指出唐前江蘇文學家族的空間分布極不平衡，「江南的蘇州和江北的徐州分布較多，江南的常州、無錫、鎮江、南京和江北的揚州、淮安、連雲港分布較少，江北的南通、泰州、鹽城、宿遷沒有出現文學家族」〔註12〕。與曾大興先生的研究相比，作者這是在微觀尺度上研究唐前江蘇境內文學家族空間分布的文學區位問題。

三、文學社團空間分布的文學區位問題

我國文人結社的歷史源遠流長，結社風氣至明清達到鼎盛。蔣寅先生在論文《清代詩學與地域文學傳統的建構》中指出：「清代的文壇基本是以星羅棋佈的地域文學集團為單位構成的……可以說，地域詩派的強大實力，已改

〔註11〕曾大興：《中國歷代文學家之地理分佈》，北京商務印書館 2013 年版，第 542 頁。

〔註12〕晁成林：《地域文化視域下唐前江蘇文學家族的地理分佈》，《西南交通大學學報》（社會科學版）2017 年第 5 期。

變了傳統的以思潮和時尚為主導的詩壇格局，出現了以地域性為主的詩壇格局」〔註13〕，由此可見文學社團對清代文學發展的重要性。羅時進先生在論文《明清地域性文學社團考察》中進一步指出：明清文學社團「其組織往往形成於熟人社會，大多活動於地方基層，人地關係較為緊密；其文思則煥發於鄉邦皋原，具有地域化色彩；論其屬性，絕大部分都屬於地域文學社團」〔註14〕，文學社團因其地域性特徵，自然進入文學地理學的研究範疇。

與文學家、文學家族一樣，文學社團的空間分布也存在非均質特徵，即文學社團的空間分布也存在文學區位問題。但是，與文學家、文學家族不同的是，文學社團的成員往往有比較一致的文學主張，加之經常集會，互相贈答唱和，因此更能對一個地區文學的整體面貌產生影響。例如晚明的公安派，以袁宗道、袁宏道及袁中道三兄弟為代表，「公安派結社從萬曆初期龔仲敏創立陽春社納『三袁』入社修業到袁中道天啟年間與吳極、申紹芳、魏浣初等人結社唱和，經歷了一個由興到盛再又由盛到衰的過程，這一過程幾乎與公安派之興衰相始終」〔註15〕。公安派不僅是一種主張「性靈說」的文學流派，同時也是一種由各種詩社、文社組成的鬆散的文學社團。因此，從某個角度說，研究文學社團空間分布的文學區位問題，更能折射出地域文學的整體特徵。

因為文學社團的重要性，學術界對於文人結社的研究較多，其中不少已經涉及文學社團空間分布的文學區位問題。例如何宗美先生在著作《明末清初文人結社研究》中，對明代的文學社團按地域進行了數據統計，得出明代文人結社地域分布的基本特點：「以東南和沿海數省為中心，既有向全國各地輻射的趨勢，又明顯體現了地域上不平衡的狀態」。具體來說，「南直、浙江是明代文人結社的中心，其次廣東、福建、江西、湖廣、北直等地的結社也較為活躍」，而且，作者把明代文人結社的空間分布和宋、元時期進行了比較，指明異同，其中「同者為，無論是宋、元還是明代，文人結社皆以長江下游的江浙地區為軸心，此不曾有變」〔註16〕。此處的「軸心」，說明宋、元、明時期，就文學社團的空間分布而言，江浙地區在全國具有明顯的文學宏觀區位優勢。接下來，作者對明代文人結社空間分布的不平衡狀態進行了解釋，指出：「文人結

〔註13〕蔣寅：《清代詩學與地域文學傳統的建構》，《中國社會科學》2003 年第 5 期。
〔註14〕羅時進：《明清地域性文學社團考察》，曾大興、夏漢寧編《文學地理學》，人民出版社 2012 年版，第 211 頁。
〔註15〕何宗美：《公安派結社考論》，重慶出版社 2005 年版，第 4 頁。
〔註16〕何宗美：《明末清初文人結社研究》，南開大學出版社 2003 年版，第 25 頁。

社的興起，既決定於經濟的繁榮和社會的發展，也受到自然環境和人文傳統的直接影響」〔註17〕。

再如，袁志成在論文《晚清民國詞社的地理分布、成因及影響》中，對晚清民國的 60 個詞社按省份進行了統計，發現詞人結社的空間分布極不均衡，其中上海、江蘇、北京三地為「詞社高產省份」，共有 38 個詞社，占全國總數一半以上；浙江、福建、廣東三地為「詞社一般省份」，各有 4 個或 6 個詞社；而天津、安徽、貴州等六地為「詞社較少省份」，只有 1 個或 2 個詞社。作者進一步指出，「晚清民國詞學地域格局的形成，受詞人結社地理分布的影響，與其基本一致，表現為以江浙、上海、北京為首的詞學中心區以及嶺南、閩中、湖湘、雲南、貴州等代表的詞學邊緣區。同時，詞人結社的地理分布促進詞人群體、詞學流派的發展，在全國形成幾個較大的詞人群體或詞學流派」〔註18〕。該論文中所揭明的詞社空間分布與詞學發展之間的關係正可以證明，研究文學社團空間分布的文學區位問題，意義重大，有助於理解文學發展的全貌和背後地域性的作用。

四、文學家集會空間分布的文學區位問題

集會是文學家經常組織的一種文學活動，考察某一區域內文學家集會場所的空間分布情況，能發現存在非均質現象。有些場所與周圍其他場所相比，文學區位條件突出，具有明顯的文學區位優勢，文學家對這些場所情有獨鍾，經常於此煮酒品茗詩詞酬唱，留下了大量的文學作品，甚至將集會時眾人所作詩文編集成冊。文學家集會空間分布的文學區位問題研究主要包括：揭示文學家集會空間分布的區域差異特徵；分析那些在文學家集會空間分布上具有文學區位優勢的場所具有的文學區位條件，找出主要因素；分析影響文學家集會時場所選擇的文學區位因子，找出主要因素；考察隨著交通等條件的改變，文學家集會時空間分布的文學區位的變化；文學家集會空間分布的文學區位對文學發展的影響；等等。

文學史上最著名的文人集會恐怕要屬東晉蘭亭雅集了，王羲之所撰《蘭亭集序》更是千古流芳。從此蘭亭就成為文人心中的雅集勝地，歷代都有文人相

〔註17〕何宗美：《明末清初文人結社研究》，南開大學出版社 2003 年版，第 29 頁。
〔註18〕袁志成：《晚清民國詞社的地理分佈、成因及影響》，《湖南城市學院學報》2011年第 2 期。

聚蘭亭舉辦雅集活動。元末，江浙行省左右司郎中劉仁本效法蘭亭雅集，邀集四十二人於餘姚秘圖山的雩詠亭行修禊事，作詩詠懷，匯總後鐫刻於石上，命名為《續蘭亭會圖石刻》。他們當時的集會場所雖然不是在蘭亭，卻自稱為「續蘭亭會」，可見他們對蘭亭實在是心向神往，蘭亭因其歷史文化內涵，在當地眾多文學集會場所中擁有明顯的文學區位優勢。

五、文學家流動空間分布的文學區位問題

文學區位論既考慮一個活動場所客觀的文學區位條件，也考慮文學家主觀的文學區位因子。前者對文學家產生外在拉力，而後者才是促使文學家選擇場所開展文學活動的內在動力。因此，研究文學家基於內在動力而產生流動的空間分布是文學區位論的一項重要研究內容，具體包括：揭示文學家流動空間分布的區域差異特徵；發現那些在文學家流動空間分布上具有文學區位優勢的地域，並考察其具有優勢的文學區位條件；對文學家流動的空間結構模式進行總結，以發現其普遍意義；研究文學家流動背後的文學區位因子，分析共性文學區位因子與個性文學區位因子之間的演變關係；考察同一場所在文學家流動空間分布方面的文學區位的歷史變化；文學家流動空間分布的文學區位對文學發展的影響；等等。

梅新林先生在《中國文學地理形態與演變》中已展開這方面的研究。前述曾大興先生從籍貫入手來研究歷代文學家空間分布問題，未考慮文學家的主觀意願及其流動，屬於靜態研究。梅新林先生在《中國文學地理形態與演變》第四章「文人流向與文學地理」中，從文人群體求學、應舉、仕進等八個關鍵環節入手，研究文學家流向的空間分布特徵，則屬於動態研究。在研究過程中，作者考慮到了「京都情節」等文學家的主觀因素對其流動時空間分布的影響，提出以城市——尤其是京都為文學軸心的三種文人群體流向模式：向心型，主要體現在求學、應舉、仕進和授業四個環節；離心型，主要體現在隱逸和貶流兩個環節；交互型，主要體現在遊歷和遷居兩個環節。作者所說的「文學軸心」即文學區位論中在文學家流動的空間分布上具有文學區位優勢的城市，他將京都等文學軸心城市和文人流向地抽象為點，所提出的向心型、離心型和交互型三種文人群體流向模式，即是對作為文學區位要素的點與點結合成的節點結構的具體表述。

六、文學作品空間分布的文學區位問題

　　一個活動場所在空間系統中是否具有突出的文學區位，既可以通過文學家的空間分布、文學家流動的空間分布來考察，也可以通過文學作品的空間分布來考察。前者屬於「以人繫地」，後者屬於「以文繫地」。文學家開展文學活動的核心是進行文學創作，文學作品最終決定一個文學家在文學界和文學史的地位，同樣，文學作品最終決定一個活動場所在空間系統中的文學區位。因此，文學作品的空間分布是文學區位論最重要、最核心的研究內容。

　　文學作品空間分布的區位問題可以從群體和個體兩個層面展開研究。群體層面的研究包括對不同歷史時期或同一歷史時期眾多文學家文學作品空間分布的考察，個體層面主要指對某個文學家一生全部文學作品空間分布的考察。通過這兩個層面的研究，可以分析文學家群體或個體創作文學時與具體場所之間的互動關係。

　　研究文學作品的空間分布的文學區位問題時，首先要考慮文學作品的數量，其次也要考慮文學作品的質量。文學作品數量多，說明一個活動場所擁有良好的文學區位條件，能吸引眾多文學家進行反覆創作；而文學作品的質量高，則說明一個活動場所的文學區位條件與文學家的文學區位因子契合，能激發出文學家的創作活力，進而寫出高水平、有影響力的文學作品。文學作品空間分布的群體特徵可能與個體特徵一致，也可能不一致。

　　對文學作品空間分布的文學區位問題的研究包括兩個方面：其一，是「空間中的文學」，即研究文學作品的空間分布特徵，發現在文學作品空間分布上具有區位優勢的場所，分析其文學區位條件；其二，是「文學中的空間」，即研究文學作品對具有區位優勢的場所的書寫，分析其文學區位因子。這兩個方面中，前者外在於文學作品，後者內在於文學作品，相輔相成，互為表裏，相互影響。

　　文學作品空間分布的文學區位問題是一項古老的研究內容。例如，中國最早的詩歌總集《詩經》，「國風」中的「陳風」一共收錄十首詩，其中就有《東門之枌》《東門之池》《東門之楊》三首詩與「東門」有關。很顯然，在「陳風」中，東門與其他場所相比，有著明顯的文學區位優勢。再分析這三首詩的內容，都描寫了男女青年在東門聚會歌舞的內容。《東門之枌》中有句：「東門之枌，宛丘之栩」，《毛傳》對該句的解釋為：「枌，白榆也。栩，杼也。國之交會，

男女之所聚」〔註19〕，後來《孔疏》說：「知此二木是國之道路交會，男女所聚之處也」〔註20〕，朱熹《詩集傳》說：「此男女聚會歌舞，而賦其事以相樂也」〔註21〕。宋末王應麟《詩地理考》卷三「東門之枌」條徵引戴溪《續呂氏家塾讀詩記》卷一的解釋：「《陳詩》多言東門，必陳人遊息之地」〔註22〕，已經意識到東門在陳國的特殊性，指出東門是當時陳國男女青年聚會遊息的固定場所，這就由地名延伸到了地方風俗。這種風俗正是東門作為活動場所所具有的突出的文學區位條件，對那些嚮往愛情、情懷浪漫的文學青年能產生巨大的吸引力。而《東門之枌》《東門之池》和《東門之楊》這三首詩的作者正是這樣的男青年，他們身上的文學區位因子與東門的文學區位條件發生了強烈的共鳴，因此創作出千古流傳的動人詩篇。

再如，夏漢寧、劉雙琴和黎清主編的《宋代江西文學家地圖》第四章「宋代江西文學家作品量的地理分布」中，對宋代江西各縣詩、文、詞的作品數量進行了分類統計，並將此三種文體作品總量的地理分布分為六個或四個層級，得出「不同的縣各體文學的創作並不平衡」〔註23〕的結論，揭示了宋代江西詩文空間分布的文學區位關係。數據顯示，宋代吉州在詩、文、詞的作品數量上都名列首位，在宋代江西範圍內具有明顯的文學區位優勢；而在吉州範圍內，廬陵縣又具有首屈一指的文學區位優勢。

又如，胡迎建先生在論文《江西山水名勝與宋代詩文》中根據其主編的《江西名山志叢書》藝文部分，對唐宋時期江西各名山詩數量進行了統計，其中廬山有 586 首，遠超石鐘山（32 首）、龍虎山（53 首）、西山（27 首）、鵝湖山（22 首）等其他名山〔註24〕，可見在唐宋時期，廬山就已經在江西文學版圖中擁有最重要的文學區位。

〔註19〕毛亨傳，鄭玄箋，孔穎達疏，李學勤主編，龔抗雲、李傳書、胡漸逵整理，肖永明、夏先培、劉家和審定：《毛詩正義》，北京大學出版社 1999 年版，第 440 頁。

〔註20〕毛亨傳，鄭玄箋，孔穎達疏，李學勤主編，龔抗雲、李傳書、胡漸逵整理，肖永明、夏先培、劉家和審定：《毛詩正義》，北京大學出版社 1999 年版，第 441 頁。

〔註21〕朱熹：《詩集傳》，趙長徵點校，中華書局 2011 年版，第 106 頁。

〔註22〕王應麟著，張保見校注：《詩地理考校注》，四川大學出版社 2009 年版，第 119 頁。

〔註23〕夏漢寧、劉雙琴、黎清主編：《宋代江西文學家地圖》，江西美術出版社 2014 年版，第 222 頁。

〔註24〕胡迎建：《江西山水名勝與宋代詩文》，曾大興、夏漢寧編《文學地理學》，人民出版社 2012 年版，第 211 頁。

七、文學傳播的文學區位問題

在文學地理學中,「文學的地域性研究,不僅要研究地域環境對文學生產的影響,亦應當研究地域環境對文學傳播的影響。過去的研究亦往往是重視文學生產,而忽略文學傳播」〔註25〕。影響文學傳播效果的因素有很多,在山水阻隔、車馬舟楫不便的古代,傳播源與接受地之間的距離、交通等對傳播效果會有很大影響。在文學區位論中,交通是文學區位條件的一個主要因素,而距離也是文學區位因子的一個主要因素。因此,研究距離和交通對文學傳播的影響是文學區位論的題中應有之義。當然,從文學區位論來看,除距離和交通外,文學傳播的效果還受到傳播源的政治、經濟、歷史、宗教等其他因素的影響,例如,京都作為全國的政治中心,對全國的文人有「聚集—擴散」效應,身處京都的文學家的作品一般更容易借助因科舉、銓選、命官、流貶等進出京城的文人傳播到全國各地;經濟發達地區的文學家,一般更加有經濟實力去刻印詩文集,從而促進自己作品的傳播。總之,在文學區位論中,作為傳播源的不同場所之間的關係是不平等的,對文學傳播發揮著不同的作用。

這種在文學傳播過程中存在的文學區位差異,已經引起了一些學者的注意。例如,李德輝先生在論文《唐代五都交通圈及其文學效應》中的研究,涉及唐代五都交通圈對文學傳播的影響。五都即長安、洛陽、太原、成都、江陵等五座唐代建過都的城市,五都交通圈即由上述五城及其周邊地區構成的文人活動圈。這是「一個詮釋唐代文學生產和文學傳播之規律的新視角。其提出主要是著眼於唐代不同地域在地理空間的連續性、文學功能的差異性、文人行旅的規律性,並考慮到唐代不同地域的區位優勢和互補功能」〔註26〕。五都交通圈所影響的文學傳播範圍分為三個層級,「一是以長安、洛陽為中心的兩京地區,為五都交通圈的第一層級。就其地位、作用而言,可以稱為核心區……二是從它的外緣到中原的邊緣,以成都、江陵、涼州、太原四個陪都為四角而形成一個大圈,剛好把唐代的主要區域框定出來,可稱邊緣區、外圍區或次核心區。它是五都交通圈的第二層級,內聯京畿,外接四裔,幾座外形孤立的城市,通過幾條水陸道路,與地方上的大片經濟文化落後區連成一體……邊緣區

〔註25〕汪文學:《邊省地域與文學生產:文學地理學視野下的黔中古近代文學生產和傳播研究》,上海古籍出版社2016年版,第33頁。
〔註26〕李德輝:《唐代五都交通圈及其文學效應》,《華南師範大學學報》(社會科學版)2015年第1期。

之外，是中原文化的影響區，即周邊少數民族聚居區。此為五都交通圈的第三個層級」〔註27〕。李德輝先生看到了唐代文學傳播過程中存在的文學區位不平等現象，用「五都交通圈」的三個層級的空間結構揭示了唐代以都城為中心，向周邊陪都，再向更邊緣地區層層傳播的路徑。在這個結構中，兩京、陪都等不同等級的城市具有不同尺度上的文學區位優勢，對文學傳播的影響力也不同。這三個層級之間，依靠交通路線組成的網絡相互聯接，實現傳播。在具體的闡述中，很顯然作者借鑒了人文地理學區位論中的「區位」和「空間結構」的概念和思想。

八、文學接受的文學區位問題

　　金克木先生的《文藝的地域學研究設想》是一篇在文學地理學學術史上有綱領性作用的重要文章。他在文中指出：「考察作者、作品必須兼重讀者、聽眾、觀眾……著眼只在作者未免狹隘而不見其全……從作者到接收者這個過程若統一於作品之中，那麼，兼時空的地域學研究才更有意義」〔註28〕。曾大興先生在《文學地理學概論》中也指出：「文學地理學也不是一種單純的外部研究，除了外部研究……同時也要深入到接受本體（讀者），它實際上是一種內外兼顧的文學本體研究」〔註29〕。文學接受作為一種文學活動，也存在區域差異問題，同樣的文學作品，在不同區域的接受情況是不同的。對於文學接受過程來說，接受地的氣候、物候、地貌等自然地理因素和社會性質、風俗習慣、歷史文化等人文地理因素是文學區位條件，其中人文地理因素在文學區位條件中起主導作用。讀者的身份、地位、文學品味、經濟條件等是文學區位因子。

　　目前學術界只有個別學者的研究涉及文學接受過程中的文學區位問題。例如汪超在論文《閨閣、青樓場域差異影響下的文學傳播與接受——以明代女性詞人為例》中，從空間視角，考察了閨閣和青樓兩種場所中女詞人不同的文學接受情況。他首先分析了閨閣和青樓內部結構的差異，然後討論了空間差異對文學接受的影響，「閨閣與青樓兩個不同場域的行動者資本的累積方式差異，直接影響到其文學接受。儘管閨閣與青樓場域中的女性也存在相

〔註27〕李德輝：《唐代五都交通圈及其文學效應》，《華南師範大學學報》（社會科學版）2015 年第 1 期。

〔註28〕金克木：《文藝的地域學研究設想》，《讀書》1986 年第 4 期。

〔註29〕曾大興：《文學地理學概論》，北京商務印書館 2017 年版，第 5 頁。

互轉換角色的可能，但就正常情況說，她們的所屬場域決定著她們文學接受的差異」〔註30〕，其中就包括接受內容的差異。再如鄧曉倩在論文《試論辛棄疾詞對蘇軾詩詞接受的地域差異——以唐宋文學編年地圖為參考依據》〔註31〕中，從文學地理學的視角，探討了辛棄疾接受蘇軾詩詞時存在的地域差異。作者首先對辛詞接受蘇軾詩詞的空間分布情況進行了統計，然後根據曾大興先生提出的文學區概念，將接受蘇軾詩詞的 134 首辛詞所涉及的 15 座城市劃歸到吳越、荊楚和閩臺三個文學區，揭明辛詞接受蘇軾詩詞時的空間差異，其中吳越文學區 16 首，荊楚文學區 110 首，閩臺文學區 8 首，最後從各文學區的自然環境和人文環境兩個方面，分析了辛詞接受蘇軾詩詞時的這種空間差異背後的原因。這篇論文以辛詞對蘇軾詩詞的接受為個案，獨闢蹊徑，是對文學接受過程中的文學區位問題的微觀研究。

接受美學以讀者為研究中心，「把讀者的接受活動提高到一個突出的地位」，「把整個文學活動看成是包括作家（生產）—作品（本文）—讀者（接受包括批評）三個環節在內的動態過程」〔註32〕，因此，接受研究是文學研究的一個重要組成部分。「文學與地理關係的研究，不僅要研究作者和作品與地域環境的關係，而且亦應該研究讀者與地域環境的關係。過去的研究通常只重視前者（作者和作品），往往忽略後者（讀者）」〔註33〕。相信隨著文學地理學學科的不斷發展，學術界對於文學接受過程中的文學區位問題的研究會越來越多。

九、文體的文學區位問題

王國維在《宋元戲曲史》中提出：「凡一代有一代之文學：楚之騷，漢之賦，六代之駢語，唐之詩，宋之詞，元之曲，皆所謂一代之文學，而後世莫能繼焉者也」〔註34〕，揭明了文體的歷史演變規律。其實，文體不僅有時間性，

〔註30〕汪超：《閨閣、青樓場域差異影響下的文學傳播與接受——以明代女性詞人為例》，《中南大學學報》（社會科學版）2012 年第 2 期。
〔註31〕鄧曉倩：《試論辛棄疾詞對蘇軾詩詞接受的地域差異——以唐宋文學編年地圖為參考依據》，《文教資料》2017 年第 21 期。
〔註32〕朱立元主編：《美學大辭典》（修訂本），上海辭書出版社 2014 年版，第 466 頁。
〔註33〕汪文學：《邊省地域與文學生產：文學地理學視野下的黔中古近代文學生產和傳播研究》，上海古籍出版社 2016 年版，第 33 頁。
〔註34〕王國維：《宋元戲曲史》，上海古籍出版社 1998 年版，第 1 頁。

也有空間性，例如「楚辭」即以「楚」地名之。

文體的發展有其空間規律。首先，一種文體肯定不是在全國各個地區同時興起的，而是先在一個地區萌芽，發展，逐漸成熟，然後隨著優秀作品的廣泛傳播，其他地區越來越多的人開始選擇用此種文體進行創作。其次，一種文體的空間分布也不是均質的，同樣一種文體，在一個地區很流行，文學家紛紛選擇此種文體進行創作，產生大量此種文體的作品，但在另一個地區，也許水土不服，此種文體的作品很少。再次，一個文學家創作時對文體的選擇，與其性格、偏好和才情有關，但是文學家作為一個置身特定地域的個體，在很大程度上又受到創作時所處地域的自然地理和人文地理的影響。其四，同一種文體，在一個地區受到讀者的歡迎，但是在另一個地區，讀者卻對此文體反應平淡。總之，在一種文體的發展過程中，選擇用此文體創作的文學家的空間分布、此文體的作品的空間分布、不同地區讀者對此文體的接受等方面都存在區域差異，不同地區之間的關係是不平等的，也就是說，文體的發展過程中存在文學區位問題。

很早就有學者留意到文體的地域性問題。梁啟超在《中國地理大勢論》中即云：「自唐以前，於詩於文於賦，皆南北各為家數……散文之長江大河一瀉千里者，北人為優。駢文之鏤雲刻月善移我情者，南人為優。蓋文章根於性靈，其受其四圍社會之影響特甚焉。」〔註35〕劉師培《南北文學不同論》亦云：「大抵北方之地，土厚水深，民生其間，多尚實際；南方之地，水勢浩洋，民生其間，多尚虛無。民尚實際，故所著之文不外記事、析理二端；民尚虛無，故所作之文或為言志、抒情之體。」〔註36〕梁、劉二人都從宏觀上指明南北文學家所擅長文體的不同，並從自然地理和人文地理的角度來解釋該現象背後的原因。王國維在《宋元戲曲史》中已設「元曲之時地」專章，對元雜劇作家的空間分布進行考察，得出元雜劇作者「六十二人中，北人四十九，而南人十三。而北人之中，中書省所屬之地，即今直隸、山東西產者，又得四十六人。而其中大都產者，十九人」〔註37〕。

王國維對元雜劇作家空間分布的研究，尚屬於歷史視角下的局部思考。後來金克木先生在《文藝的地域學研究設想》中指出：「文學和藝術的地域分布

〔註35〕梁啟超：《飲冰室文集全編》卷三，廣益書局 1948 年版，第 105 頁。
〔註36〕劉師培：《劉師培學術論著》，勞舒編，雪克校，浙江人民出版社 1998 年版，第 162 頁。
〔註37〕王國維：《宋元戲曲史》，上海古籍出版社 1998 年版，第 76 頁。

研究不是僅僅畫出地圖，作描述性的資料性的排列，而是以此為基礎提出問題。例如楚辭興於楚，影響雖大，卻無後繼。其中楚語未必多，作為地方性文學也沒有衍續下來。為什麼？又如敦煌變文，孤立於一地，集中於一時期，此流行文體何以前無古人，後無來者？其源流有無地域性？」〔註38〕金克木先生以楚辭和敦煌變文為例所提出的兩個問題，正式開啟了學術界從地域視角對文體的思考和研究。直至曾大興先生在《文學地理學研究》中論述中國文學的地域性時，正式提出「文體的地域性」，書中引用了王國維《宋元戲曲史》中的研究發現，並對宋代詞人的地域分布進行統計，指出「宋詞則是一種具有濃鬱的南方文化色彩的文體，它的作者，80%都是南方人」〔註39〕。

　　隨著文學地理學學科的發展，目前學術界對於文體的文學區位問題的研究在不斷深入。例如李靜在論文《北宋前期詞人詞作的地理分布》中，統計了詞作的空間分布情況：「如果作一個序列排比的話，可以看到這樣一個排列結果：汴京（21 人，73 首）、杭州（4 人，29 首）、蘇州（4 人，5 首）、金陵（3 人，18 首）、洛陽（3 人，14 首）、長安（3 人，9 首）、揚州（3 人，3 首），其他的則為散在的如大名、長汀、隨州、延州、并州等 30 餘地，多是只有某些詞作者的一二首存世」〔註40〕。作者在數據統計的基礎上進一步分析：「從前面所作排列看，大致有這樣一些特徵：一是汴京一地創作數量的一枝獨秀……由此可以看出汴京已經成為當時名副其實的創作中心。二是杭州等地數量亦引人矚目」，「在這些城市之中，從總體的數量看，南方的蘇杭等地詞人和詞作的數量要高於北方。由此也可以見出，南方的蘇杭等地也是詞的高產地。而綜合南北詞壇所產生的詞的數量看，北方的汴洛與南方的蘇杭等地成為兩個顯見的詞壇中心所在」〔註41〕。論文用數據證明，北宋前期全國各城市在詞體創作方面，汴京作為都城具有十分明顯的文學區位優勢，是全國詞體的「創作中心」，而杭州的優勢則相對較弱，但也是全國的亞中心。論文中「序列排比」的說法，其實已經暗含了通過比較來研究一個城市在全國宋詞創作版圖中的文學區位的思想。最後，論文從政治、自然環境、地域文化等三個方面分析了形成各城市詞作空間分布差異的原因，指出：「詞正是在南方這種極為

〔註38〕金克木：《文藝的地域學研究設想》，《讀書》1986 年第 4 期。
〔註39〕曾大興：《文學地理學研究》，北京商務印書館 2012 年版，第 81 頁。
〔註40〕李靜：《北宋前期詞人詞作的地理分布》，《學術論壇》2012 年第 8 期。
〔註41〕李靜：《北宋前期詞人詞作的地理分布》，《學術論壇》2012 年第 8 期。

合適的自然和人文土壤中得到了極大的發展。即使是北方士人到了南方，為南方清秀之山水所濡染，亦多以柔美見長」〔註42〕，這個觀點顯然吸收了前人的研究成果。另外，作者還指出：「如果說詞人籍貫的地理分佈在反應詞壇活躍的狀況上尚有著某種機械性，還不足以全面客觀顯示詞壇的地域布局的話，那麼詞作產生的地理分布則更能夠真切呈現詞壇創作格局的本真狀況」〔註43〕，也就是說，作者認為文學作品的空間分布比基於籍貫的文學家空間分布更加重要，更能反映文學創作格局的本質。

再如，汪文學先生的著作《邊省地域與文學生產：文學地理學視野下的黔中古近代文學生產和傳播研究》中設有「邊省地域與黔中古近代文學文體」一章，從空間維度專門討論「文學文體的地域性特徵和空間分布特點」〔註44〕。作者經過統計發現，「黔中古近代文學創作的主體是詩和文，占總數的百分之九十四；詞、曲、小說的數量極少，且清代以前基本上是空白，多集中在清代晚期，僅占總量的百分之六……黔中古近代地域環境和文化背景適宜於詩與文的生存，而於詞、曲和小說的創作，則可能有些水土不服」〔註45〕。作者進而指出：「某時代或某地區盛行某種文體……一定是該文體與該時代、該地區的社會特徵相吻合」〔註46〕，然後作者詳細闡述了黔中地理環境與文體之間的關係，得出結論：「黔中文士長於詩，『地勢』使然也；黔中文士不擅於詞、曲、小說，亦『地勢』使然也」〔註47〕，這「地勢」既包括黔中集陽剛和陰柔於一身的自然地理環境，也包括黔中商品經濟不發達、城市文化基礎薄弱、缺乏世俗享樂精神等人文地理環境。

十、文學區位的變化問題

文學區位具有歷時性，一個場所在空間系統中的文學區位並非固定不變

〔註42〕李靜：《北宋前期詞人詞作的地理分佈》，《學術論壇》2012 年第 8 期。

〔註43〕李靜：《北宋前期詞人詞作的地理分佈》，《學術論壇》2012 年第 8 期。

〔註44〕汪文學：《邊省地域與文學生產：文學地理學視野下的黔中古近代文學生產和傳播研究》，上海古籍出版社 2016 年版，第 45 頁。

〔註45〕汪文學：《邊省地域與文學生產：文學地理學視野下的黔中古近代文學生產和傳播研究》，上海古籍出版社 2016 年版，第 305 頁。

〔註46〕汪文學：《邊省地域與文學生產：文學地理學視野下的黔中古近代文學生產和傳播研究》，上海古籍出版社 2016 年版，第 306 頁。

〔註47〕汪文學：《邊省地域與文學生產：文學地理學視野下的黔中古近代文學生產和傳播研究》，上海古籍出版社 2016 年版，第 323 頁。

的，會因為文學區位條件或文學區位因子的改變而變化。這種變化分為兩種情況。第一種情況，是由於一個活動場所的文學區位條件或文學區位因子改變了，於是它在空間系統中的文學區位也相應地發生了變化。第二種情況，是由於空間系統中其他活動場所的文學區位條件或文學家的文學區位因子改變了，導致了整個空間系統中各個活動場所文學區位的重新調整。

例如，位於湖南岳陽古西門城頭的岳陽樓，始建於三國時期，一直寂寂無聞。至唐開元四年（716），貶任岳州刺史的張說在原老樓基礎上重新修建新樓，並常偕文人騷客登樓宴集歌詠，岳陽樓才名聲漸起，具有一定的文學微區位優勢，逐漸成為「遷客騷人，多會於此」之地。之後孟浩然、李白、杜甫、韓愈、白居易、元稹、李商隱等都曾登樓觀景，留下了「氣蒸雲夢澤，波撼岳陽城」（孟浩然《望洞庭湖贈張丞相》）、「雁引愁心去，山銜好月來」（李白《與夏十二登岳陽樓》）、「吳楚東南坼，乾坤日夜浮」（杜甫《登岳陽樓》）等佳句。至此，岳陽樓的風頭蓋過當地的慈氏塔，成為岳陽城的地標性建築，在湘楚文學區的文學中觀區位優勢也日益突出。北宋慶曆五年（1045）春，謫守巴陵郡的滕宗諒重修岳陽樓，第二年九月，范仲淹因滕宗諒之請撰寫了《岳陽樓記》。雖然范仲淹當時並未親臨岳陽樓，但他憑藉非凡的文學想像力和高超的藝術表現力，將岳陽樓上風雨陰晴的景色描寫得氣象萬千，並和「覽物之情」結合起來，抒發了自己「先天下之憂而憂，後天下之樂而樂」的政治抱負。全文雲霞滿紙，氣勢非凡，膾炙人口，很快就流傳開來，後來成為千古名篇。樓以文傳，岳陽樓也因此名滿天下，與黃鶴樓、滕王閣並稱江南三大名樓，在全國文學版圖中具有了很高的文學宏觀區位。從此文人墨客到岳州，都會登上岳陽樓，欣賞美景，憑弔古人，賦詩作文，中國文學史上關於岳陽樓的文學作品不勝枚舉。明高對《遊岳陽洞庭記》云：「夫岳陽樓據洞庭之勝，建始莫詳。宋顏延之、陰鏗詩，尚可考。唐開元間，張說謫守是邦，登臨賦詩，自爾名重。……說子均、李、杜、韓、孟、白、賈諸名賢皆有題詠，樓與湖山，名益重於世。宋慶曆間，滕子京亦謫於斯，作新厥樓，屬范希文為記，所謂『先天下之憂而憂，後天下之樂而樂』者，寓意深矣。……文正公三代以上人物，宗諒獲此嘉記，華此傑樓，更偉觀數重，迴出湖山外」〔註48〕，指出著名文學家的傳世詩文增加了岳陽樓的歷史文化內涵，對提升岳陽樓知名度的作用巨大，其中「自爾名重」「名

〔註48〕高對：《遊岳陽洞庭記》，湖南省方志編纂委員會編《岳陽樓志》，湖南人民出版社1997年版，第278頁。

益重於世」和「更偉觀數重，迴出湖山外」之言，正是對一千多年歷史中岳陽樓在微觀、中觀和宏觀尺度上文學區位優勢不斷提升的明確表述。

如上所述，文學區位論至少包括以上十個方面的研究內容，學術界目前對這十個方面都已有所研究，而且有些方面成果頗豐。因此，文學區位論是對現有學術成果的研究思想和方法共性的總結提煉，具有較強的解釋力和概括力，同時能將原本散亂的研究成果系統化，使我們發現不同研究成果背後的聯繫和規律。

第三節　文學區位論的研究案例

文學地理學是一門新建學科，但對於文學地理的批評自春秋時期季札觀樂就已經開始，至 20 世紀 80 年代中國文學地理學復興以來，更是發展迅猛，取得了豐碩的成果。這些研究成果中，有不少已經涉及文學區位問題，是利用區位論的概念、思想和方法來研究文學地理問題的成功實踐，也對本書系統提出文學區位論具有啟發意義。接下來本書將重點介紹三個典型案例，以說明文學區位論在文學地理研究過程中具有實效。另外，結合已有的研究案例，也能進一步加強對文學區位論的闡述。

一、《中國歷代文學家之地理分布》中的文學區位論思想

曾大興先生所著《文學地理學概論》第七章「文學區」的開篇，引用了英國學者 R.J. 約翰斯頓主編的《人文地理學詞典》「地理學」詞條中所說的地理學的三個基本特點，其中第一個特點就是「強調區位」，說明曾大興先生已瞭解區位概念。其實，在最早出版於 1995 年的《中國歷代文學家之地理分布》中，曾大興先生就已經使用了區位論的思想，只是當時他還沒有借用「區位」的概念。

在《中國歷代文學家之地理分布》中，曾大興先生通過統計分析文學家的籍貫，探討了從周秦至清代每一個歷史時期文學家空間分布的格局及其特點，並揭明分布重心及其成因。例如，作者一共統計了 1751 名清代文學家的籍貫，指出清代文學家在地理分布格局上存在的「南方文學家仍然占絕大多數」「江淮文化區進一步壯大」「荊楚文化區的文學重心出現新的變化」〔註49〕等七個突出

〔註49〕曾大興：《中國歷代文學家之地理分佈》，北京商務印書館 2013 年版，第 472、473 頁。

特點，然後分為江淮文化區、吳文化區、越文化區等十大文化區進行分述，指出各個文化區的文學重心及其成因。例如作者認為清代江淮文化區的文學重心在徽州府、安慶府和寧國府，原因是這些地區商品經濟活躍，發達的經濟促進了文化教育事業的興旺，最終培養出了一大批文學家。對於「文學重心」，曾大興先生後來在2013年重新修訂出版的《中國歷代文學家之地理分布》的「前言」中解釋道：「本書對於『文學重心』這個概念的使用，也體現在兩個層級上：一是指全國的『文學重心』，二是指各個文化區內的『文學重心』。全國的『文學重心』由各個文化區產生，各個文化區內的『文學重心』，則由各個文化區內的各府（州、郡、路）產生」〔註50〕。曾大興先生對於文學家空間分布的研究是典型的文學區位研究，他所說的「全國的『文學重心』」和「各個文化區內的『文學重心』」是對文學宏觀區位和文學中觀區位的描述。也就是說，在全國或各個文化區內，文學家的空間分布都是非均質狀態，有些地區在空間系統中佔有明顯的文學區位優勢，只不過曾大興先生在具體闡述中沒有特別表明尺度概念。

另外，曾大興先生在該書最後一章總結出中國歷代文學家之地理分布規律呈現一種穩定的「瓜藤結構」。具體來說，「『藤』，就是中國境內的黃河、長江、珠江這三條大河以及它們的眾多支流；『瓜』就是這三條大河與它們的眾多支流所沖積而成的大小平原。由大小河流與大小平原所構成的這種『瓜藤結構』，就是中國歷代文學家所賴以生成的地理環境」〔註51〕。這段描述，其實是將黃河、長江、珠江這三條大河以及眾多支流抽象成線，將這三條大河與眾多支流沖積而成的大小平原抽象成點，「藤瓜結構」是對作為文學區位要素的點與線所構成的空間結構類型的形象描述。這種「藤瓜結構」既包含由三條大河與眾多支流——線與線構成的網絡結構，也包含三條大河及眾多支流與大小平原——線與點構成的軸線結構。

二、《唐代交通與文學》中的文學區位論思想

李德輝先生所著《唐代交通與文學》出版於2003年，書中總結出「政治格局—城市布局—交通大勢—文學變遷」〔註52〕的影響層級關係，「四者之間

〔註50〕曾大興：《中國歷代文學家之地理分佈》修訂版前言，北京商務印書館2013年版，第18頁。
〔註51〕曾大興：《中國歷代文學家之地理分佈》，北京商務印書館2013年版，第547～548頁。
〔註52〕李德輝：《唐代交通與文學》，湖南人民出版社2003年版，第12頁。

環環相扣，存在著三種因果關係」。具體來說，唐代以長安和洛陽東西兩京為中心的政治格局決定了城市布局，城市布局又促進交通的發展，影響全國的交通格局，最終交通又影響文學家行旅、文學創作、文學作品的空間分布、文學傳播等文學活動。

在具體闡述過程中，李德輝先生借鑒了區位論的思想。例如，他在闡釋唐代交通格局時說：「開放性的城市布局決定著唐代水陸交通網絡呈發散的格局」〔註53〕，他將城市抽象為點，水陸交通通道抽象為線，「發散」是對作為文學區位要素的點和線結合成的一種軸線空間結構類型的描述。再如，在闡述交通對唐人行旅生活的影響時，作者指出，「如果按南北區間繪製唐代唐詩地域分布圖，你會發現，這個圖形是一個西北、正北、東南密集而西南、正南稀疏的不均衡扇形，分布有著明顯的線路，大致沿著以兩京為中心的十幾條主要道路延伸，是一種帶狀分布」〔註54〕，這說明交通影響了唐代文學家流動的空間分布，進而影響到唐代詩歌的空間分布。李德輝先生的研究發現一方面揭示了唐詩空間分布的非均質特徵，不同空間具有不同的文學區位；另一方面，他從交通這個重要的文學區位條件出發，揭示了交通對某個區域的文學區位的影響。又如，在第七章中，作者以湖南為例，闡述了「南北交通與唐南方落後地區文學的發展」問題。他說：「愈是偏僻落後的地區，交通的發展和文化交流對該地區文學發展的作用愈大」，他揭示了因為交通這個文學區位條件的改變，而導致的一個區域的文學區位的改變。

在《唐代交通與文學》一書中，李德輝先生雖然沒有明確借用區位論的概念，但很顯然該書整體以城市區位論為基礎，區位論可以說是全書的底層邏輯。李德輝先生在該書中的研究發現，其實正是因為對區位論不自覺的運用。

三、《中國文學地理形態與演變》中的文學區位論思想

梅新林先生所著《中國文學地理形態與演變》最早出版於 2006 年，他在該書第三章「城市軸心與文學地理」中，根據德國地理學家克里斯塔勒和經濟學家廖什在 20 世紀三十年代提出的「中心地」理論的六邊形市場區位模型，提出中國文學地理中的「城市軸心體系的模式與層級」命題。

「中心地」理論是古典區位論的一種重要理論，「區位論尤其是中心地理

〔註53〕李德輝：《唐代交通與文學》，湖南人民出版社 2003 年版，第 18 頁。
〔註54〕李德輝：《唐代交通與文學》，湖南人民出版社 2003 年版，第 29 頁。

論為空間結構理論的發展奠定了重要的理論基礎」〔註55〕。在具體論述中，梅新林先生首先分析中國古代「五服」「九服」區域劃分方法的利弊，然後較為詳細地介紹了「中心地」理論的六邊形空間排列模式，接著結合中國的實際行政管理層級，提出：「根據『中心地』理論及其模型構造，我們可以將城市軸心體系視為一個依次從中心向外緣推進，然後由不同級次的『中心地』構成的動態性網絡結構。其中處於核心地位的都城構成最高級次的『中心地』，然後由內向外，環繞都城核心的區域中心城市構成第二級次的『中心地』；環繞區域中心城市的為數眾多的地方一般城市則構成第三級次的『中心地』；最後是為數更多的市鎮構成最基礎一級的『中心地』，同時以其為中介和紐帶直接連接廣大農村地區」〔註56〕。通過借鑒區位論中的「中心地」理論，梅新林先生很好地解決了文學地理中宏觀、中觀和微觀三個尺度上的空間結構問題，清楚地揭示了不同尺度上空間之間的相互關係，既抽象又直觀，具有很強的理論概括性和解釋力。梅新林先生提出的「都城」「區域中心城市」「地方一般城市」和「市鎮」這四個不同層級上的「中心地」，在文學區位論中，就是在不同尺度上具有重要文學區位優勢的空間。

另外，該書第四章為「流域軸線與文學地理」，主要闡述黃河、長江、珠江和運河四大流域的文學軸線問題，「軸線」這個概念也是對區位論中空間結構類型的借鑒。該章在論及以都城為核心的文人正反向流動形成的互動模式時，借鑒了經濟地理學中「極化」與「擴散」的概念，並引用地理學著作中的解釋，指出「極化」與「擴散」是「經濟開發活動地域過程中兩個最基本的側面，也是區位勢能作用機制的集中表現」〔註57〕，並附了四張經濟開發地域過程示意圖。很顯然，梅新林先生在此處研究中再次直接借鑒了區位論的思想。

梅新林先生的研究是我所見在文學地理學研究中直接借鑒區位論的較早的一個案例。後來在《文學地理學原理》中，作者也多次借鑒區位論。例如該書在第五章「文學地理學的空間聚焦」中闡述文人群體的活動地理時借用了地理學中「極化—擴散」的概念，並指出這個概念是「經濟開發活動地域過程中兩個最基本的側面，也是區位勢能作用機制的集中表現……文人群

〔註55〕劉衛東等：《經濟地理學思維》，科學出版社 2013 年版，第 83 頁。
〔註56〕梅新林：《中國文學地理形態與演變》，復旦大學出版社 2006 年版，第 273 頁。
〔註57〕梅新林：《中國文學地理形態與演變》，復旦大學出版社 2006 年版，第 351 頁。

體的活動地理的空間流向規律與此相通」〔註 58〕。可見區位論對其研究的影響較為深遠。

四、基於已有研究案例的思考

以上所舉只是三個比較典型的案例，若進行全面考察，能發現文學地理學中其實已經有相當一部分的研究成果已經涉及文學區位論。根據上述三個典型案例，結合其他相關研究成果，我們能得到對於文學區位論的以下四點認識：

1. 學術界對區位論的借鑒和運用有一個發展過程。最初，學術界在研究文學地理時，基本沒有從方法論的高度，對人文地理學的區位論進行全面系統的介紹，然後明確地借鑒到對文學地理的研究中。很多時候，研究者只是在不自覺地使用區位論的概念、思想和方法。在論述中經常出現的「重心」「軸心」「中心」「亞中心」「中心區」「邊緣區」「核心區」「次核心區」等說法，其實就是研究時在模糊的區位意識下，對一個場所在空間系統中所具有的文學區位情況的表述。後來，研究者開始有意識地學習借鑒人文地理學的思想和方法，例如，梅新林先生在《中國文學地理形態與演變》中對區位論中「中心地」理論的介紹和借鑒，曾大興先生提出「文學區」的概念。這個發展過程，也是學術界逐漸樹立文學地理學學科意識，對文學地理學的跨學科屬性和研究方法不斷深化認識的過程。本書能首次較為系統地提出文學區位論，一方面屬於個體研究過程中的發現，另一方面也是因為受到了這些文學區位論的研究肇始的啟發，和已有文學地理學學科理論對思考的指引，順應了文學地理學研究成果中蘊含的理論發展趨勢。

2. 從已有的相關文學區位論的研究案例來看，之前學術界更關注在宏觀和中觀層面上展開對文學地理現象區域差異的研究，而很少、甚至忽略了在微觀層面上展開對文學地理現象區域差異的研究。除以上三個研究案例外，胡阿祥《魏晉本土文學地理研究》、劉躍進《秦漢文學地理與文人分布》、左鵬《唐代嶺南社會經濟與文學地理》、杜紅亮《江河視閾下的中國古代文學流向》、夏漢寧《宋代江西文學家地圖》等著作都是如此。而本書提出的文學區位論中，強調研究的「尺度」。在尺度思想的指引下，具體研究過程中，除宏觀和中觀

〔註 58〕梅新林、葛永海：《文學地理學原理》，中國社會科學出版社 2017 年版，上卷，第 396 頁。

層面外，微觀層面上文學地理現象的區域差異得以凸顯。宏觀世界不是微觀世界的線性疊加，微觀世界也不是宏觀世界的簡單縮微。有了清晰的尺度觀念，學者在研究時就更容易定位研究對象，劃分範圍，明確層級，然後選擇合適的研究方法。因此，我們對文學地理現象區域差異的觀察也能更加精細，宏觀、中觀和微觀三種尺度下觀察到的結果有機結合，才是更加完整和真實的文學地理。本書中編和下編通過文學微區位論，在微觀層面上對清代蘇州空間系統中虎丘地區文學區位問題的研究過程和結論將展示這一點。

3. 上述三個典型案例和本書「文學區位論的研究內容」部分列舉的研究案例中，不少論著都已注意到交通條件、地理位置、地理環境、民風民俗、經濟基礎等因素對文學地理現象區域差異的影響。在本書提出的文學區位論中，這些因素都屬於文學區位條件。文學區位論將文學區位條件分為自然地理類和人文地理類兩種，這種劃分是對已有研究成果的總結，將原本各自散亂的影響因素歸納命名後加以理論提升。一個場所的文學區位情況是表象，而文學區位條件則主要探討這種表象背後地理環境的作用。文學區位條件概念的提出，不僅是對已有研究成果的總結，而且能將研究者的目光從文學地理表象引向地理環境對文學的內在作用機制，能進一步深化相關文學地理學研究。本書中編「空間中的詩文：對清代虎丘地區文學微區位的定量研究」將對此有所展示。

4. 以上述三個典型案例為代表，已有相關研究成果普遍關注地理環境對文學地理現象的影響，但是忽略了作家的主觀能動性對文學地理現象的影響，從而使研究結論帶有一定程度的地理決定論色彩。本書提出的文學區位論中，影響一個場所文學區位情況的除文學區位條件外，還有文學區位因子。文學區位因子概念將研究目光從「空間中的文學」引向「文學中的空間」。換言之，任何文學區位條件對一個場所文學區位情況的影響，其實都只具有數據統計上的相關性，只有同時考察文學區位因子，通過解讀作家的文學作品，才能將這種相關性得到最終的證實。以研究某個地區在詩文空間分布上的文學區位情況為例，一方面，可以通過文學作品的繫地統計，來揭示該地區詩文空間分布的客觀情況，同時分析該地區交通、經濟、民俗等地理環境因素，來探討地理環境因素對文學的影響；另一方面，需要通過解讀該地區詩文，發掘作家對地理環境的文學書寫，才能證明地理環境因素對詩文空間分布確實產生了影響。因為前者只能代表研究者怎麼看待地理環境與文學之間的關係，屬於從空間出發的外部視角，而後者才能代表當時作家怎麼看待地理環境與文學之間

的關係，屬於從文本出發的內部視角。因此，本書提出的文學區位因子概念，是從理論上對已有研究成果的一種提醒和彌補。本書下編「詩文中的空間：對清代虎丘地區文學微區位的定性研究」將對此有所展示。

　　作為一門新建的學科，文學地理學正在眾多學術界同仁的努力下，不斷發展壯大，湧現出許多嶄新的研究成果，其中包括在研究思想和方法上的創新。所謂「工欲善其事，必先利其器」，科學的思想和方法就是學術研究的「器」，是推動學科發展創新的重要內容。在這個意義上，本書提出文學區位論及相關概念，是在文學地理學研究實踐過程中的一種探索與嘗試，希望能對文學地理學的學科發展盡綿薄之力。

中編　空間中的詩文：對清代虎丘地區文學微區位的定量研究

　　蘇州人傑地靈，自北宋景祐二年（1035）范仲淹興辦府學後，崇文重教更是蔚然成風，自此歷代文人輩出。發展至有清一代，蘇州儼然已是天下文學淵藪。清初錢謙益執詩壇之牛耳，以其為首的虞山詩派中馮舒、馮班、錢曾等人對後來者也頗有影響；金人瑞點評《西廂記》和《水滸傳》，靈心妙舌，獨出手眼，直取文心，才子書一時風靡天下；汪琬尤擅古文，文章力求雅正，結構嚴謹而文字樸實，為康熙帝所推崇，名列國初三家；吳偉業的「梅村體」結構跌宕，辭藻繽紛，《四庫全書總目提要》評價其「敘述類乎香山，而風華為勝，韻協宮商，感均頑豔，一時尤稱絕調」；乾隆時期沈德潛提倡「溫柔敦厚」的格調以行詩教，選編《古詩源》《唐詩別裁》《明詩別裁》《國朝詩別裁》，在當時影響深遠；晚晴馮桂芬以文著稱，能出桐城派之圍，要求擴大「載道」的內涵，對文體解放有積極意義……有清一代，蘇州文壇可謂群星璀璨，其餘諸如毛晉、顧炎武、歸莊、尤侗、吳兆騫、彭定求、薛雪、石韞玉、郭麐、貝青喬、王韜等都閃亮一時。另外，葉燮、朱彝尊、趙執信、錢大昕、畢沅、段玉裁、張問陶等一批外地作家曾寓居蘇州，湯斌、趙士麟、宋犖、尹繼善、梁章鉅、林則徐、李鴻章等一批官員曾任職蘇州，他們與蘇州本土作家一起創作了大量與蘇州有關的詩文，進一步促進了蘇州文壇的發展和繁榮。

　　《插圖本蘇州文學通史》在第五編「清代蘇州文學」的概述部分，對蘇州

文學的繁榮進行了全面簡要的總結，並指出清代蘇州文學所具有的特點：其一，作家數量多，清代蘇州「詩人極夥，不可盡數。除入流大家外，另具特色者甚多」，「詩人、作家隊伍之壯大，列居國中前茅」；其二，文學作品眾體兼備，題材廣泛，雅俗共進，「這一時段的蘇州文學，作為當時中國文學的一個樣本，典型地體現了諸體齊備、眾類共榮的特點」；其三，文學藝術水平高，「許多作家博才多藝，兼擅數體……清代蘇州文學家創作成就的豐碩超拔，在全國是屈指可數的」。因此，「清代的蘇州文學在當時中國文學史的總體格局中具有某種標高性」，「清代文學集中國文學之大成，而蘇州文學又集清代文學之大成」〔註1〕。很顯然，研究者是在全國的大框架下來考察清代蘇州文學，從文學區位論的視域來看，這其實已經指出清代蘇州在全國範圍內具有明顯的文學宏觀區位優勢。這個結論雖然還待更加細緻嚴謹的實證研究，但總體上是事實。

如上編理論闡述部分所言，在全國的格局中考察蘇州文學，這屬於宏觀上的文學區位問題，而本書旨在考察蘇州範圍內虎丘地區的文學微區位問題。為此，我們首先需要對相關概念進行界定。

〔註1〕范培松、金學智主編：《插圖本蘇州文學通史》，江蘇教育出版社 2004 年版，第三冊，第 951～954 頁。

第三章　本書所涉地理空間的界定

第一節　空間系統和二級空間

　　根據前述文學區位論和文學微區位論，一個場所的文學區位或文學微區位都不是孤立存在的，只有該場所與其他場所發生聯繫時才能得到彰顯，體現著該場所與其他場所文學活動區域差異上的關係。因此，研究一個場所的文學區位或文學微區位，涉及對兩個層級空間的界定。第一層級的空間，是包含作為研究對象的場所在內的更大的空間，這個更大的空間只有一個，可以稱之為空間系統。第二層級的空間，是指與作為研究對象的場所同等級的其他場所，這些場所組成了大的空間系統，可以稱之為二級空間。大的空間系統由若干個二級空間組成，作為背景框架規定著研究範圍。而作為二級空間的場所之間通過比較，凸顯出了各自不同的文學區位。

　　一個場所的文學區位來自於在大的空間系統中，該場所與其他作為二級空間的場所發生的文學活動的比較，因此，在確定空間系統後，緊接著需要確定構成這個空間系統的二級空間。

　　如何確定空間系統下的二級空間，這將對一個作為二級空間的場所的文學區位的研究結果直接產生影響，因為確定二級空間時不同的標準或方法，意味著對空間系統下二級空間的不同劃分，進而影響對二級空間文學活動的考察數據。一個客觀而簡單的方法，是根據行政區劃來確定二級空間。例如，如果要研究某個地級市在省內的文學區位問題，就把全省視為一個空間系統，其下轄的若干個地級市就是二級空間。每個地級市都有明確的疆域劃分，相互之

間的分界很清晰，只需在此基礎上考察各個地級市發生的文學活動，然後進行比較，就能發現作為研究對象的地級市在省內的文學區位。但是，如果作為研究對象的二級空間不是一個分界明確的行政區劃，問題就會變得比較複雜，需要研究者找到某種標準或依據，對空間系統作出科學合理的劃分。大致來說，研究者有兩種界定二級空間的辦法。其一，將作為研究對象的二級空間視作一個單元，抽象出某種合適的標準，以此來確定空間系統中其他的二級空間。其二，根據空間系統的總體情況，找到某種空間結構特徵，然後以此為依據將空間系統分為若干個二級空間。這兩種辦法的目的是一致的，即保證空間系統下各二級空間之間的平等，不存在厚此薄彼的現象，因此也可以綜合起來使用。需要注意的是，在這個過程中，研究者應避免在內心預設研究結果，否則可能會在確定二級空間時帶上對研究結果有利的主觀傾向性。

如前所述，數據統計法和比較分析法是文學區位論研究時的重要方法，研究者應該在科學合理地確定二級空間後，通過統計和比較，讓研究結果自己浮現出來。

第二節　作為空間系統的蘇州之構成

清代的行政區劃，在初期沿襲明制，雍正年間又推行直隸州，最終就形成了行政層級為「省—府—縣（廳、州）」「省—直隸州—縣」的三級制和「省—直隸廳」的兩級制兩種形式，是為清代乾隆年間的「府廳州縣」制度。蘇州作為一個府，在明代屬南直隸，清順治二年（1645）七月屬江南省，領一州七縣：吳縣、長洲、崑山、常熟、吳江、嘉定縣，太倉州領崇明縣。康熙六年後蘇州為江蘇省會。因各縣事務繁重，雍正二年（1724）九月，析置元和、震澤、昭文、新陽等縣，升太倉州為直隸州，鎮洋、嘉定、寶山、崇明四縣往屬，於是蘇州府領九縣：吳縣、長洲、元和、崑山、新陽、常熟、昭文、吳江、震澤。乾隆元年（1736）三月，置太湖廳來屬。於是蘇州府除領九縣外，再領一廳：太湖廳。光緒三十年（1904）十二月，析太湖廳另置靖湖廳，蘇州府又增領一廳：靖湖廳。

本書在三縣、兩廳構成的空間系統下來考察清代虎丘的文學微區位。三縣即吳縣、長洲、元和。雖然雍正二年（1724）將長洲劃分為長洲和元和二縣，但這三縣實際的管轄範圍並未發生變化。當時蘇州府治就在蘇州城內，三縣作

為附郭，其縣治也在蘇州城內。值得注意的是，由於督撫分治，清初江蘇省有兩個省城，分別為江寧城和蘇州城，其中總督設在江寧，巡撫設在蘇州，另外江蘇布政使司也設在蘇州。雍正八年（1730），江蘇按察使司從江寧遷至蘇州，江蘇省的三個省級行政機構——撫、布、按，開始在蘇州同城辦公。後乾隆二十五年（1760）增設江寧布政使司，而原江蘇布政使司仍設在蘇州。於是，清代蘇州城既是江蘇省省會之一，也是蘇州府治所在地，還是吳縣、長洲、元和三縣的縣治所在地。兩廳即太湖廳和靖湖廳，其中太湖廳治洞庭東山，靖湖廳治洞庭西山。清之前，太湖地區的行政一般被劃歸陸上的吳縣，乾隆元年（1736）雖然設置太湖廳，但其錢糧——尤其是洞庭西山——一度仍由吳縣負責徵收，後民國二年（1912）兩廳重併入吳縣，直至今天〔註1〕。故有清一代，兩廳與三縣關係密切，可視為一體。

如果將領九縣、兩廳的蘇州府稱為廣義上的蘇州，那麼這個由三縣、兩廳構成的空間系統就是狹義上的蘇州。這個狹義上的蘇州既是江蘇省省會之一，也是蘇州府治、三縣縣治，因此這是清代蘇州府——甚至是江蘇省——最核心、最重要的區域，是政治、經濟、文化的中心。為表述方便，本書接下來將這三縣、兩廳構成的空間系統——狹義上的蘇州簡稱為蘇州，本書即考察清代虎丘地區在這個蘇州範圍內的文學微區位。

第三節　蘇州空間系統下的九個二級空間

在確定蘇州這個大的空間系統後，本書接下來需要確定組成蘇州空間系統的二級空間。本書研究清代虎丘地區在蘇州範圍內的文學微區位，那虎丘地區自然是一個重要的二級空間。不過，虎丘地區作為一個二級空間具體有多大的區域？蘇州範圍內其他的二級空間怎麼界定？這些問題都還需要深入考慮。

一、作為二級空間的虎丘地區的界定

虎丘地處蘇州城西略偏北的位置，距離閶門約七里。明成化年間，王賓撰、茹昂重輯的《虎丘山志》一卷中，所記泉石、殿閣、亭臺、寺廟、冢墓、

〔註1〕此處有關兩廳建置沿革的敘述參考胡恒《清代太湖廳建置沿革及其行政職能變遷考實》，《蘇州大學學報》（哲學社會科學版）2014年第5期。

名賢等信息只限虎丘山範圍。清康熙年間顧湄編次成《虎丘山志》十卷,雖增卷帙,但所記仍範圍未變,卷首附有「虎丘全圖」。乾隆三十二年（1767），顧詒祿纂輯《虎丘山志》二十四卷,卷首附有「金閶門起山塘至虎丘山全圖」,並在凡例中說明:「名勝雖屬虎丘,而詞人學士遊春送別必在山塘,故山塘之景勢不可缺」〔註2〕,已將所記範圍擴大到山塘街。乾隆五十七年（1792），陸肇域、任兆麟編纂《虎阜志》十卷,除卷首附有「虎阜山塘圖」外,凡例第一條即明言:「是書采輯,東起山塘橋,西至西郭橋,北距長蕩,南盡野芳浜為限」〔註3〕,已明確將山塘街納入虎丘界限。至道光年間,顧祿所撰《桐橋倚棹錄》雖然在凡例第一條襲用了《虎阜志》中對虎丘的界限規定,但又將戒幢律院記入卷三「寺廟」內,這其實已經突破了凡例所劃定的範圍。由此可見,清代志書中虎丘的空間範圍在不斷擴大,在時人心目中,虎丘不只是一座小山丘,而是一個以虎丘山為核心的地區。本書借鑒古人的這一思想,將作為二級空間的虎丘地區界定為蘇州城西的近郊區域,這片區域中,除虎丘山和山塘街外,還主要包括楓橋和寒山寺。相比而言,楓橋和寒山寺距離閶門稍遠,范成大《吳郡志》云:「楓橋,在閶門外九里道傍」〔註4〕。但姚承緒《吳趨訪古錄》云:「楓橋,去閶門七里」〔註5〕,《同治蘇州府志》亦云:「楓橋,在閶門西七里」〔註6〕,這種對於楓橋和閶門之間空間距離表述上的不一致,透露出古人似乎將虎丘和楓橋、寒山寺視作在閶門外近郊的同一區域內,葉昌熾《寒山寺志》即云:「寒山負城面市,棹扁舟出閶門七里,即望見蘭若,其地近接虎阜」〔註7〕。因此,本書將楓橋和寒山寺也歸入虎丘地區。

〔註2〕顧詒祿:《虎丘山志》凡例,沈雲龍主編《中國名山勝跡志叢刊》第四輯,文海出版社 1975 年版,第 29 頁。

〔註3〕陸肇域、任兆麟編纂:《虎阜志》凡例,張維明校補,古吳軒出版社 1995 年版,第 6 頁。

〔註4〕范成大:《吳郡志》卷十七,陸振岳點校,江蘇古籍出版社 1999 年版,第 246 頁。

〔註5〕姚承緒:《吳趨訪古錄》卷三,姜小青校點,江蘇古籍出版社 1999 年版,第 62 頁。

〔註6〕馮桂芬總纂,潘錫爵等分纂:《同治蘇州府志》卷三十三,《中國地方志集成·江蘇府縣志輯》第 8 冊,江蘇古籍出版社 1991 年版,第 52 頁。

〔註7〕葉昌熾:《寒山寺志》卷二,張維明校補,江蘇古籍出版社 1999 年版,第 57 頁。

二、以蘇州城區為中心確定二級空間

　　城市作為一個區域的行政中心，同時也是地理中心。這個地理中心的概念，一方面是指在客觀的空間位置上，城市一般處於管轄區域的中心；另一方面是指在主觀的心理認知中，當時人們一般也都以城市為中心，向城外四周發散來認識其他地區。這在古代地方志的圖文表達中都有明顯的體現。就蘇州而言，圖的方面，《同治蘇州府志》卷首之前印有「吳縣圖」和「長洲元和兩縣圖」，這兩張地圖都是以蘇州城區為出發點，展開對三個縣所轄疆域的繪製。另外，《民國吳縣志》〔註8〕卷一前印有「蘇市附郭圖」（見圖1），該圖以蘇州城區為中心，展開對城外四周吳縣、長洲、元和三縣疆域的繪製。而文的方面，地方志在記載城外的某個地方時，敘述時往往以城市為中心來定位該地方的方位和距離，採用的完全是一種城市中心視角。例如唐陸廣微《吳地記》所記：「鴨城在吳縣東南二十里」，「姑蘇臺在吳縣西南三十里」，等等。由此可知，蘇州城區作為清代江蘇巡撫署、布政使署、按察使署等省級行政機構和蘇州府治、三縣縣治所在地，毫無疑問是蘇州的政治中心和地理中心。因此，本書將以蘇州城區為中心來確定蘇州範圍內的二級空間。

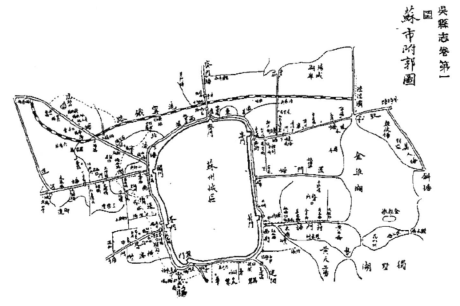

圖 1　《民國吳縣志》「蘇市附郭圖」

〔註8〕該書斷限於清宣統三年，原名《吳長元三縣合志》，因出版於民國22年，故通常稱為《民國吳縣志》。

三、蘇州城外八個二級空間的劃分方法

　　把蘇州城區作為中心，而虎丘地區恰好處在蘇州城外西面，那城外的二級空間按理來說就可以按照東西南北四個方向來劃分。但事實上，蘇州城外自然地理資源和人文地理資源的分布非常不均勻，蘇州城外東、南、北三個方向上的資源十分匱乏，而虎丘、寒山寺、支硎山、靈巖山、館娃宮、天平山、鄧尉山、穹窿山、橫山、石湖、漁洋山、太湖、洞庭山等大量資源都位於蘇州城西或西南方向。這些湖泊、山丘、寺廟、古蹟等名勝吸引著文人墨客前去遊覽憑弔，激發他們的文學創作熱情。因此，如果不考慮蘇州城外各方向空間的具體情況，只按照方向來確定二級空間，貌似合理，實質上卻會造成二級空間之間地理資源分布的不平等，繼而影響對蘇州詩文的繫地歸類與空間分布，最終影響到各二級空間在蘇州空間系統下文學微區位的研究結果。

　　為保證蘇州範圍內各二級空間的平等性，本書除將蘇州城區外東、南、北方向的地區列為三個二級空間外，還根據山丘的地理分布情況將蘇州城西和西南方向再劃分為五個二級空間。蘇州城西和西南方向的山丘分布情況如下（見圖2，選自《蘇州山水志》）：

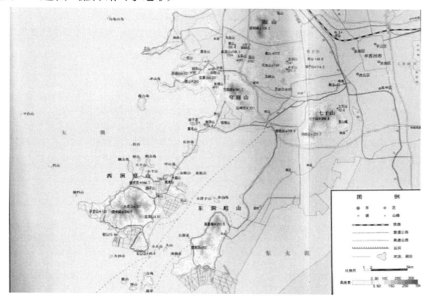

圖2　蘇州城西和西南方向山丘分布圖

　　從圖2可以看出，蘇州城西和西南方向的山丘大致可以分為五個板塊：東洞庭山和西洞庭山位於太湖中，在清代完全與陸地隔絕，自然構成一個板塊；橫山（即圖2中七子山）和胥山（即圖2中清明山）位於胥江南岸，加上位於

胥江北岸、緊鄰橫山的一座小山丘——黃山，構成第二個板塊；鄧尉山、穹窿山、西磧山、銅井山、潭山、米堆山等山體相連，都坐落於太湖沿岸，再加上附近太湖中緊挨的漁洋山〔註9〕，構成第三個板塊；靈巖山、天平山、支硎山、天池山、玉屏山、陽山等也山體相連，再加上緊鄰的何山、獅山、查山等小山丘，構成第四個板塊；而蘇州城西郊的虎丘山因山體矮小，在圖 2 中未能標出，單獨構成第五個板塊。因此，本書將蘇州城西和西南方向的區域劃分為五個二級空間，即：太湖地區、石湖地區、鄧尉山地區、靈巖山地區和虎丘地區。

蘇州城西和西南方向這五個地區中，除太湖地區外，其餘四個的面積都不如蘇州城外東、南、北三個方向的地區大，但是，本書對蘇州空間系統下二級空間的劃分並非以區域面積為標準，而是基於地理資源空間分布的實際情況，這關係到詩文空間的繫地統計。蘇州自然地理資源和人文地理資源的重心在城西，只有這樣劃分，才能努力維護蘇州空間系統下的二級空間之間保持實質上的均衡。

四、蘇州空間系統下九個二級空間的劃分

至此我們已經明白本書劃分蘇州空間系統下的二級空間的原則和方法，現對這九個二級空間的名稱、方位和大致範圍逐一進行說明。需要強調的是，雖然這些二級空間並非行政區劃，彼此間沒有清晰的疆域界限，但是，由於各二級空間擁有的自然地理資源和人文地理資源的名稱明確，因此在對清代詩文作「以文繫地」的統計時，很容易就能分辨出是描寫哪個二級空間的詩文，而不會發生混淆。

1. 蘇州城區

蘇州城四周城牆之內的區域即蘇州城區。

2. 金雞湖地區

蘇州城外東面的區域，其中金雞湖是主要的地理資源，故稱之為金雞湖地區。

3. 澹臺湖地區

蘇州城外南面的區域，其中澹臺湖是主要的地理資源，故稱之為澹臺湖地區。

〔註9〕今漁洋山是一半島，三面臨湖，獨東北一面為陸地，但在清代漁洋山完全坐落於太湖中，清徐傅編《光福志》卷二云：「漁洋山在太湖中，四面環湖」。

4. 石湖地區

蘇州城外西南方向近郊的區域，其中石湖是主要的地理資源，故稱之為石湖地區。除石湖外，該地區內還有橫山、黃山、胥山、橫塘、越來溪等地理資源。

5. 虎丘地區

蘇州城外西面近郊的區域，其中虎丘是主要的地理資源，故稱之為虎丘地區。除虎丘外，該地區內還有山塘街、楓橋、寒山寺等地理資源。

6. 靈巖山地區

蘇州城西過虎丘地區再往西的區域，其中靈巖山是主要的地理資源，故稱之為靈巖山地區。除靈巖山外，該地區內還有天平山、何山、獅山、支硎山、寒山、天池山、華山、陽山等地理資源。

7. 鄧尉山地區

蘇州城西過天平山再往西瀕臨太湖的區域，其中鄧尉山是主要的地理資源，故稱之為鄧尉山地區。除鄧尉山外，該地區內還有穹窿山、玄墓山、西磧山、銅井山、彈山、米堆山、虎山、漁洋山、查山等地理資源。

8. 太湖地區

蘇州城外西南方向的區域，在九個二級空間中距離蘇州城區最遠，其中太湖是主要的地理資源，故稱之為太湖地區。除太湖外，該地區內還有兩座島嶼，即東洞庭山和西洞庭山。

9. 陽城湖地區

蘇州城外北面的區域，其中陽城湖是主要的地理資源，故稱之為陽城湖地區。

以上就是蘇州空間系統內劃分的九個二級空間。從地理位置來看，蘇州城區處於空間系統的中心，其他八個二級空間圍繞在蘇州城區四周。

第四節　九個二級空間中的主要地理資源

進行以文繫地的數據統計前，先要明確「地」所包含的具體場所。本書將蘇州空間系統劃分為九個二級空間，而這九個二級空間作為一個地區，各自包含不同的自然地理資源和人文地理資源。接下來，本書將簡要介紹這九個地區內主要的地理資源及其特徵，以明確爬梳整理文獻過程中進行以文繫地數據

統計的依據。在具體介紹過程中，本書將遵循以下五點原則：

　　1. 本書參考《同治蘇州府志》編纂體例，將蘇州各地區的自然地理資源和人文地理資源分為城池、山、水、公署、學校、津梁、古蹟、壇廟祠宇、寺觀、第宅園林、冢墓等，外加《桐橋倚棹錄》的市廛，共十二類；

　　2. 本書對清代蘇州地理資源的介紹參考《吳地記》《吳郡志》《吳郡圖經續記》《正德姑蘇志》《百城煙水》《乾隆長洲縣治》《乾隆元和縣治》《同治蘇州府志》《吳門表隱》《虎阜志》《桐橋倚棹錄》《清嘉錄》《吳趨訪古錄》《太湖備考》《紅蘭逸乘》《寒山寺志》《光福志》《民國吳縣志》《蘇州歷代園林錄》《蘇州園墅勝蹟錄》《蘇州山水志》等書籍，其中又以《同治蘇州府志》《虎阜志》《桐橋倚棹錄》為主；

　　3. 在各地區的眾多地理資源中，有些具有自然或人文方面的重要價值，對清代詩文的地理分布產生了較大影響，例如石湖地區的石湖、靈巖山地區的館娃宮、鄧尉山地區的香雪海等，對這些地理資源本書將作較為詳細的介紹，其餘則較為簡略；

　　4. 本書研究清代虎丘地區在蘇州的文學微區位問題，故對於虎丘地區的地理資源將重點介紹；

　　5. 蘇州地理資源豐富，但清代詩文並非涉及所有地理資源，故本書根據清代詩文書寫的實際情況，重點介紹詩文中涉及的地理資源，未涉及者從略。

一、蘇州城區

1. 城池

　　據唐陸廣微《吳地記》記載，蘇州古城由春秋時期闔閭命伍子胥建造，當時有「陸門八，以象天之八風，水門八，以象地之八卦」，分別為「西閶、胥二門，南盤、蛇二門，東婁、匠二門，北齊、平二門」〔註10〕。據《同治蘇州府志》卷四「城池」記載，清代八座城門依舊都在〔註11〕。

2. 水

　　蘇州城區內河道縱橫，主幹水系為「三橫四直」，極大地方便了城內市民的日常生活。清代詩文中涉及蘇州城內河道者主要是錦帆涇和採蓮涇。

〔註10〕陸廣微：《吳地記》，曹林娣校注，江蘇古籍出版社1999年版，第15頁。
〔註11〕馮桂芬總纂，潘錫爵等分纂：《同治蘇州府志》（一）卷四，《中國地方志集成‧江蘇府縣志輯》第7冊，江蘇古籍出版社1991年版，第149～150頁。

錦帆涇，蘇州盤門內沿城濠，相傳吳王錦帆以遊，故名。顧嗣立、宋宗元、尤興詩等有詩詠。

採蓮涇，《姑蘇志》謂在蘇州郡城東南，《同治蘇州府志》謂在蘇州城西南。相傳吳王使美人採蓮於此，故名。邱岡有詩詠。

《同治蘇州府志》卷八「水」與卷三十五「古蹟」部分對錦帆涇和採蓮涇均有記載，可見其兼具自然和人文雙重屬性。

3. 公署

有清一代，蘇州城區西南為官衙重地，江蘇巡撫署、布政使署、按察使署這三個省級行政機構和蘇州府治都在吳縣，現簡要介紹這四處官衙的地理位置。

江蘇巡撫署，在吳縣南宮坊，位於宋代鶴山書院舊址，康熙年間建有來鶴樓、深靜軒等建築。

江蘇布政使署，在吳縣升平橋西北，位於明代大學士王鏊怡老園舊址。

江蘇按察使署，在吳縣歌薰橋東。

蘇州府治，在城西南吳縣南宮裏。

官衙為行政辦公場所，威武肅靜，清代詩文中很少寫到官衙，但也有個別例外。例如嘉慶十四年（1809）擔任江蘇按察使的龜圖，在《四至金閶詩草》卷一有《雪夜歸衙》，卷二有《新正聯李雲松太守范芝岩太守顧星橋太守吳子山外翰小集衙齋即依星橋元韻酬答》，這在清代任職蘇州的官員詩人的詩文集中很罕見。

4. 學校

明代《正德姑蘇志》卷二十四「學校」卷首云：「今天下云學校，必首蘇，蓋有范文正、胡安定之風焉。其中島池亭榭，尚多吳越元璙之遺，其勝亦他郡之所鮮也」〔註12〕。蘇州文教昌明，發展至清代更是人文薈萃，學校宮牆煥然。

蘇州府學，在府治南，清代重修崇聖祠、狀元坊、明倫堂、道山亭等建築。蘇州府學廟學合一，除祭祀孔聖人的文廟外，還建有范文正公祠、胡文昭公祠、韋公祠、白公祠、況公祠、名宦祠、鄉賢祠等祠，祭祀范仲淹、胡瑗、韋應物、白居易、況鍾等與蘇州有關的先賢。彭定求、韓菼、張映葵、沈德潛等人有詠。

〔註12〕林世遠、王鏊等纂修：《正德姑蘇志》卷二十四，書目文獻出版社 1997 年版，第 347 頁。

　　紫陽書院，在府學內尊經閣後。康熙五十二年（1713）巡撫張伯行創建，其《正誼堂文集》中有《紫陽書院落成告朱夫子文》。沈德潛、顧日新、王應奎、石韞玉、潘遵祁、俞樾等人有詠。

　　正誼書院，在府學東滄浪亭後，清嘉慶十年（1805）創建。咸豐十年（1860）毀於兵，克復後，時任江蘇巡撫李鴻章改建，並有《改建正誼書院記》。蔣業晉、馮桂芬、朱珔等人有詠。

　　文星閣，舊名鐘樓，在長洲縣學東南。康熙十九年（1680）彭定求之父彭瓏建朝元閣、時習堂。彭定求曾頻繁登覽文星閣，其《南畇詩稿》中有大量作品與文星閣有關，例如《望日登文星閣》《春朝登文星閣》《首春文星閣齋壇即事四首》《文星閣下消暑》《中秋日登文星閣頂》等。

5. 古蹟

　　百花洲，在蘇州城西盤門與胥門之間。宋思仁、劉澄、汪芑等有詩詠。

　　皋橋，在閶門內，據《姑蘇志》記載因皋伯通所居而得名，為漢梁鴻賃舂處。顧宗泰、韓崶、嚴熊等有詩詠。

6. 壇廟祠宇

　　「吳俗尚神而信鬼」〔註13〕，據《同治蘇州府志》記載，清代蘇州城內建有泰伯廟、城隍廟、關帝廟、劉猛將軍廟、火神廟、風神廟、況公祠等祠廟，現選擇清代詩文涉及者作簡要介紹。

　　泰伯廟，又稱至德廟，祭祀吳地人文始祖泰伯。據《吳郡志》記載，東漢永興二年（154）始建，原在閶門外，後吳越武肅王錢鏐徙之閶門內。明洪武年間，曾經封吳泰伯之神，春秋祀之，「祝文曰：『三讓至德，民無可稱。周基八百，由斯而成』」〔註14〕。范來宗、潘奕雋、沈寓、龔煒等人有詠。

　　府城隍廟，在蘇州城內武狀元坊，清代曾多次重修。潘奕雋、金之俊等有詠。

　　劉猛將軍廟，在長洲縣中街路宋仙洲巷。宋景定年間建，初名揚威侯祠，加封吉祥王，故廟又名吉祥庵。雍正二年（1724）列入祀典，正月十三日，「官府致祭劉猛將軍之辰，遊人駢集於吉祥庵……相傳神能驅蝗，天旱禱雨則應，

〔註13〕李光祚修，顧詒祿等撰：《乾隆長洲縣治》卷十一，江蘇古籍出版社 1991 年版，第 94 頁。
〔註14〕徐崧、張大純纂輯：《百城煙水》卷二，薛正興校點，江蘇古籍出版社 1999 年版，第 146 頁。

為福畎畝，故鄉人酬答尤為心愫」〔註15〕。沈欽韓等人有詠。

七姬廟，在蘇州城區東北隅林頓裏，祭祀元末張士誠部將潘元紹的七位姜室，七人「皆姿容絕世，工詞章，善組繡」〔註16〕，明太祖朱元璋破蘇州城七人同日自經而死。楊羲、沈欽韓、朱珔等人詩文集中有詠。

蘇文忠公祠，在定慧寺後，祭祀北宋蘇軾，道光十四年（1834）石韞玉、顧廷琛等倡建，時任江蘇巡撫林則徐「題匾曰『緣並二邱』，書聯曰『嶺海答傳書，七百年佛地因緣，不僅高樓鄰白傅；岷蛾回遠夢，四千里仙蹤遊戲，尚留名剎配黃州』」〔註17〕。沈德潛、石韞玉、朱綬等有詠。

況公祠，蘇州城區除府學內建有況公祠外，西美巷也建有一座況公祠，祭祀明代蘇州知府況鍾。況鍾任職蘇州期間，勤於政事，忠於職守，除奸革弊，為民辦事，深得蘇州人民的愛戴，清初崑劇《十五貫》即歌頌其事。彭定求、彭蘊章、汪之昌等有詠。

周忠介公祠，在飲馬橋西，祭祀明吏部員外郎周順昌。周順昌，吳縣人，萬曆四十一年（1613）進士，為官清正，不肯攀附當時權勢薰天的魏忠賢，請假居家期間為魏忠賢黨徒陷害，東廠爪牙來蘇州抓捕周順昌時，以顏佩韋等五人為首的蘇州市民加以反抗聲援，最終被鎮壓，後顏佩韋等五人被殺，周順昌也被害於獄中。韓駿、彭啟豐、彭紹升等人詩文集中有詠。

7. 寺觀

報恩講寺，在蘇州城內臥龍街之北，俗稱北寺。吳赤烏初，孫權為報答母親吳太夫人的養育之恩建通玄寺。唐開元年間，通玄寺改名開元寺。後唐同光三年（925），吳越王錢鏐另建開元寺於盤門，北周顯德年間，錢鏐移支硎山報恩寺額於原開元寺址，從此定名為報恩寺。清康熙五年（1666），「金太傅之俊延玄墓剖石壁禪師修塔，錢謙益撰募疏」〔註18〕。汪琬、范來宗、蔣廷恩等人有詩詠。

開元禪寺，在盤門內，原在城北，後唐同光三年（925）吳越王錢鏐改建

〔註15〕顧祿：《清嘉錄》卷一，來新夏點校，中華書局 2008 年版，第 53 頁。

〔註16〕徐崧、張大純纂輯：《百城煙水》卷一，薛正興校點，江蘇古籍出版社 1999 年版，第 73 頁。

〔註17〕顧震濤：《吳門表隱》卷七，甘蘭經等校點，江蘇古籍出版社 1999 年版，第 82 頁。

〔註18〕徐崧、張大純纂輯：《百城煙水》卷二，薛正興校點，江蘇古籍出版社 1999 年版，第 104 頁。

於此。徐增、石韞玉、陳基等有詠。

　　瑞光禪寺，在盤門內，吳赤烏年間建，原名普濟院，據說宋宣和年間朱勔建浮屠，五色光現，於是改名瑞光禪寺。潘奕雋、王芑孫、李福等人有詩詠。

　　雙塔禪寺，在城東南隅定慧寺巷，唐咸通年間創建，宋雍熙年間建兩磚塔對峙，遂名雙塔。釋讀徹、顧宗泰等人有詠。

　　玄妙觀，又稱元妙觀或圓妙觀，在城東北隅，晉咸寧中創建。張映葵、彭啟豐、宋宗元等有詩詠。

8. 第宅園林

　　清代蘇州文人大多數居住在城內，其中不少宅邸同時也是園林，現選擇清代詩文中主要涉及者作簡要介紹。

　　南園，在樂橋西南，為五代時吳越廣陵王錢元璙所建。據宋范成大《吳郡志》卷十四「園亭」記載，當時「老木皆合抱，流水奇石，參錯其間」〔註 19〕。但自北宋始，南園開始遭到破壞，南宋建炎之後，南園日趨荒蕪。至清代，南園已變為菜田民居，失去園林風貌。彭定求宅近南園，詩文集中多有吟詠。

　　滄浪亭，在府學東。蘇舜欽在《滄浪亭記》中說最初是吳越廣陵王錢元璙的近戚吳軍節度使孫承祐的池館。蘇舜欽以四萬錢購得後，在園中築亭，取《孟子·離婁》所載孺子歌「滄浪之水清兮，可以濯我纓；滄浪之水濁兮，可以濯我足」之意，名亭曰「滄浪亭」。宋范成大《吳郡志》云：「歐陽文忠公詩云：『清風明月本無價，可惜只賣四萬錢』，滄浪之名始著」〔註 20〕。元明時期，滄浪亭曾廢為僧居。清康熙年間，宋犖撫吳期間，尋訪遺跡，復構亭於山上，並建軒廊，並撰有《重修滄浪亭記》。道光七年（1827），布政使梁章鉅重修滄浪亭，巡撫陶澍創建「五百名賢祠」，得吳郡鄉賢名宦 594 人畫像，摹刻於牆，陶澍、梁章鉅、石韞玉等人集中均有詩文記錄此事。

　　可園，與滄浪亭僅一巷之隔，北宋時係滄浪亭的一部分，其東面為正誼書院，原名「樂園」，道光年間，江蘇巡撫梁章鉅重加修葺，劃歸正誼書院，成為書院園林，易名為「可園」。安徽涇縣朱珔晚年主正誼書院講席，曾寓居可園，其《小萬卷齋文稿》卷十五有《可園記》。

〔註 19〕　范成大：《吳郡志》卷十四，陸振岳點校，江蘇古籍出版社 1999 年版，第 190 頁。

〔註 20〕　范成大：《吳郡志》卷十四，陸振岳點校，江蘇古籍出版社 1999 年版，第 188 頁。

　　獅子林，在蘇州城區東北部，元至正年間僧天如惟則築。林即「叢林」的省稱，指寺院。園中湖石疊置的擬態假山，其立意象徵佛經中的獅子座，因以為名。清乾隆年間，曾築牆把寺和園隔開，後休寧黃興仁購得園，改名為「涉園」。李果、彭啟豐、顧詒祿、張塤等有詩詠。

　　拙政園，在婁齊二門間。明正德四年（1509）因官場失意而還鄉的御史王獻臣因大弘寺廢地營建別墅，取晉代潘岳《閑居賦》中「拙者之為政」意，名為「拙政園」。清初，海寧陳之遴得之。園中有連理寶珠山茶，花時燦紅奪目。陳之遴貶謫塞外，此園入官為駐防將軍府。太倉吳偉業詠茶花以慨。康熙十八年（1679）此園改為蘇松常道新署，蘇松常道缺裁後散為民居。後歸蔣氏，名曰復園，沈德潛《歸愚文鈔餘集》卷四有《復園記》。顧嗣立、蔣業晉、范來宗、潘奕藻等人有詩詠。

　　網師園，在葑門內闊家頭巷。南宋淳熙年間，史部侍郎史正志在此地建宅園，藏書萬卷，號「萬卷堂」，花圃取名「漁隱」。乾隆年間，園歸光祿寺少卿宋宗元。宋宗元退隱，託「漁隱」之原意，自比漁人，又取附近「王思巷」的諧音，遂以「網師」名其園，含歸隱江湖之意。宋宗元《網師吟草》中多有吟詠。沈德潛《歸愚文鈔餘集》卷四有《網師園圖記》。

　　藝圃，在閶門內。原為明代學憲袁祖庚嘉靖年間所建，名「醉穎堂」。後為文震孟住宅，改名「藥圃」。清初，萊陽人姜埰寓居於此，改名為「敬亭山房」。明末姜埰因直諫觸怒崇禎皇帝，受杖責一百，並逮入獄，後謫戍宣州，宣州有山名敬亭，故以名園。明亡後，姜埰以遺民終，去世前語二子曰：「吾奉先帝命戍宣州，死必葬我敬亭之麓。」二子如其言。姜埰因氣節而為世人所重，去世後門人私諡「貞毅先生」。後其仲子姜實節改園名為藝圃。藝圃也成為當時士人頻繁到訪之地，汪琬《姜氏藝圃記》中云：「馬蹄車轍，日夜到門，高賢勝境，交相為重」〔註21〕。尤侗、汪琬、宋翔鳳、雷濬等人有詩詠。

　　桃花庵，在閶門內桃花塢，明唐寅所居。明弘治年間，唐寅以賣畫所蓄，購得桃花塢別墅，取名桃花庵。明天啟年間，桃花庵改為準提庵，內建有唐寅祠。清嘉慶年間，蘇州知府唐仲冕曾重修唐寅祠。唐仲冕、潘奕雋、蔣業晉、尤興詩、郭麐、任兆麟、俞樾、陳本直等人集中皆有詩詠。

〔註21〕汪琬：《鈍翁續稿》卷十八，《清代詩文集彙編》第 94 冊，上海古籍出版社 2010
　　　年版，第 614 頁。

　　涉園，在婁門新橋巷東。清順治年間保寧太守陸錦所建，園名取陶淵明《歸去來兮辭》中「園日涉以成趣」之意。後數易其主，光緒年間歸湖州人沈秉成。沈秉成為安徽巡撫，辭官隱退後偕夫人來此，改名「耦園」。李果、吳俊、彭翰孫等人有詩詠。

　　洽隱園，在南顯子巷。清順治年間，長洲人韓馨購得歸氏廢園重構，為棲隱地。其中「小林屋」尤勝，石洞匠心獨運，曲折幽深如天然。後西部為范來宗的洽園。范來宗《洽園詩稿》中多有吟詠。

　　南畇草堂，在葑門內蘇家巷西。清康熙十五年（1676）狀元彭定求在其祖宅志矩齋遺址上所築，並增修「繭園」數間。彭定求《南畇詩稿》中有近兩百首詩歌寫及南畇草堂。

　　五柳園，在金獅巷。清乾隆年間石韞玉所居。原為康熙時何焯齎硯齋故址，石韞玉重加修葺，因池旁有五顆柳樹，遂改名為五柳園。園中有花間草堂、花韻庵、瑤華閣諸勝。石韞玉常召集文朋詩友於園中舉行詩社。石韞玉、韓崶等人詩文集中皆有吟詠。

　　掃葉莊，在南園。明郡人俞琰築石澗書隱，後廢為菜圃。清薛雪於舊址上築掃葉莊，其《抱珠軒詩存》中多有吟詠。沈德潛《歸愚文鈔》卷九有《掃葉莊記》。

　　葑湄草堂，在葑門內鷺鷥橋。清長洲李果所居，李果《在亭叢稿》中有《葑湄草堂記》。

　　華陽新築，在北街華陽橋畔。清元和韓崶所居，中有種梅書屋，極軒敞。韓崶《還讀齋詩稿》有詠。

　　秀野園，在闍邱坊巷。清長洲顧嗣立所築。中有秀野草堂、大小雅堂、野人舟、闍邱小圃諸築，極水木亭臺之勝。顧嗣立《秀野草堂詩集》中多有吟詠，葉燮、沈德潛、朱彝尊等人有詠。

　　池上草堂，在白塔西路。清嘉慶七年（1802）狀元吳廷琛所居。石韞玉、韓崶等人有詠。

　　息園，在闍邱坊。清嘉慶年間，錢槃溪在原依園舊址上新葺，更名為息園。蔣業晉《立崖詩鈔》中有詠。

　　怡園，在臥龍街尚書裏。清同治年間顧文彬所建，取「頤性養壽」之義，定名「怡園」。俞樾有《怡園記》。顧文彬撰有《眉綠樓詞》八卷，其中《跨鶴吹笙譜》又稱《怡園詞》，收錄《望江南·怡園即事》詞 600 首。

三松堂，在馬醫科。潘奕雋所居，有探梅閣、水雲閣、歸帆閣諸勝。潘奕雋、潘遵祁、彭慰高、亢樹滋等人有詠。

曲園，在馬醫科。本吳縣潘世恩舊第，清同治十二年（1873）德清俞樾購得，半生居此。園中有樂知堂、春在堂、認春軒諸勝，俞樾集中有《曲園記》《春在堂記》《曲園即事》等多篇詩文詠及。

9. 冢墓

專諸墓，《正德姑蘇志》卷三十四「冢墓」云：「相傳在盤門裏伍大夫廟側」。顧嗣立有詠。

要離墓，《正德姑蘇志》卷三十四「冢墓」云：「在吳縣西四里，閶門南城內。《吳地記》曰『在泰伯廟南三百五十步』」。朱珔、楊賓、龔煒等人有詠。

七姬冢，在七姬廟旁。顧日新詩文集中有詠。

二、金雞湖地區

1. 水

金雞湖，一名金鏡湖，又名金涇溇，在蘇州城東十餘里，水波浩瀚。亢樹滋、釋讀徹等人有詠。光緒年間元和縣令李超瓊在湖中修築長堤，人稱李公堤，俞樾《春在堂雜文》中有《李公堤記》。

婁江，在府城東婁門外，屬長洲縣。原名崑山塘，宋至和二年（1055）疏濬後改名至和塘，明弘治年間改稱婁江。婁江西起蘇州婁門外環城河，為蘇州城區至崑山、太倉的主要航道。沈寓等人有詠。

葑溪，位於葑門外，與葑門橫街並行，由西向東流淌，俗稱「葑門塘」。李果、趙執信、汪沈琇、唐孫華等人有詠。

荷花蕩，在葑門外二里。顧祿《清嘉錄》卷六「荷花蕩」條記載：六月二十四日「為荷花生日。舊俗，畫船簫鼓，競於葑門外荷花蕩，觀荷納涼」〔註22〕。趙俞、錢澄之等人有詠。

2. 第宅園林

青芝山堂，在葑門外葑溪上。本為明韓雍所建葑溪草堂，後清雍正年間張良思重新修葺後改名青芝山堂。李果《在亭叢稿》卷九有《青芝山堂飲酒記》。

〔註22〕顧祿：《清嘉錄》卷六，來新夏點校，中華書局 2008 年版，第 143 頁。

3. 冢墓

干將墓，在匠門外，《吳門表隱》云：「匠門……東有干將墓，土宜鍛鐵」〔註23〕。張紫琳《紅蘭逸乘》云：「婁葑之間，有匠門塘，匠門一名干將門，其東有歐冶廟、干將墓，此門之所以名匠也」〔註24〕。楊賓詩文集中有詠。

三、澹臺湖地區

1. 山

尹山，位於尹山湖西南方向，「形如覆笠，枕運河之濱」〔註25〕。《百城煙水》云：「相傳周大夫尹吉居於此，故名」〔註26〕，《吳趨訪古錄》也持此說。不過《乾隆元和縣志》認為這種說法是誤傳，應該是因為「尹和靖讀書於此」〔註27〕而得名。而《同治蘇州府志》則兩種說法並存：「相傳尹吉甫葬地，或云尹和靖讀書處」〔註28〕。《吳趨訪古錄》云：「實一土阜耳」〔註29〕，而陶澍《重建尹山橋記》則云：「名為山，實無山，蓋東西水道之咽喉也」。顧嗣立有詠。

2. 水

澹臺湖，在蘇州城南，西通石湖，東過寶帶橋入江南運河。相傳春秋時孔子弟子澹臺明滅南遊至吳國結廬修學，其宅所在地後陷落成湖，故名澹臺湖。宋宗元、錢大昕等人有詠。

3. 津梁

寶帶橋，跨澹臺湖，橋長三百餘米，故又名長橋。寶帶橋創建於唐元和年間，蘇州刺史王仲舒捐出自己的寶帶助資修建，因以「寶帶」命名。張映葵、陳本直、顧嗣立、潘遵祁等人有詠。

〔註23〕顧震濤：《吳門表隱》卷八，甘蘭經等校點，江蘇古籍出版社 1999 年版，第97 頁。

〔註24〕張紫琳：《紅蘭逸乘》，江蘇省立蘇州圖書館校印，民國三十年刊本，第 10 頁。

〔註25〕許治修，沈德潛、顧詒祿纂：《乾隆元和縣志》卷十五，《中國地方志集成·江蘇府縣志輯》第 14 冊，江蘇古籍出版社 1991 年版，第 198 頁。

〔註26〕徐崧、張大純纂輯：《百城煙水》卷三，薛正興校點，江蘇古籍出版社 1999 年版，第 219 頁。

〔註27〕許治修，沈德潛、顧詒祿纂：《乾隆元和縣志》卷十五，《中國地方志集成·江蘇府縣志輯》第 14 冊，江蘇古籍出版社 1991 年版，第 198 頁。

〔註28〕馮桂芬總纂，潘錫爵等分纂：《同治蘇州府志》（一）卷七，《中國地方志集成·江蘇府縣志輯》第 7 冊，江蘇古籍出版社 1991 年版，第 211 頁。

〔註29〕姚承緒：《吳趨訪古錄》，姜小青校點，江蘇古籍出版社 1999 年版，第 57 頁。

尹山橋，在尹山湖西側，橫跨運河，明天順年間修建，後圮，清道光年間，陶澍任江蘇巡撫時曾重建。《陶文毅公全集》卷三十四有《重建尹山橋記》。

4. 寺觀

崇福寺，在尹山，也稱尹山寺。梁天監二年（503）創建，明崇禎年間寺圮，清代曾重建。彭紹升《一行居集》卷五有《募修尹山崇福寺引》。

四、石湖地區

1. 山

橫山，在黃山南面。《正德姑蘇志》云：「隋書《十道志》云：『山四面皆橫，故名』」〔註30〕。唐陸廣微《吳地記》云：「橫山，又名據湖山」〔註31〕。宋范成大《吳郡志》云：「以其背臨太湖，若箕踞之勢然」，故名「踞湖山」〔註32〕。《吳郡志》並記載，因吳越時在山上建薦福寺，故又名「薦福山」；因山有五個大塢，故又名「五塢山」。山上有七個高墩，相傳是古人埋葬七個兒子處，故又稱「七子山」。宋朱長文《吳郡圖經續記》云：「觀是山，鎮此邦之西南，臨湖控越，實吳時要地。隋開皇中，嘗遷郡於橫山東，亦以是山為屏蔽也」〔註33〕。葉燮晚年曾定居橫山，築二棄草堂，世稱「衡山先生」，其詩文集中多有吟詠。沈德潛、薛雪、楊賓、王昶等人也有詩詠。

楞伽山，又名上方山，是橫山東北支脈。西南接吳山嶺，西聯福壽山，北通寶積頂、茶磨嶼。殷如梅、王芑孫、汪芑等人有詠。

茶磨嶼，在楞伽山東北。以其三面臨水，故稱「嶼」。山頂平坦廣百畝，形似磨盤，俗稱磨盤山。彭定求《南畇詩稿》中有詠。

堯峰山，是橫山向西南延伸之支脈。相傳因堯帝巡覽太湖而得名。山分為上、中、下三峰，民間以壽聖寺為上堯峰，露禪庵為中堯峰。堯峰山東南寶華塢有寶華寺。汪琬晚年居堯峰山莊，並以堯峰自號，其詩文集中多有吟詠。

〔註30〕林世遠、王鏊等纂修：《正德姑蘇志》卷九，書目文獻出版社 1997 年版，第175 頁。

〔註31〕陸廣微：《吳地記》，曹林娣校注，江蘇古籍出版社 1999 年版，第 72 頁。

〔註32〕范成大：《吳郡志》卷十五，陸振岳點校，江蘇古籍出版社 1999 年版，第 218 頁。

〔註33〕朱長文：《吳郡圖經續記》，金菊林校點，江蘇古籍出版社 1999 年版，第 41 頁。

2. 水

石湖，在蘇州城區西南方向，距離盤門約十二里，楞伽山東麓。南宋著名詩人范成大晚年曾卜居石湖，隨地勢高下為亭榭，構建別墅，自號石湖居士，期間根據石湖附近的田園風光、民風民俗、農事活動創作了著名的《四時田園雜興》組詩。石湖三面環山，群峰映帶，有田園之美和山水之勝，每逢春時城內士大夫和市民紛紛前往石湖遊賞，絡繹不絕。此外，蘇州百姓有八月十八日看「石湖串月」的習俗。《百城煙水》云：「至十八日，群往楞伽望湖亭看串月，為奇觀」〔註34〕。《清嘉錄》卷八「石湖串月」條亦云：「十八日遊石湖。昏時，看行春橋下串月」〔註35〕。范來宗、潘奕雋、顧宗泰、沈欽韓、潘遵祁、王時憲等人多有吟詠。

越來溪，在橫山下，自太湖來，與石湖連，北至橫塘。相傳越兵入吳時自此來，故名。宋范成大《吳郡志》云：「上有越城，雉堞宛然」〔註36〕。韓崶、顧祿、毛永椿、吳暻等人有詠。

橫塘，在蘇州城區西南方向，距離盤門約五里。《百城煙水》云：「為遊湖入山之路」〔註37〕。北宋詞人賀鑄退居吳下，曾卜居橫塘，寫下著名的《青玉案‧凌波不過橫塘路》一詞。彭定求、吳俊、張鵬翀、朱紫貴等人有詠。

3. 津梁

行春橋，在茶磨嶼下，正鎖石湖北尾。橋始建年代無考，南宋淳熙年間重修時，范成大有記。《吳郡志》卷十七「行春橋」條云：「湖山滿目……勝概為吳中第一」〔註38〕。宋代橋孔為十八孔，至明崇禎年間再次重修時，改為九孔。農曆八月十八，橋下每個孔洞中均有月亮倒影，一孔一月，其影如串，故名「石湖串月」。潘奕雋、金蘭等人詩中有詠。

4. 古蹟

姑蘇臺，具體所在無定說，顧頡剛先生《蘇州史志筆記》中將文獻記載與

〔註34〕徐崧、張大純纂輯：《百城煙水》卷一，薛正興校點，江蘇古籍出版社1999年版，第78頁。

〔註35〕顧祿：《清嘉錄》卷八，來新夏點校，中華書局2008年版，第163頁。

〔註36〕范成大：《吳郡志》卷十八，陸振岳點校，江蘇古籍出版社1999年版，第259頁。

〔註37〕徐崧、張大純纂輯：《百城煙水》卷一，薛正興校點，江蘇古籍出版社1999年版，第17頁。

〔註38〕范成大：《吳郡志》卷十七，陸振岳點校，江蘇古籍出版社1999年版，第245頁。

實地考察相結合，也未能得出確論。一說在橫山西北的姑蘇山上，臺因山得名。唐陸廣微《吳地記》引《史記正義》云：「在吳縣西南三十里橫山西北麓姑蘇山上」〔註39〕，並言闔閭造。宋朱長文《吳郡圖經續記》「姑蘇山」條云：「傳言闔閭築姑蘇臺，一曰夫差也。……蓋此臺始基於闔閭，而新作於夫差也。以全吳之力，三年聚材，五年而後成，高可望三百里，雖楚『章華』，未足比也」〔註40〕。《百城煙水》云：「姑蘇山，一名姑胥，一名姑餘，在橫山西北。古姑蘇臺在其上，至今人稱為胥台山」〔註41〕。《吳郡志》《正德姑蘇志》《吳趨訪古錄》《同治蘇州府志》等也都認為姑蘇臺在姑蘇山上。汪琬、潘遵祁、雷濬、吳慈鶴、王昶等人皆有詩詠。

吳王郊臺，在楞伽山上，下臨石湖。宋龔明之《中吳紀聞》云：「吳王拜郊臺在橫山之上，今遺址尚存。春秋時，王政不綱，以諸侯而為郊天之舉，僭禮亦甚矣」〔註42〕。潘遵祁有詩詠。

越城，在橫山下。宋范成大《吳郡志》卷八「古蹟」云：「越伐吳，吳王在姑蘇，越築此城以逼之」〔註43〕。吳暻《西齋自刪詩稿》中有詠。

酒城，在橫山下，越來溪西。相傳吳王夫差築以釀酒。俗呼為苦酒城。朱鶴齡、楊賓等人有詠。

5. 壇廟祠宇

范文穆公祠，在茶磨嶼北，行春橋西。祀宋參知政事范成大，明正德年間始建，內有宋孝宗御題「石湖」二大字碑刻。吳暻、潘奕雋、范來宗、顧嗣立等人有詠。

6. 寺觀

楞伽寺，在楞伽山頂，俗名上方寺。始建於隋大業四年（608），寺有浮屠七級。畢沅、王昶、宋宗元等人有詠。

〔註39〕陸廣微：《吳地記》，曹林娣校注，江蘇古籍出版社1999年版，第38頁。
〔註40〕朱長文：《吳郡圖經續記》，金菊林校點，江蘇古籍出版社1999年版，第42頁。
〔註41〕徐崧、張大純纂輯：《百城煙水》卷二，薛正興校點，江蘇古籍出版社1999年版，第151頁。
〔註42〕龔明之：《中吳紀聞》卷三，孫菊園校點，上海古籍出版社1986年版，第63頁。
〔註43〕范成大：《吳郡志》卷八，陸振岳點校，江蘇古籍出版社1999年版，第107頁。

治平寺，在楞伽山下。始建於南朝梁天監二年（503），舊名楞伽寺，宋治平年間改今名。顧日新、宋宗元、吳泰來等人有詠。

露禪庵，在中堯峰，明天啟年間建。汪琬《鈍翁續稿》中有詠。

7. 第宅園林

堯峰山莊，在堯峰胡巷村。汪琬所築，有御書閣、鋤雲堂、梨花書屋、墨香廊、羨魚池、東軒、梅徑、竹塢、菜畦諸勝。汪琬《鈍翁前後類稿》卷三十三有《堯峰山莊記》，另有詩文近 200 首詠及。吳祖修、芃樹滋、顧詒祿、褚廷璋等人有詠。

二棄草堂，在橫山之陽。清葉燮所居，有已畦、二取亭、獨立蒼茫室諸勝，葉燮《已畦集》中多有詩文吟詠。

石塢山房，在堯峰山西麓。王鏊六世孫王咸中所築，王氏因崇拜汪琬，故來卜鄰。有真山堂、魚樂軒、蓮溪、梅花深處諸景，最擅泉石之勝。汪琬、湯斌詩文集中均有記。

南垞草堂，在堯峰山麓胡巷村。醫士吳士緖所築，有漱石廊、搴雲閣、容安軒諸築。汪琬《鈍翁續稿》卷十八有《南垞草堂記》。

8. 冢墓

汪琬墓，在下堯峰陳家庫。彭定求《南畇詩稿》中有詠。

五、虎丘地區

清代蘇州空間系統中，虎丘地區的地理資源——尤其是古蹟、壇廟祠宇等人文地理資源——最為豐富。除此之外，虎丘地區山塘街上列肆鱗次，百貨萃集，是蘇州繁華的商業中心。

1. 山

虎丘山，一名虎阜，在閶門外七里。相傳虎丘原為海中小島，古稱海湧山。唐時避唐太祖李虎諱，虎丘山曾改名武丘山。據唐陸廣微《吳地記》所引《史記》記載，闔閭死後葬於虎丘，經三日，有白虎踞其上，故改名虎丘。而陸肇域、任兆麟編纂的《虎阜志》卷一末尾按語云：「虎丘之名，記志傳聞舊已。宋朱氏長文謂『丘如蹲虎，以形名者』，得之」〔註44〕，認為虎丘因形似「蹲虎」而得名。需要指出的是，蘇州民間有「假虎丘」的說法，認為虎丘不是一

〔註44〕陸肇域、任兆麟編纂：《虎阜志》卷一，張維明校補，古吳軒出版社 1995 年版，第 86 頁。

座真山，而是以原海湧山為基礎人工營造的吳王闔閭墓，對此《吳門畫舫續錄》《清嘉錄》等古籍中均有記載。因此，虎丘山不僅是自然地理資源，同時也是人文地理資源。

范成大《吳郡志》云虎丘「遙望平田中一小丘」〔註45〕，虎丘雖然是蘇州諸山中最矮小的一座山，但風景絕佳，古蹟眾多，具有悠久深厚的歷史人文價值，很早就名揚天下，唐初歐陽詢等編纂《藝文類聚》時，就已經在「山部」中設「虎丘山」條，與崑崙山、華山、衡山、廬山、太行山等名山同列。清代詩文集中對虎丘多有吟詠，如王鐸《擬山園選集》中有《虎丘記》，尤侗《西堂文集》中有《修虎丘迴廊記》，錢兆鵬《述古堂文集》中有《遊虎丘記》等。

2. 水

山塘河，位於蘇州城區西北，為江南運河在白洋灣分流後的支河。西起白洋灣，由西北向東南流，經山塘橋流入閶門外護城河，全長約七里，習稱「七里山塘」。虎丘山原在平田中，遊者率由阡陌以登，遇雨則苦潦。唐寶曆元年（825），白居易任蘇州刺史，「鑿渠以通南北，而達於運河」〔註46〕。清代蘇州市民有端午節於山塘河賽龍舟的風俗，《清嘉錄》卷五「劃龍船」條和《吳郡歲華紀麗》卷五「山塘競渡」條均有記載，可見當時盛況。葉燮、彭啟豐、徐昂發、惠周惕、顧嗣立、石韞玉、毛曙等眾多詩人集中都有吟詠。

半塘，自閶門往西，行至三里半為半塘。清姚承緒《吳趨訪古錄》云：「自此至山麓，紅闌碧樹與綠波畫舫相映發，為遊賞勝地」〔註47〕。陳維崧、杜濬等人有詠。

陸羽石井，在劍池西側。四旁皆石壁，渾然天成，下連石底，漸窄，泉出石脈中。據說唐代茶聖陸羽品評此泉，水質甘冽，味甜醇厚，為天下第三，泉因此得名，故又名「第三泉」。北面石壁上有「第三泉」「鐵華岩」等石刻，鐵華岩取蘇軾詩句「鐵華秀岩壁」之意。乾隆十一年（1746）三月井上重建三泉亭，潘奕雋《三松堂集》中有《三泉亭記》。錢大昕、袁景輅、顧宗泰、顧日新等人有詠。

〔註45〕范成大：《吳郡志》卷十六，陸振岳點校，江蘇古籍出版社1999年版，第224頁。

〔註46〕徐崧、張大純纂輯：《百城煙水》卷一，薛正興校點，江蘇古籍出版社1999年版，第25頁。

〔註47〕姚承緒：《吳趨訪古錄》卷三，姜小青校點，江蘇古籍出版社1999年版，第59～60頁。

憨憨泉，在路側。相傳為梁時憨憨尊者所鑿。《虎阜志》云：「文《志》：『或云即舊名海湧泉者，是』」〔註48〕。毛晉、石韞玉、張塤等人詩文集中有詠。

白蓮池，在生公講臺東面，傳說生公說法時，池生千葉蓮花，故名。毛晉、潘遵祁、任兆麟等人有詠。

西溪，在虎丘山寺西。錢謙益等人有詩詠。

冶坊浜，在普濟橋下塘，俗名野芳浜。據《桐橋倚棹錄》記載：「任心齋《筆記》云：『吳人常時遊虎阜，每於山塘泊舟宴樂，多不登山。冶春避暑，吳娘棹船者咸集野芳浜口』」〔註49〕。沈欽韓、李書吉、印康祚等人有詩詠。

鴨腳浜，在鼉溪。即生公放生處，俗名鴨腳浜。據《虎阜志》記載，明代文震孟曾題「晉生公放生處」六字。此處有泉，俗呼「鴨腳泉」，昔人以鴨腳泉煮虎丘茗，為佳品。汪琬、任兆麟等人詩文集中有詠。

十字洋，在桐橋內。以兩水會合之處橫直作十字形，故名。其南俗呼「桐橋圩」，昔日競渡龍船多集於是。

3. 津梁

桐橋，又名勝安橋，在山塘。最初為木橋，宋代易以石樑。顧祿《桐橋倚棹錄》卷首凡例中云：「是書以桐橋為虎阜最著名之處，故名曰《桐橋倚棹錄》」〔註50〕。畢沅、貝青喬、朱紫貴、錢瑤鶴等人詩文集中有詠。

彩雲橋，在半塘寺東，橫跨山塘河。趙執信《飴山詩集》中有詠。

斟酌橋，位於山塘街綠水橋西，跨山塘河支流東山浜。因橋畔多酒家而得名。孫原湘、曾熙文、顧嗣立等人有詠。

楓橋，在閶門外九里，跨上塘河。由閶門出發，乘船經上塘河可直達楓橋。宋范成大《吳郡志》卷十七「橋樑」部云楓橋「自古有名，南北客經由，未有不憩此橋而題詠者」〔註51〕。楓橋之名由唐張繼《楓橋夜泊》詩始興起，民國葉昌熾《寒山寺志》卷一「志橋」部云：「楓橋距山門僅一牛鳴地，自張繼題詩，四方遊士至吳，無不知有寒山寺者……橋與寺所由名，亦即此志所由託始

〔註48〕陸肇域、任兆麟編纂：《虎阜志》卷二上，張維明校補，古吳軒出版社 1995 年版，第 108 頁。

〔註49〕顧祿：《桐橋倚棹錄》卷七，王稼句點校，中華書局 2008 年版，第 328 頁。

〔註50〕顧祿：《桐橋倚棹錄》凡例，王稼句點校，中華書局 2008 年版，第 244 頁。

〔註51〕范成大：《吳郡志》卷十七，陸振岳點校，江蘇古籍出版社 1999 年版，第 246 頁。

也」〔註52〕。歸莊、楊賓、丁耀亢、葉矯然等人有詠。

4. 古蹟

白公堤，即山塘街。唐白居易任蘇州刺史期間，用疏濬山塘河所得河泥在河北岸修築長堤，且沿岸種植桃李。白居易當時在詩中稱之為虎丘寺路，後蘇州百姓為紀念白居易，稱之為白公堤。李果、汪沈琇、王應奎等人詩文集中有《白堤楊柳曲》。

劍池，在虎丘山，兩崖劃開，池水碧幽，暗生寒氣。南宋范成大《吳郡志》卷十六「虎丘」云：「劍池，吳王闔閭葬其下，以扁諸、魚腸等劍三千殉焉，故以劍名池」〔註53〕。對於劍池的成因，北宋王禹偁在《劍池銘並序》中認為：「非自人力，蓋由天設……池實自然，劍何妄傳」〔註54〕，認為劍池乃天然形成。但明正德六年（1511），歲在辛未，時值臘月，劍池水破天荒地乾涸，池底呈露，王鏊、唐寅等人同遊虎丘，在劍池底部發現了一個類似墓門、但被封堵的人造入口。這件事在當時引起了轟動，王鏊特意寫了一篇《弔闔閭賦》，文中記有此事。另外，明陸粲《庚巳編》卷二「劍池」條、劍池岩壁上的兩方摩崖石刻也都記錄了這一重大發現。因此，可以肯定劍池乃人工修築，完全是人文地理資源。《虎阜志》卷一云：虎丘「比入則奇勝萬狀，其最者，為劍池」，劍池雖然面積不大，但景致幽深，蘊含神奇，吸引著眾多文人墨客前去遊賞。邢昉、彭孫貽、龔煒、顧文淵、黃晉良等人詩文集中都有詩詠。

千人石，又名千人坐。唐陸廣微《吳地記》云：「池旁有石，可坐千人，號千人石」〔註55〕。《吳郡志》云：「千人坐，生公講經處也，大石盤陀數畝，高下如刻削，亦他山所無」〔註56〕。明清時期，蘇州有中秋虎丘玩月，於千人石聽曲賽歌的風俗，《吳郡歲華紀麗》卷八「千人石聽歌」條有記載。吳偉業、葉燮、謝泰宗、邢昉、毛曙等人均有詩詠。

試劍石，在虎丘山道旁，中裂似劍劈，唐陸廣微《吳地記》云：「秦始皇

〔註52〕葉昌熾：《寒山寺志》卷一，張維明校補，江蘇古籍出版社 1999 年版，第 1 頁。

〔註53〕范成大：《吳郡志》卷十六，陸振岳點校，江蘇古籍出版社 1999 年版，第 224 頁。

〔註54〕鄭虎臣編：《吳都文粹》卷四，《影印文淵閣四庫全書》總第 1358 冊，臺灣商務印書館 1986 年版，第 709 頁。

〔註55〕陸廣微：《吳地記》，曹林娣校注，江蘇古籍出版社 1999 年版，第 62 頁。

〔註56〕范成大：《吳郡志》卷十六，陸振岳點校，江蘇古籍出版社 1999 年版，第 224 頁。

東巡，至虎丘，求吳王寶劍，其虎當墳而踞。始皇以劍擊之，不及，誤中於石」〔註57〕，宋范成大《吳郡志》云「秦王試劍石」〔註58〕。而《虎阜志》則云：「或云吳王，未知孰是」〔註59〕。汪沈琇、石韞玉、顧文淵、謝宗泰、毛晉、吳偉業等人詩文集中皆有詠。

生公講臺，一名說法臺，亦名生公石，據說是晉宋之際的著名高僧竺道生駐錫虎丘時，曾於此臺講經說法。徐士俊、彭孫貽、石韞玉、毛晉等人詩文集中皆有詠。

點頭石，《虎阜志》引《十道四蕃志》云：「生公講經，人無信者，乃聚石為徒，與談至理，石皆點頭」〔註60〕，宋琬、顧文淵、毛晉等人詩中有詠。

可中亭，《桐橋倚棹錄》云：「即可月亭」〔註61〕。《虎阜志》記載：「因劉禹錫有詩『一方明月可中庭』句，故名」〔註62〕，並引《廣輿記》云：「生公於石上講經，宋文帝大會僧眾，施食。人謂：『僧律曰：過中即不食。』帝曰：『始可中耳。』生公曰：『百日麗天，天言始中，何得非中？』即舉箸而食」〔註63〕，以解釋亭名可中的由來。吳偉業、龔煒、葉燮等人有詩詠。

仰蘇樓，為紀念曾六到蘇州、并留下多首紀遊詩的宋代大文豪蘇軾而修建，最初名東坡樓，在天王殿東，具體建造年代不詳，明天啟間蘇州太守胡纘宗在東坡樓舊址上修建了仰蘇樓，清康熙五十六年（1717）重葺。袁枚、范來宗、蔣廷恩、韓封、錢瑤鶴、郭麐等人均有詩詠。

梅花樓，即淡香樓，在花神廟內，相傳元梅花道人吳仲圭嘗居此。顧詒祿《虎丘山志》云：「梅花樓以文氏畫梅於壁得名」〔註64〕。汪沈琇、袁景輅、

〔註57〕陸廣微：《吳地記》，曹林娣校注，江蘇古籍出版社1999年版，第62頁。

〔註58〕范成大：《吳郡志》卷十六，陸振岳點校，江蘇古籍出版社1999年版，第224頁。

〔註59〕陸肇域、任兆麟編纂：《虎阜志》卷二上，張維明校補，古吳軒出版社1995年版，第92頁。

〔註60〕陸肇域、任兆麟編纂：《虎阜志》卷二上，張維明校補，古吳軒出版社1995年版，第99頁。

〔註61〕顧祿：《桐橋倚棹錄》卷二，王稼句點校，中華書局2008年版，第255頁。

〔註62〕陸肇域、任兆麟編纂：《虎阜志》卷二上，張維明校補，古吳軒出版社1995年版，第125頁。

〔註63〕陸肇域、任兆麟編纂：《虎阜志》卷二上，張維明校補，古吳軒出版社1995年版，第125頁。

〔註64〕顧詒祿：《虎丘山志》卷五，沈雲龍主編《中國名山勝跡志叢刊》第四輯，文海出版社1975年版，第105頁。

顧宗泰等人有詩詠。

　　平遠堂，據《桐橋倚棹錄》記載，原在致爽閣旁，題曰「平林遠野」。明萬曆二十六年（1598）改建為五賢祠，後廢。清乾隆五十七年（1792）僧祖通重建，在大士殿旁。趙士麟等人有詩詠。

　　小吳軒，在虎丘寺東南隅，顧詒祿《虎丘山志》云：「飛架出岩外，勢極峻聳，平林遠水，聯岡斷隴，煙火萬家，盡在檻外……好事者云：『過吳而不登虎丘，不知山川之美者也；登虎丘而不登小吳軒，不知虎丘之美者也』」〔註65〕，可見是登高眺景的佳處。毛晉、袁景輅、顧宗泰等人有詩詠。

　　悟石軒，在劍池左，明嘉靖四年（1525），知府胡纘宗建。《百城煙水》云：「以生公說法得名」〔註66〕。《虎阜志》引文《志》云：「凡丘中樓閣，雖可遠眺，而山中之勝遺焉，此樓一覽在目」〔註67〕。吳偉業、張塤、程際盛、殷如梅等人有詩詠。

　　千頃雲閣，在虎丘山上，宋咸淳八年（1272）建，以東坡詩《虎丘寺》中有「雲水麗千頃」句，因以名之。彭孫貽、石韞玉等人有詩詠。

　　玉蘭山房，在虎丘後山。《虎阜志》云：「中有玉蘭一株，甚古，名冠吳中」〔註68〕，《桐橋倚棹錄》引顧湄《志》云：「相傳北宋時朱勔從閩移植」〔註69〕，《同治蘇州府志》卷三十五「古蹟」云：「虎丘寺玉蘭，相傳宋南渡後自閩移植，明天啟初為大風所摧，今孫枝復高三尋矣」〔註70〕，趙執信《飴山詩集》卷十五有詩《虎丘玉蘭傳是齊梁間物》，《吳郡歲華紀麗》卷二有「玉蘭房看花」條。歸莊、朱鶴齡、唐孫華、沈德潛、顧嗣立、毛曙、宋宗元、王應奎、宋犖、錢大昕、陳懋、顧日新等人皆有詩詠。

　　積善庵西院古梅，《同治蘇州府志》卷三十五「古蹟」云：「在環翠堂前，

〔註65〕顧詒祿：《虎丘山志》卷五，沈雲龍主編《中國名山勝跡志叢刊》第四輯，文海出版社 1975 年版，第 104～105 頁。

〔註66〕徐崧、張大純纂輯：《百城煙水》卷一，薛正興校點，江蘇古籍出版社 1999 年版，第 31 頁。

〔註67〕陸肇域、任兆麟編纂：《虎阜志》卷二中，張維明校補，古吳軒出版社 1995 年版，第 155～156 頁。

〔註68〕陸肇域、任兆麟編纂：《虎阜志》卷二中，張維明校補，古吳軒出版社 1995 年版，第 140 頁。

〔註69〕顧祿：《桐橋倚棹錄》卷二，王稼句點校，中華書局 2008 年版，第 260 頁。

〔註70〕馮桂芬總纂，潘錫爵等分纂：《同治蘇州府志》（二）卷三十五，《中國地方志集成·江蘇府縣志輯》第 8 冊，江蘇古籍出版社 1991 年版，第 90 頁。

相傳北宋所植」〔註71〕，石韞玉、韓崶、彭蘊章、潘曾瑩、潘遵祁、梁章鉅、
陶澍、朱珔等人曾於積善庵舉問梅詩社，其集中多有詩詠，石韞玉《獨學廬五
稿》卷三有《題問梅詩社圖（有序）》，韓崶《還讀齋詩稿續刻》卷三有《題問
梅詩社圖卷（並引）》。

　　5. 壇廟祠宇

　　東山廟，即古短簿祠，原在虎丘東嶺，後清乾隆三十五年（1770）移建至
虎丘東山浜。祭祀晉司徒王珣。《桐橋倚棹錄》卷四「祠宇」云：「珣嘗與其弟
司空瑉捨別墅為寺，故居民立廟祀為土神」〔註72〕。彭孫貽、袁景輅、顧日新、
周孝塤、孫士毅等人有詩詠。

　　白公祠，清嘉慶二年（1797），蘇州知府仁兆坰將位於虎丘山浜的蔣氏
塔影園改建為白公祠，以祭祀唐代蘇州刺史白居易，「中有思白堂，傍為懷
杜閣、仰蘇樓，供少陵、東坡栗主，又有萬丈樓，在懷杜閣之東，供李青蓮
木主」〔註73〕。錢大昕《潛研堂文集》卷十二有《虎丘創建白公祠記》，蔣
業晉、范來宗、潘奕雋、石韞玉、蔣廷恩、韓崶等人皆有詩詠。

　　孫子祠，一名滬瀆侯廟，在虎丘東山浜內，祀吳王客齊孫武子及其孫臏，
清嘉慶十一年（1806）孫星衍購一樹園改建。孫星衍《平津館文稿》卷下有《虎
丘新建吳將孫子祠堂碑記，張問陶等人詩文集中有詠。

　　甫里先生祠，祀唐陸龜蒙，在虎丘下塘普濟橋西，清乾隆四十八年（1783），
陸龜蒙三十四世孫陸肇域捐資修建。吳樹萱有《謁甫里先生祠》。

　　五賢祠，乾隆《元和縣志》卷六云：「五賢祠在虎丘山，明萬曆戊戌邑令
江盈科即平遠堂建祠」，祭祀唐韋應物、白居易和劉禹錫，宋王禹偁和蘇軾，
「以韋白劉俱刺吳郡，王宰長洲，蘇則晚年寓吳也」〔註74〕。葉燮、龔煒、徐
增等人詩中有詠。

　　二姜先生祠，在虎丘白蓮池東，清康熙二十四年（1685），江蘇巡撫湯斌
建，祭祀明末給事中姜埰暨其弟行人垓。錢澄之《田間文集》卷十一有《虎丘
萊陽二姜先生祠記》，袁景輅、陳懋等人有詩詠。

〔註71〕馮桂芬總纂，潘錫爵等分纂：《同治蘇州府志》（二）卷三十五，《中國地方志
　　　　集成·江蘇府縣志輯》第8冊，江蘇古籍出版社1991年版，第90頁。
〔註72〕顧祿：《桐橋倚棹錄》卷四，王稼句點校，中華書局2008年版，第280頁。
〔註73〕顧祿：《桐橋倚棹錄》卷四，王稼句點校，中華書局2008年版，第281～282頁。
〔註74〕許治修，沈德潛、顧詒祿纂：《乾隆元和縣志》卷六，《中國地方志集成·江蘇
　　　　府縣志輯》第14冊，江蘇古籍出版社1991年版，第80頁。

申文定公祠，在虎丘三泉亭南，祀明少師大學士申時行。吳偉業《梅村家藏稿》卷二十二有《滿江紅・過虎丘申文定公祠》。

郡厲壇，在虎丘山前，累石為之，廣袤各三丈，高四尺，附郭三縣統祭於此壇。《虎阜志》卷四「祭祀」記載：「歲春清明日、秋七月望、冬十月朔，以儀從迎府縣城隍神至，讀欽依祭文，祭闔郡無祀鬼神。府官主祭，三縣官陪祀」〔註75〕。《清嘉錄》卷三「山塘看會」條云：「清明日，官府至虎丘郡厲壇致祭無祀。遊人駢集山塘，號為『看會』」〔註76〕，《吳郡歲華紀麗》卷三「山塘清明節會」條也有記載。閻爾梅、蒯德模等人詩文中有詠。

湯文正公祠，在虎丘山浜，清乾隆九年（1744）建，祭祀清江蘇巡撫湯斌。康熙二十三年（1684），湯斌出任江蘇巡撫，為官清廉，歷有政績，每食惟脫粟豆羹，民間呼為「豆腐湯」。詔擢禮部尚書，去日，乞留者萬計。乾隆元年（1736）追諡文正。汪沈琇、顧日新等人詩中有詠。

花神廟，虎丘地區有兩座花神廟，《吳門表隱》云：「花神廟在桐橋內十二圖花神浜，祀司花果之神……傍列十二月花神像，明洪武中建。一在虎丘山梅花樓，清乾隆四十九年，織造四德知府胡世銓、里人陳維秀籌建」〔註77〕，顧祿《桐橋倚棹錄》卷三「花神廟」條云：「虎丘花神廟不止一所，有新舊之別……歲凡二月十二日百花生日，笙歌酬答，各極其盛」〔註78〕。朱綬、彭紹升、潘鍾瑞等人有詠。

6. 寺觀

虎丘山寺，在虎丘山阜。唐避諱，改名武丘報恩寺。宋至道中，改雲岩禪寺。清康熙四十六年（1707），康熙帝南巡，御賜「虎阜禪寺」額。蒼雪大師、邢昉、石韞玉、毛曙等人有詩詠。

寒山寺，在閭門西十里楓橋下，據《百城煙水》記載：「起於梁天監間，舊名妙利普明塔院。宋太平興國初，節度使孫承祐建浮圖七成。嘉祐中改普明禪院，然唐人已稱寒山寺矣，張繼詩最著。相傳寒山曾止此」〔註79〕。王士禎

〔註75〕陸肇域、任兆麟編纂：《虎阜志》卷四，張維明校補，古吳軒出版社1995年版，第303頁。

〔註76〕顧祿：《清嘉錄》卷三，來新夏點校，中華書局2008年版，第84頁。

〔註77〕顧震濤：《吳門表隱》卷八，甘蘭經等校點，江蘇古籍出版社1999年版，第109頁。

〔註78〕顧祿：《桐橋倚棹錄》卷三，王稼句點校，中華書局2008年版，第272頁。

〔註79〕徐崧、張大純纂輯：《百城煙水》卷二，薛正興校點，江蘇古籍出版社1999年版，第88頁。

等人有詩詠。

戒幢律院，在山塘冶坊浜東。據《百城煙水》記載：「舊為徐太僕西園，子工部溶捨為復古歸原寺。崇禎八年，延報國茂林祇律師開山，改今名」〔註80〕。錢謙益《牧齋有學集》卷二十七中有《吳郡西園戒幢律院記》，另外汪琬、貝青喬、趙執信、葉昌熾等人有詩詠。

龍樹庵，在閶門外白蓮涇，即古文殊庵故址，明萬曆年間僧廣傳募建，周順昌以老樹拒門如龍，因名龍樹庵。庵有小雲樓，額為周順昌題。朱綬《知止堂詩錄》卷三有《龍樹庵觀周忠介公小雲樓書額》，金之俊、顧日新等人詩文集中有詠。

7. 第宅園林

汪琬宅，在閶門外陸宅巷，有城西草堂，旁為苕華書屋。又有別業在虎丘，名丘南小隱，中有乞花場、山光塔影樓。丘南小隱後為汪琬祠。

一榭園，在虎丘東山浜北。清嘉慶三年（1798）太守仁兆坰購薛文清公祠廢址改築，園中有亭翼然，負山面水，別饒幽致。唐仲冕《陶山文錄》卷七有《虎丘一榭園記》，另石韞玉、孫星衍有詩詠。

蔣氏塔影園，在虎丘東山浜南，為蔣重光所葺別業，俗稱「蔣園」。後嘉慶二年（1797）太守仁兆坰購為白公祠。沈德潛《歸愚文鈔》卷九有《塔影園記》。韓駬、顧詒祿、王鳴盛等人有詩詠。

塔影園，在便山橋南。明文肇祉築，《虎阜志》引《雁門家集》云：「一名海湧山莊，碧梧修竹，清泉白石，極園林之勝。以塔影在池，故名」〔註81〕。後為明遺民顧苓得之，顧氏《塔影園集》中有《虎丘塔影園記》。楊賓、嚴熊、陳懋、王昶等人有詩詠。

東園，在閶門外下塘，明太僕少卿徐泰時築。中有瑞雲峰，高三丈餘，相傳本為北宋宣和年間朱勔所鑿取。徐泰時去世後，東園漸廢。清嘉慶初，園歸吳縣東山劉恕，改建時園中多植白皮松、梧竹，竹色清寒，波光澄碧，故更名「寒碧山莊」。而蘇州百姓因園主姓劉而俗稱其為「劉園」。咸豐十年（1860），蘇州閶門外均遭兵燹，街衢巷陌，毀圮殆盡，惟寒碧山莊幸存下來。同治十二

〔註80〕徐崧、張大純纂輯：《百城煙水》卷三，薛正興校點，江蘇古籍出版社 1999 年版，第 207 頁。

〔註81〕陸肇域、任兆麟編纂：《虎阜志》卷二中，張維明校補，古吳軒出版社 1995 年版，第 163 頁。

年（1873），園為常州盛康購得，繕修加築，比昔盛時更增雄麗，盛康乃諧「劉園」之音而改名留園。俞樾《春在堂雜文續編》卷一有《留園記》，稱其「泉石之勝，花木之美，亭榭之幽深，誠足為吳下名園之冠」〔註82〕。另范來宗、潘奕雋、潘奕藻、尤興詩、雷瀋、亢樹滋、周鶴立、汪之昌、印康祚、朱紫貴等眾多文人皆有詩詠。

勁節樓，在楓橋北。清道光年間徐德源母陸氏守節撫孤處。張瑛《知退齋稿》中有《勁節樓圖記》，另潘遵祁、雷瀋、孫周等人詩文集中也有詠。

松鶴堂，在楓橋寒山寺前，殷斐仲所居。葉燮《已畦集》卷五有《松鶴堂記》。

8. 冢墓

闔閭墓，在虎丘山。《越絕書》卷二記載：「闔閭冢，在閶門外，名虎丘。下池廣六十步，水深丈五尺。銅槨三重。澒池六尺，玉鳧之流。扁諸之劍三千，方圓之口三千。時耗、魚腸之劍在焉。十萬人築治之。取土臨湖口。葬三日而白虎居上，故號為虎丘」〔註83〕。謝泰宗、王士禎等人有詩詠。

真娘墓，在虎丘山上，唐時吳妓人真娘之墓。唐李紳《真娘墓》詩前小序云：「吳之妓人，歌舞有名者。死葬於吳武丘寺前，吳中少年從其志也。墓多花草，以滿其上……風雨之夕，或聞其上有歌吹之音」〔註84〕。《虎阜志》記載：「乾隆十年，海陵陳鑌覆亭其上，立石，大書『古真娘墓』四字」〔註85〕。黃宗羲、彭孫貽、謝泰宗、汪琬、陳維崧、石韞玉、顧文淵、沈德潛、薛雪、袁枚等眾多文人集中皆有詩詠。

五人墓，在山塘，為明末蘇州市民反對魏忠賢鬥爭中殉難的顏佩韋、楊念如、沈揚、馬傑、周文元等五位義士之墓。《虎阜志》引《長洲志》云：「明天啟年，逆閹魏忠賢煽惡，酷戕忠良。時周順昌以抗直矯直被逮，五人公憤，奮擊緹騎至斃。巡撫毛一鷺請戮於市。士大夫哀之，捐金構首合其屍，斂以葬此」〔註86〕。馬世俊、王時敏、陳維崧、王士禎、彭定求、宋翔鳳、顧日新、孫士

〔註82〕俞樾：《春在堂雜文續編》卷一，《清代詩文集彙編》第685冊，上海古籍出版社2010年版，第379頁。

〔註83〕張仲清：《越絕書譯注》，人民出版社2009年版，第33頁。

〔註84〕李紳：《真娘墓》，《全唐詩》卷四百八十二，中華書局1980年版，第5484頁。

〔註85〕陸肇域、任兆麟編纂：《虎阜志》卷三，張維明校補，古吳軒出版社1995年版，第225頁。

〔註86〕陸肇域、任兆麟編纂：《虎阜志》卷三，張維明校補，古吳軒出版社1995年版，第245頁。

毅等眾多文人均撰詩文歌詠。

葛賢墓，在五人墓西，明末義士葛成之墓。《虎阜志》引《蘇州府志》云：「賢初名成。萬曆二十九年，內監孫隆私榷稅於蘇，勢張甚。成以蕉扇招市人，共擊殺閹黨，士人焚其家，四府稅錢由是止。吳人義之，呼為『葛將軍』，郡守改其名曰『賢』。繫獄十餘年得釋，廬於五人墓側。卒，遂葬焉……既葬，文震孟大書墓碣，曰『有吳葛賢之墓』」〔註87〕。錢謙益《牧齋初學集》卷十有《葛將軍歌》，彭定求等人亦有詩詠。

劉仙史墓，又稱劉碧鬟墓，在虎丘山西麓。《桐橋倚棹錄》引《蘇州府志》云：「仙史名碧鬟，故中丞慕天顏之妾。公撫吳時，死葬使院後圃，後官知之，改葬虎阜山西麓」〔註88〕。顧詒祿《虎丘山志》云：「江蘇都御史行臺來鶴樓上久有鬼怪，乾隆丁卯，中丞安公幕客宋晟扶乩叩之，云為某中丞愛姬，劉姓，字碧鬟，年少抑鬱以死，遺骨東牆下，作詩有『玉碎珠沉事可憐，忍將名姓說人前。群芳譜裏無雙女，來鶴樓中第一仙』……云云，果得白骨於樓東。吳人朱宏業購地虎丘山麓，聚星樓僧修遠鳩工埋瘞。仙史著有《簪鐵詞》《瘦蘭集》」〔註89〕。姚瀛、陳懋等人集中有詠。

9. 市廛

花市，在山塘街上桐橋以西。顧祿《桐橋倚棹錄》卷十二「園圃」條云：「花樹店，自桐橋迤西，凡十有餘家，皆有園圃數畝，為養花之地，謂之園場。種植之人俗呼『花園子』」〔註90〕。同卷「花場」條又云：「在花園巷及馬營巷口。每晨曉鴉未啼，鄉間華農各以其所藝花果，肩挑筐負而出，坌集於場。先有販兒以及花樹店人擇其佳種，鬻之以求善價，餘則花園子人自擔於城，半皆遺紅剩綠」〔註91〕。花市出售各種花卉、草木和盆景，尤以花卉最為品種豐富，《桐橋倚棹錄》中列舉了梅、杏、李、桃等近百種花卉。《桐橋倚棹錄》卷十二中還記載，山塘街花市銷售的花木「大抵產於虎丘本山及郡西支硎、光福、洞庭諸山者居半。其有來自南路者，多售於北客，有來自北省者，多售於南人。

〔註87〕陸肇域、任兆麟編纂：《虎阜志》卷三，張維明校補，古吳軒出版社1995年版，第239頁。
〔註88〕顧祿：《桐橋倚棹錄》卷五，王稼句點校，中華書局2008年版，第311頁。
〔註89〕顧詒祿：《虎丘山志》卷七，沈雲龍主編《中國名山勝跡志叢刊》第四輯，文海出版社1975年版，第143～144頁。
〔註90〕顧祿：《桐橋倚棹錄》卷十二，王稼句點校，中華書局2008年版，第391頁。
〔註91〕顧祿：《桐橋倚棹錄》卷十二，王稼句點校，中華書局2008年版，第393頁。

惟必經虎阜花農一番培植，而後捆載往來，凡出入俱由店主。……店主人俱如牙戶之居間，十抽其一而已，謂之『用錢』」〔註92〕，可見山塘街花市還是當時全國南北花木的交易中心，市場發達，貨通南北。袁學瀾《吳郡歲華紀麗》卷三「虎阜花市」條也有對山塘花市的詳細介紹。沈寓《白華莊藏稿鈔》中有《花市記》，丁耀亢、徐士俊、彭孫貽、沈德潛、石韞玉、顧日新等人詩文集中也多有吟詠。

豆市、米市，在楓橋附近，民國葉昌熾《寒山寺志》卷一「楓橋」條引《乾隆蘇州府志》云：「楓橋，在閶門西七里……為水陸孔道，販貿所集，有豆市、米市」〔註93〕。

六、靈巖山地區

1. 山

靈巖山，在蘇州城西約三十里，《靈巖山志》云：「舊多奇石，靈芝為最，故名靈巖」〔註94〕。因西麓出產的板岩是蘇州著名工藝品——藏書靈巖山石硯（俗稱澄泥硯）等石雕產品的料石，一名硯石山；因山南有石鼓，故又名石鼓山。春秋時吳王夫差曾為美女西施在山上修建館娃宮，清代時山上有琴臺、響屧廊、吳王井、西施洞、浣花池、玩月池等遺跡。《吳郡志》云：「山下，平瞰太湖及洞庭兩山，滴翠叢碧，在白銀世界中，亦宇內絕景」〔註95〕。蒼雪大師、閻爾梅、李楷、歸莊、徐增、陶季、施閏章、汪琬、潘檉章等人皆有詩詠。

天平山，在靈巖山北，因山頂平正而得名；因山勢高峻，唐代稱白雲山；因范仲淹高祖葬於山之東塢，俗稱范墳山。《吳郡志》云：「此山在吳中最為嶕峣，高聳一峰，端正特立。《續圖經》以為吳鎮，不誣也。山皆奇石，卓筆峰為最」〔註96〕。天平山麓有楓林，《清嘉錄》記載：「郡西天平山為諸山楓林最

〔註92〕顧祿：《桐橋倚棹錄》卷十二，王稼句點校，中華書局 2008 年版，第 392 頁。
〔註93〕葉昌熾：《寒山寺志》卷一，張維明校補，江蘇古籍出版社 1999 年版，第 2 頁。
〔註94〕張一留輯：《靈巖山志》卷一，白化文、張智主編《中國佛寺志叢刊》第 46 冊，廣陵書社 2011 年版，第 15 頁。
〔註95〕范成大：《吳郡志》卷十五，陸振岳點校，江蘇古籍出版社 1999 年版，第 209 頁。
〔註96〕范成大：《吳郡志》卷十五，陸振岳點校，江蘇古籍出版社 1999 年版，第 209 頁。

勝處。冒霜葉赤，顏色鮮明，夕陽在山，縱目一望，彷彿珊瑚灼海」〔註97〕。
王時敏、歸莊、石韞玉、顧祿、顧文鉷、劉獻廷、李果、吳其琰、宋宗元等人
皆有詩詠。

　　支硎山，在天平山北，《百城煙水》云：「以晉支遁嘗居此，有石盤薄平廣，
泉流其上，如磨刃石，故名」〔註98〕。唐陸廣微《吳地記》云：「晉支遁，字
道林，嘗隱於此山，後得道，乘白馬升雲而去」〔註99〕。相傳支遁喜放馬養鶴，
山中放鶴亭、馬跡石、白馬澗等皆因支遁得名。汪琬、陸淹、張大受、顧嗣立、
毛曙、潘奕雋、沈欽韓等眾多詩人皆有詩詠。

　　寒山，在天平山西北麓和支硎山之間。明趙宧光隱居寒山，建寒山別業，
撰有《寒山志》一卷。《同治蘇州府志》云：「石壁峭立，明趙宧光鑿山引泉，
緣石壁而下，飛瀑如雪，號千尺雪」〔註100〕，為山中諸景之最。顧宗泰、顧
祿、陸損之、毛永柏、王應奎等詩人皆有詠。

　　天池山，在天平山西，山腰有池，逾數十丈，橫浸山腹，名天池，山以池
名。山頂巨石兀立，形似蓮花瓣，名蓮花峰。習慣上將蓮花峰西北坡稱天池山，
東南坡稱為華山或花山，《百城煙水》即云：「華山，其頂名蓮花峰……又名天
池山」〔註101〕。釋讀徹、毛瑩、莊歆、王愫、畢沅等眾多詩人皆有吟詠。

　　玉遮山，橫列如屏，俗稱遮山，山上有臥牛峰、缽盂泉、仙人洞、千步街、
洗硯池、百丈崖等景。徐增、徐枋、彭定求、潘遵祁等人有詠。

　　陽山，一名秦餘杭山，主峰箭闕嶺為蘇州境內第二高峰，《同治蘇州府
志》引顧元慶《陽山新錄序》云：「陽山為吳之鎮，以其背陰面陽，故曰陽
山」〔註102〕。陽山有雞窠嶺、大石、龍湫、晉柏、岳園諸景。汪琬、彭定
求、宋廣業、畢沅等人有詩詠。

　　岝㠉山，在蘇州城西十五里，因形似臥獅，俗稱獅子山。歸莊、邱璋、褚

〔註97〕顧祿：《清嘉錄》卷八，來新夏點校，中華書局2008年版，第178頁。
〔註98〕徐崧、張大純纂輯：《百城煙水》卷二，薛正興校點，江蘇古籍出版社1999年
　　　　版，第140頁。
〔註99〕陸廣微：《吳地記》，曹林娣校注，江蘇古籍出版社1999年版，第69頁。
〔註100〕馮桂芬總纂，潘錫爵等分纂：《同治蘇州府志》（一）卷六，《中國地方志集成·
　　　　江蘇府縣志輯》第7冊，江蘇古籍出版社1991年版，第184頁。
〔註101〕徐崧、張大純纂輯：《百城煙水》卷二，薛正興校點，江蘇古籍出版社1999
　　　　年版，第152頁。
〔註102〕馮桂芬總纂，潘錫爵等分纂：《同治蘇州府志》（一）卷七，《中國地方志集成·
　　　　江蘇府縣志輯》第7冊，江蘇古籍出版社1991年版，第201頁。

廷璋等人有詠。

何山，在岑岆山北，《同治蘇州府志》引《姑蘇志》云：「其地舊名鶴邑墟，故山名鶴阜，梁隱士何求、何點葬此，改今名」〔註103〕。歸莊、褚廷璋、金蘭、殷如梅等人集中有詠。

2. 水

白雲泉，在天平山半山腰，唐白居易曾賦《白雲泉》詩，宋范成大稱其為「吳中第一水」〔註104〕。宋犖、褚廷璋、畢沅、石韞玉、范來宗等人皆有詩詠。

玩花池，又名浣花池，在靈巖寺西山巔，在吳王井南，方形。據說吳王夫差與西施於此賞蓮。鄧旭、汪琬、沈德潛、彭啟豐等人有詩詠。

香水溪，《吳郡志》云：「俗云：西施浴處，人呼為脂粉塘。吳王宮人濯妝於此溪，上源至今馨香」〔註105〕。鄧旭、畢沅、王昊等人有詩詠。

采香徑，在香山之傍小溪也。《吳郡志》云：「吳王種香於香山，使美人泛舟於溪以采香。今自靈巖山望之，一水直如矢，故俗又名箭涇」〔註106〕。朱鶴齡、沈德潛、顧祿等人有詩詠。

3. 古蹟

館娃宮，在靈巖山上，《同治蘇州府志》云：「今靈巖寺即其地也」〔註107〕。沈德潛、彭啟豐、顧宗泰、朱鶴齡等人有詠。

響屧廊，在靈巖山館娃宮，《吳郡志》云：「相傳吳王令西施輩步屧，廊虛而響，故名」〔註108〕。汪琬、邵長蘅、畢沅、彭啟豐、沈德潛等人有詩詠。

琴臺，在靈巖山西絕頂，《靈巖山志》云：「相傳吳王令西施鼓琴處，石上

〔註103〕馮桂芬總纂，潘錫爵等分纂：《同治蘇州府志》（一）卷六，《中國地方志集成·江蘇府縣志輯》第 7 冊，江蘇古籍出版社 1991 年版，第 181 頁。
〔註104〕范成大：《吳郡志》卷十五，陸振岳點校，江蘇古籍出版社 1999 年版，第 209 頁。
〔註105〕范成大：《吳郡志》卷八，陸振岳點校，江蘇古籍出版社 1999 年版，第 106 頁。
〔註106〕范成大：《吳郡志》卷八，陸振岳點校，江蘇古籍出版社 1999 年版，第 106 頁。
〔註107〕馮桂芬總纂，潘錫爵等分纂：《同治蘇州府志》（二）卷三十五，《中國地方志集成·江蘇府縣志輯》第 8 冊，江蘇古籍出版社 1991 年版，第 78 頁。
〔註108〕范成大：《吳郡志》卷八，陸振岳點校，江蘇古籍出版社 1999 年版，第 106 頁。

鐫『琴臺』二字，明王鏊題曰『吳中勝蹟』」〔註109〕。鄧旭、朱鶴齡、屈大均、邢昉、石韞玉、沈德潛等人皆有詩詠。

吳王井，在靈巖山腰，井口圓形。《吳郡志》云：「大石泓也。相傳為吳王避暑處」〔註110〕。鄧旭、汪琬、沈德潛、彭啟豐等人有詩詠。

西施洞，在靈巖山腰，畢沅等人有詩詠。

4. 壇廟祠宇

范文正公祠，在天平山白雲寺側，原為范仲淹先祠。《同治蘇州府志》記載：「宣和五年，慶帥宇文虛中奏建公祠於慶州，賜額『忠烈』，南渡後改奉於此」〔註111〕，故又稱忠烈廟。《吳郡歲華紀麗》云：「范文正祖墓，在茲山麓，俗稱三太師墳。墳前有大楓九株，名九枝紅。非花鬥妝，不春爭色，尤稱麗景」〔註112〕。沈德潛《歸愚文鈔》卷八有《范文正公祠堂記》，顧炎武、朱彝尊、邱岡、陳赫、李果、張塤、薛起鳳等眾多詩人皆有詩詠。

韓蘄王祠墓，韓蘄王祠墓在靈巖山西南麓。墓在祠北，墓前有神道碑，其妻白氏、梁氏、鄭氏、周氏皆合葬焉。祠為宋代敕建，清道光十三年（1833）韓封重建。韓封《還讀齋詩稿續刻》卷五有《韓蘄王墓題後（並引）》。歸允肅、沈德潛、畢沅等人集中有詩詠。

5. 寺觀

靈巖寺，在靈巖山上，原為東晉司空陸玩在館娃宮遺址所建別業，後捨宅為寺。梁天監二年（503）擴建後名秀峰寺，唐代改稱靈巖寺。山巔有七層多寶佛塔，俗稱靈巖塔，始建於梁天監二年。清順治六年（1649）寺內建法華鐘樓，鐘樓內原有康熙十二年（1673）所鑄銅鐘，重一萬多斤，咸豐十年（1860）被毀，後光緒十八年（1892）重鑄。朱鶴齡《愚庵小集》卷九有《靈巖寺新鑄銅鐘記》，畢沅等人有詩詠。

白雲禪寺，在天平山，亦名天平寺，原為白雲庵，庵始建於唐寶曆二年

〔註109〕張一留輯：《靈岩山志》卷一，白化文、張智主編《中國佛寺志叢刊》第46冊，廣陵書社2011年版，第16頁。
〔註110〕范成大：《吳郡志》卷八，陸振岳點校，江蘇古籍出版社1999年版，第106頁。
〔註111〕馮桂芬總纂，潘錫爵等分纂：《同治蘇州府志》（二）卷三十六，《中國地方志集成·江蘇府縣志輯》第8冊，江蘇古籍出版社1991年版，第121～122頁。
〔註112〕袁學瀾：《吳郡歲華紀麗》卷十，甘蘭經、吳琴校點，江蘇古籍出版社1998年版，第299頁。

（826）。宋慶曆四年（1044），范仲淹奏請改為功德香火院，皇帝以山賜之，白雲禪寺遂為范氏家庵。明萬曆年間，范仲淹第十七世孫范允臨建天平山莊，俗稱範園。園內除白雲禪寺外，有范文正公祠、寤言堂、桃花澗、宛轉橋、聽鶯閣等。乾隆十六年（1751），乾隆帝南巡時賜名「高義園」。沈德潛、吳泰來、汪縉、范來宗等人皆有詩詠。

中峰寺，在支硎山，《同治蘇州府志》云：「本支公古剎也」〔註113〕。《吳郡志》云：「觀音禪院，在報恩山，亦曰支硎山寺，即古報恩寺基也」〔註114〕，《同治蘇州府志》云：「觀音寺，在支硎山東麓，山亦名報恩，以舊有報恩寺也」〔註115〕，張振雄《蘇州山水志》云：「中峰寺創建於東晉咸和九年（334），唐景龍年間改名報恩寺，清康熙十五年（1676）重修後改名觀音禪院」〔註116〕。釋讀徹、吳偉業、王鳴盛、王昶、汪縉等詩人皆有詩詠。

吾與庵，在支硎山下，清道光元年（1821）里人建鐘樓，沈欽韓《幼學堂文稿》卷六有《吾與庵鐘樓記》。王芑孫、朱綬、金蘭、孫義鈞等人有詩詠。

法螺庵，在寒山上，為中峰下院。《同治蘇州府志》云：「山徑盤紆，從修篁中百折而上，勢如旋螺，故名」〔註117〕。吳偉業、徐昂發、吳莊、宋犖、王愫等人有詩詠。

無隱庵，在天平山西南，明崇禎年間履中和尚開山，徐枋書庵額。陸鼎《梅葉閣文鈔》卷二有《無隱庵記》。彭紹升、朱綬、金蘭、潘世恩等人詩文集中有書寫。

普賢寺，在茶塢山，朱彝尊、韓崶、范來宗等人集中有詠。

6. 第宅園林

澗上草堂，在天平山麓上沙村，為明末遺民徐枋居所。徐枋，號俟齋，明崇禎十五年（1642）舉人。清順治二年（1645），其父汧殉國，遂遁跡山中，與世決絕，賣畫自給，足不入城，其清風亮節為世人稱道。徐枋去世後，草堂

〔註113〕馮桂芬總纂，潘錫爵等分纂：《同治蘇州府志》（二）卷三十九，《中國地方志集成·江蘇府縣志輯》第 8 冊，江蘇古籍出版社 1991 年版，第 228 頁。

〔註114〕范成大：《吳郡志》卷三十二，陸振岳點校，江蘇古籍出版社 1999 年版，第 494 頁。

〔註115〕馮桂芬總纂，潘錫爵等分纂：《同治蘇州府志》（二）卷三十九，《中國地方志集成·江蘇府縣志輯》第 8 冊，江蘇古籍出版社 1991 年版，第 228 頁。

〔註116〕王稼句編選：《蘇州山水名勝歷代文鈔》，上海三聯書店 2010 年版，第 29 頁。

〔註117〕馮桂芬總纂，潘錫爵等分纂：《同治蘇州府志》（二）卷三十九，《中國地方志集成·江蘇府縣志輯》第 8 冊，江蘇古籍出版社 1991 年版，第 241 頁。

被其子售出。康熙三十九年（1700），徐枋門人潘耒贖歸後設為徐先生祠。袁枚《小倉山房文集補遺》卷二有《重修徐俟齋先生祠堂記》。毛曙、沈德潛、范來宗、金蘭、彭紹升、葉昌熾等眾多文人皆有詩詠。

玉遮山房，在玉遮山，明末清初彭德先丙舍，其孫彭定求《南畇文稿》卷四有《玉遮山房記》，另《南畇詩稿》中有《玉遮山房靜坐四首》《初夏玉遮山居四首》《玉遮山房聽雨》等山居詩五十餘首。

落木庵，在天池山中，明末清初徐波丙舍。徐波，字元歎，吳縣人，明諸生，明亡後構落木庵於天池，隱居不出。葉昌熾等人詩中有詠。

遂初園，在吳縣木瀆東街，康熙間吉安府知府吳銓所築，樓閣亭榭臺館軒舫，連綴相望，極園林之勝。沈德潛有《遂初園記》，王昶、金學詩、唐仲冕、王愫等人有詩詠。

靈巖山館，在靈巖山，乾隆年間畢沅所築，佔地三十畝，甚雄麗。中有御書樓、九曲廊、澄懷觀、硯石山房諸勝。畢沅、金蘭集中有詩詠。

香雪草堂，在鄧尉山，潘遵祁於道光二十七年（1847）秋歸田後所築。堂之東有小閣，閣中藏宋代楊逃禪四梅花卷，庭前又植梅四株，因名閣為「四梅閣」。俞樾《春在堂雜文續編》卷一有《潘簡緣香雪草堂記》，文中言自家曲園與香雪草堂相比，「猶磧礫之於玉淵矣」〔註118〕。潘遵祁集中有詠。

七、鄧尉山地區

1. 山

鄧尉山，相傳東漢太尉鄧禹曾隱居於此，故名；山在光福，一名光福山；萬峰和尚曾居此山，故又名萬峰山。一般稱北峰為鄧尉山，稱南峰為玄墓山。《光福志》云：「鄧尉、元墓，本一山二名，山之陰在光福者，稱鄧尉；山之陽，郁太元墓在焉，曰元墓」〔註119〕。宋淳祐間，高士查莘在山上植梅，後鄧尉山上梅樹成林，清代是遠近聞名的賞梅勝地。《清嘉錄》中有二月「玄墓看梅花」的記載：「暖風入林，玄墓梅花吐蕊，迤邐至香雪海。紅英綠萼，相間萬重。郡人艤舟虎山橋畔，褉被邀遊，夜以繼日」〔註120〕，可見當時盛況。

〔註118〕俞樾：《春在堂雜文續編》卷一，《清代詩文集彙編》第 685 冊，上海古籍出版社 2010 年版，第 378 頁。

〔註119〕徐傳編，王金庸補輯：《光福志》卷二，《中國方志叢書》「華中地方」第 413 號，成文出版社 1983 年版，第 87 頁。

〔註120〕顧祿：《清嘉錄》卷二，來新夏點校，中華書局 2008 年版，第 66 頁。

《吳郡歲華紀麗》卷二也有「元墓探梅」條。徐增、徐枋、顧嗣立、沈德潛、毛曙、殷如梅等眾多文人詩文集中有關於鄧尉山和玄墓山的大量作品。

穹窿山，位於太湖之濱，是蘇州全境第一高峰，《吳郡志》云：「吳中山最高深處」〔註121〕，《百城煙水》云：「以山峻而深，故名。山高而平，其頂方廣可百畝」〔註122〕。穹窿山主峰為笠帽峰，俗稱大茅峰、茅蓬。另有二茅峰、三茅峰、石碑坎、白馬嶺等山峰。在穹窿山頂望太湖，碧波萬頃，盡收眼底。金之俊、趙士春、劉命清、尤侗、吳祖修、鈕琇等眾多文人皆有詩詠。

西磧山，瀕臨太湖，山巔有划船石。西麓有怪石巉岩，有泉注出石罅，曰「夾石泉」。北麓有小丘曰「熨斗柄」，長百餘丈，斗入湖中。朱彝尊、毛永柏、熊其英等人有詠。

銅井山，即銅坑山，張郁文《光福諸山記》云：「一山兩名：北曰銅坑，相傳晉宋間鑿坑取沙土煎之成銅，故名。南曰銅井山，頂有岩洞，其懸溜匯而為池，名曰銅泉」〔註123〕。

馬駕山，俗呼吾家山，在銅井山麓。馬駕山上遍植梅花，每年初春，梅花綻放，凝若積雪，馨香襲人。《光福志》云：「康熙間，巡撫宋犖題『香雪海』三字於崖壁，其名遂著」〔註124〕。宋犖《雨中元墓探梅》詩云：「望去茫茫香雪海，吾家山畔好題名」〔註125〕。宋宗元、汪縉、潘奕雋、尤維熊、陳本直等詩人均有詠。

虎山，相傳吳王養虎於此山，故名。彭定求、薛雪、顧宗泰等人有詠。

潭山，舊稱彈山，位於西磧與玄墓兩山之間。《光福志》云：「上下皆梅，山中看花最勝處也。山南石嶁，名萬峰臺，尤據極勝」〔註126〕。朱綬、顧宗泰、范來宗等人有詠。

〔註121〕范成大：《吳郡志》卷十五，陸振岳點校，江蘇古籍出版社1999年版，第210頁。
〔註122〕徐崧、張大純纂輯：《百城煙水》卷二，薛正興校點，江蘇古籍出版社1999年版，第155頁。
〔註123〕楊循吉等：《吳中小志叢刊》，陳其弟點校，廣陵書社2004年版，第257頁。
〔註124〕徐傅編，王金庸補輯：《光福志》卷二，《中國方志叢書》「華中地方」第413號，成文出版社1983年版，第95頁。
〔註125〕宋犖：《西陂類稿》卷十七，《清代詩文集彙編》第135冊，上海古籍出版社2010年版，第198頁。
〔註126〕徐傅編，王金庸補輯：《光福志》卷二，《中國方志叢書》「華中地方」第413號，成文出版社1983年版，第97～98頁。

青芝山，在鄧尉山西面，漫山多松柏，春梅秋桂，各擅勝景。潘曾瑩、王芑孫、顧宗泰等人有詩詠。

查山，宋高士查莘曾隱居於此，故名；一名茶山、槎山。山上建有七十二峰閣和六浮閣，是賞景絕佳處。顧嗣立、顧宗泰、陶梁、雷濬等人有詩詠。

漁洋山，今為三面臨湖，一面接地的半島，但清代漁洋山位於太湖中，清徐傅編《光福志》云：「漁洋山在太湖中，四面環湖」〔註127〕。清初王士禎遊至此，愛漁洋山景致清幽，因以自號。彭定求、沈德潛、范來宗、沈欽韓、王時翔等人皆有詩詠。

米堆山，以形似米堆得名。米堆山東側山半有五雲洞，俗稱老虎洞，明顧天敍所構。沈欽韓、潘遵祁有詩詠。

蟠螭山，俗呼為南山；上有一坎，峭壁陡立，高可三仞，故又稱石壁。《光福志》云：「在彈山之南斗入湖中，作蜿蜒狀，以此得名。其陰多桃花，春時望之如錦步障。其巔則琉璃萬頃橫陳於前」〔註128〕。徐枋《石壁記》云：「鄧尉諸山，苦少奇石，故石壁雖在僻遠而遊屐之所必到也。」〔註129〕顧嗣立、彭紹升、程際盛、潘遵祁、殷如梅等皆有詩詠。

香山，北連穹窿山，南近太湖胥口，相傳吳王種香於此，遣美人採之，故名。彭定求、韓騏、褚廷璋等人有詠。

2. 水

上崦，又名東崦，匯而成渠，周十餘里。崦中有水田一頃，所產菱芡較勝他處。潘曾瑩、貝青喬、葉昌熾等人有詩詠。

下崦，又名西崦，西承太湖，東達上崦，北接遊湖，四面環山。明潯陽董份築堤栽桃柳。潘曾瑩、沈欽韓、金蘭等人有詩詠。

3. 津梁

虎山橋，在虎山西崦湖出口上，三孔石拱橋，為宋代之前古津梁，始建年代不詳，清乾隆年間重建時改名虎山橋。虎山橋是通往鄧尉山的要道，風景絕佳，徐枋《吳山十二圖記》云：「虎山橋在二堰間，其地四面皆山，迴環二十

〔註127〕徐傅編，王金庸補輯：《光福志》卷二，《中國方志叢書》「華中地方」第413號，成文出版社1983年版，第98頁。

〔註128〕徐傅編，王金庸補輯：《光福志》卷二，《中國方志叢書》「華中地方」第413號，成文出版社1983年版，第96頁。

〔註129〕楊循吉等：《吳中小志叢刊》，陳其弟校點，廣陵書社2004年版，第293頁。

餘里，巒翠浮空，波光極目，一石樑跨之如長虹夭矯，橫亙碧落。而梵宇臨於山巔，浮圖矗於雲際，每一登眺，不知此身之在塵世矣」〔註130〕。徐枋、王武、彭定求、顧嗣立、韓騏等人有詩詠。

4. 古蹟

朱買臣讀書臺，在穹窿山笠帽峰北麓山林中有一磐石，廣丈許，相傳西漢時期吳縣人朱買臣出仕前，上山打柴時經常讀書於此，後人因此號為讀書臺。汪琬、顧祿、張雲章有詩詠。

5. 壇廟祠宇

司徒廟，在光福青芝山北，相傳祀漢鄧禹。廟前有四株古柏，名「清、奇、古、怪」，有千年樹齡，相傳為鄧禹手植。龔煒、朱逢泰、陳懋、孫原湘、方熊、朱珏等詩人皆有詩詠。

藏書廟，在穹窿山東南麓，相傳朱買臣未仕時，嘗樵採山中，藏所讀之書於廟，故名。汪琬、徐增有詩詠。

6. 寺觀

天壽聖恩寺，在鄧尉山南岡，原為天壽、聖恩兩寺。《同治蘇州府志》云：「唐天寶間建天壽禪寺，宋寶祐間又建聖恩禪院，為上下道場。元季寺毀，僅存禪院，僧時蔚自杭來重興」〔註131〕。時蔚即萬峰禪師。潘遵祁、潘鍾瑞、王鳴盛、王昶、錢澄之等人皆有詩詠。

上真觀，在穹窿山三茅峰，相傳漢平帝時建，祠三茅真君。經歷代修葺增建，殿宇蔚為壯觀，有三茅殿、玉皇殿、三清殿等，均依山而築，互以走廊相接。乾隆皇帝六上穹窿山，五次駐蹕上真觀。潘奕雋《三松堂集》卷四有《重修三茅君殿記》，彭定求、潘遵祁、毛曙、金蘭等人有詠。

積翠庵，在穹窿山北，即皇駕庵，相傳明建文帝遜國曾稅駕於此。彭啟豐、顧嗣立等人有詩詠。

海雲庵，在穹窿山北，創建於宋熙寧間。明洪武間姚廣孝為僧退居之。顧嗣立有詩詠。

寧邦寺，在穹窿山笠帽峰北麓，面對寧邦塢。相傳宋紹興間，韓世忠部將戰還薙髮隱此學禪，賜額寧邦禪院。潘遵祁、潘奕雋、范來宗有詠。

〔註130〕楊循吉等：《吳中小志叢刊》，陳其弟校點，廣陵書社2004年版，第266頁。
〔註131〕馮桂芬總纂，潘錫爵等分纂：《同治蘇州府志》（二）卷三十九，《中國地方志集成·江蘇府縣志輯》第8冊，江蘇古籍出版社1991年版，第232頁。

拈花寺，又名微笑庵，在穹窿山，《光福志》云：「明崇禎間，僧弘澈購地於小靈山，始移穹隆寺之名，別建拈花寺，名曰微笑，以示承相之意」〔註 132〕。范來宗、韓騋、顧嗣立、韓尌等人有詩詠。

石壁精舍，在蟠螭山巔，因寺廟處在半圓形岩石的山塢裏，故亦稱石壁窩。《光福志》云：「四壁如削，高五六尋，具區七十二峰屏列於前。明嘉靖間建，隆慶三年僧憨山復創」〔註 133〕。毛曙、毛永柏、潘鍾瑞等人有詩詠。

光福寺，在光福鎮西街，創建於梁大同年間，有舍利塔七層。宋康定元年（1040）在廟旁泥土中獲銅觀音像，時久旱，禱之即雨，故又名銅觀音寺。顧嗣立、金蘭、汪莒、潘鍾瑞等人有詠。

7. 第宅園林

六浮閣，在查山之陽，面對太湖，為賞梅觀湖絕佳之處。《同治蘇州府志》記載：「明嘉定李流芳題名，欲建閣而未果。康熙間長洲張文萃買山營生壙始建此閣，仍題李氏舊名。後文萃沒，其子士俊補葺之」〔註 134〕。朱彝尊《曝書亭集》卷六十六有《六浮閣記》。李重華、顧嗣立、張大受、顧宗泰、石韞玉等人有詩詠。

七十二峰閣，在查山，明顧鼎臣建，面太湖，山水風光絕佳。沈起元、張鵬翀、龔煒等人有詩詠。

九峰草廬，在西磧山南麓，康熙四十五年（1706）程文煥所築，何焯題名「九峰草廬」，後易名西磧山莊，後人因其地構為逸園。李馥、王愫、王昶、畢沅等人有詩詠。

8. 冢墓

徐枋墓，在青芝山北珍珠塢。亢樹滋、汪莒、雷澚等人有詩詠。

八、太湖地區

1. 山

洞庭西山，一名包山，以四面水包之，故名；島東北有洞山、庭山，故稱

〔註 132〕徐傅編，王金庸補輯：《光福志》卷八，《中國方志叢書》「華中地方」第 413
　　　　號，成文出版社 1983 年版，第 225 頁。

〔註 133〕徐傅編，王金庸補輯：《光福志》卷八，《中國方志叢書》「華中地方」第 413
　　　　號，成文出版社 1983 年版，第 217 頁。

〔註 134〕馮桂芬總纂，潘錫爵等分纂：《同治蘇州府志》（二）卷四十五，《中國地方志
　　　　集成・江蘇府縣志輯》第 8 冊，江蘇古籍出版社 1991 年版，第 357 頁。

洞庭山；因與東山相對，稱西洞庭山、洞庭西山，簡稱西山。島因山名，稱西山島。有竹塢、毛公塢、水月塢、綺里塢等山塢。主峰為縹緲峰，為蘇州第三高峰，登其巔則吳越諸山隱隱在目。汪琬、惠士奇、沈德潛、王世錦、毛曙等眾多詩人皆有吟詠。

洞庭東山，因在西洞庭山之東，稱東洞庭山、洞庭東山，簡稱東山。相傳隋莫釐將軍居此，故又稱莫釐山。主峰為莫釐峰。有翠峰塢、法海塢等山塢。其白豸嶺南碧落峰，是碧螺春茶的最早產地。徐增、王武、顧嗣立、范來宗等人均有詩詠。

石公山，在明月灣西，山下大石坡甚廣，傍水有大石，狀若老翁，故名石公。山上湖石奇秀，唐代起就在山上開採太湖石。山上有雲梯、聯雲嶂、歸雲洞、來鶴亭等景。顧嗣立、尤維熊、吳泰來、沈欽韓、袁廷檮等人皆有詩詠。

林屋山，山西麓有林屋洞，山因洞名。林屋洞洞內廣如大廈，立石成林，頂平如屋，故稱林屋洞；因洞體似龍，又稱龍洞，故林屋山又被稱為龍洞山。林屋洞分為雨洞、丙洞、暘谷洞三洞，洞口有「天下第九洞」「仙府」等摩崖石刻。環山有數千畝梅樹，稱林屋梅海。夏尚志、雷濬、王芑孫、袁廷檮等人有吟詠。

2. 水

太湖，《光福志》云：「一名震澤，《書》所謂『震澤底定』；一名具區，《禮·職方氏》『揚州之藪曰具區』；一名笠澤，《左傳》：『越伐吳，吳子御之笠澤』；一名五湖，范蠡乘舟入五湖是也。湖之東西二百里，南北一百二十里，周五百里，廣三萬六千頃，中有七十二峰，襟帶蘇湖常三州，東南諸水皆歸焉」〔註135〕。吳莊《半園詩文遺稿》有《圖繪湖山口號》六十餘首，彭定求、沈德潛、郭麐、朱彝尊等眾多詩人皆有詩文歌詠。

胥口，因胥山得名，《吳郡志》云：「出太湖之口也。上有胥山，舟出口，則水光接天。洞庭東西山崤銀濤中，景物勝絕。」〔註136〕李果、范來宗、顧我錡等人有詠。

明月灣，在太湖石公山西，相傳為吳王玩月處，《同治蘇州府志》引《洞

〔註135〕徐傅編，王金庸補輯：《光福志》卷三，《中國方志叢書》「華中地方」第413號，成文出版社1983年版，第109頁。

〔註136〕范成大：《吳郡志》卷十八，陸振岳點校，江蘇古籍出版社1999年版，第254頁。

庭記》云：「湖堤環抱，形如新月，因名」〔註137〕。徐釚、潘耒、沈德潛、畢沅、顧我錡、顧嗣立等人詩文集中皆有詠。

消夏灣，在洞庭西山縹緲峰之南灣，《百城煙水》云：「深入八九里，三面峰環，一門水匯，僅三里耳。中多菱芡蒹葭，煙雲魚鳥，別具幽致。相傳為吳王避暑處」〔註138〕。鄧旭、歸莊、邢昉、葉矯然、汪琬、顧祿、顧我錡、彭啟豐等眾多文人皆有詩詠。

練瀆，《吳郡志》云：「在太湖。舊傳吳王所開，以練兵」〔註139〕。楊賓、邱岡等人有詠。

3. 古蹟

毛公壇，即毛公壇福地。《吳郡志》云：「在洞庭山中，漢劉根得道處也。根既仙身，生綠毛，人或見之，故名毛公。今有石壇，在觀傍，猶漢物也」〔註140〕。汪琬、彭定求、顧嗣立、惠士奇、沈德潛、殷如梅等人詩文集中有詠。

柳毅井，在洞庭東山道側。宋范成大《吳郡志》卷九「古蹟」之「柳毅井」條按語云：「小說載毅傳書事，或以謂是岳之洞庭湖。以其說有橘社，故議者又以為即此洞庭山」〔註141〕。吳偉業、薛雪、吳暻、方熊等人有詩詠。

4. 壇廟祠宇

吳相伍大夫廟，在胥口，《吳郡志》云：「吳王殺子胥於江，吳人立祠江上」〔註142〕，俗稱胥王廟。徐增、吳莊、薛雪、吳泰來、范來宗、潘鍾瑞等人皆有詩詠。

5. 寺觀

包山寺，在洞庭西山，梁大同二年（536）建，初名福願寺，唐上元九年

〔註137〕馮桂芬總纂，潘錫爵等分纂：《同治蘇州府志》（一）卷八，《中國地方志集成·江蘇府縣志輯》第 7 冊，江蘇古籍出版社 1991 年版，第 229 頁。

〔註138〕徐崧、張大純纂輯：《百城煙水》卷一，薛正興校點，江蘇古籍出版社 1999 年版，第 48 頁。

〔註139〕范成大：《吳郡志》卷十八，陸振岳點校，江蘇古籍出版社 1999 年版，第 252 頁。

〔註140〕范成大：《吳郡志》卷九，陸振岳點校，江蘇古籍出版社 1999 年版，第 111 頁。

〔註141〕范成大：《吳郡志》卷九，陸振岳點校，江蘇古籍出版社 1999 年版，第 117 頁。

〔註142〕范成大：《吳郡志》卷十五，陸振岳點校，江蘇古籍出版社 1999 年版，第 210 頁。

（682）改今名，唐高宗李治賜名顯慶寺。彭定求、袁廷檮、金蘭、吳泰來等有詩詠。

羅漢寺，在洞庭西山消夏灣北，晉天福二年（937），僧妙道開山。吳泰來、殷如梅等人有詠。

橘香庵，在洞庭西山攢雲嶺，汪琬、潘鍾瑞、顧我錡有詠。

雨花庵，在洞庭東山，明萬曆二十七年（1599）僧松竹建，又名雨花臺。錢謙益、吳偉業、朱鶴齡等人有詠。

紫金庵，在洞庭東山西塢，相傳唐時胡僧建。內有十八羅漢像，係南宋民間雕塑名手雷潮塑。袁廷檮《紅蕙山房吟稿》中有《遊卯塢紫金庵庵有唐人塑十八應真像及老僧手植玉蘭更訪興福寺唯頹垣破礎而已與非石同賦》。

翠峰寺，在洞庭東山莫釐峰之陰，顧嗣立、王芑孫、金蘭、夏尚志、潘鍾瑞等人有詠。

石公庵，在石公山上，初建無考。彭定求、顧嗣立、惠士奇等人有詠。

九、陽城湖地區

陽城湖地區位於蘇州城區北面，在蘇州空間系統的九個二級空間中，其地理資源最為匱乏，除陽城湖外，清代詩文中基本未見其他地理資源。

陽城湖，今名陽澄湖，在蘇州城區東北三十里，為長洲巨浸。汪琬、顧嗣立、毛曙、韓是升等少數詩人有詠。

第四章　清代蘇州詩文繫地統計數據

第一節　關於作為統計對象的 387 位作家的說明

在劃定蘇州空間系統下的九個二級空間後，接下來的工作就是對《清代詩文集彙編》中與蘇州相關的詩文進行繫地。這是一項非常重要的基礎工作。根據統計學上典型調查的概念和方法，本書選取《清代詩文集彙編》中與蘇州關係最密切的一批作家作為數據統計的對象。所謂典型調查，「是根據調查的目的和要求，在對被調查對象進行全面分析的基礎上，有意識地選擇若干有典型意義的或有代表性的單位進行深入、細緻的調查研究的方法」〔註1〕。本書所選取的作家主要包括四類群體：蘇州本土作家、蘇州下轄縣作家、僑寓蘇州的外地作家、任職蘇州的官員作家。這四類群體的作家或者生於蘇州、長於蘇州，或者因地域相鄰經常往來於蘇州，或者在蘇州生活過一段時間，總之，是清代最熟悉蘇州、最有可能在詩文中對蘇州展開文學書寫的一批人，因此無疑在《清代詩文集彙編》的眾多作者中具有很強的典型性和代表性，符合統計學上典型調查的要求。

經過仔細篩選，本書最終從《清代詩文集彙編》中獲得蘇州本土作家、蘇州下轄縣作家、僑寓蘇州的外地作家和任職蘇州的官員作家共計 387 人，現對這四類作家群體的判斷依據進行逐一說明，並列出具體名單。

〔註1〕周惠芳主編：《統計學基礎》，立信會計出版社 2005 年版，第 41 頁。

一、蘇州本土作家

　　《清代詩文集彙編》在每種詩文集前，為每位作者分撰小傳一篇，冠於該書卷首。作者小傳均逐一列舉其人姓名字號、生卒年月、籍貫科第、履歷著述等內容，並撮述其生平及成就，兼有簡要評論，為研究者提供了必要的輔助信息。本書所言蘇州本土作家，以《清代詩文集彙編》作者小傳中的籍貫信息為依據，凡籍貫為吳縣、長洲、元和三縣者，即列入蘇州本土作家，共有 129 人，具體人員如下（見表1）：

表1 《清代詩文集彙編》中蘇州本土作家表

序號	姓　名	生　年	卒　年	籍貫
1	金人瑞	明萬曆三十六年（1608）	清順治十八年（1661）	吳縣
2	尹明廷	明萬曆三十八年（1610）	清順治九年（1652）	吳縣
3	徐增	明萬曆四十一年（1613）	清康熙十二年（1673）	吳縣
4	尤侗	明萬曆四十六年（1618）	清康熙四十三年（1704）	長洲
5	徐枋	明天啟二年（1622）	清康熙三十三年（1694）	長洲
6	汪琬	明天啟四年（1624）	清康熙二十九年（1691）	長洲
7	許虯	明天啟五年（1625）	不詳	長洲
8	*徐燦	不詳	不詳	吳縣
9	王武	明崇禎五年（1632）	清康熙二十九年（1690）	吳縣
10	楊無咎	明崇禎九年（1636）	清雍正二年（1724）	吳縣
11	韓菼	明崇禎十年（1637）	清康熙四十三年（1704）	長洲
12	彭定求	順治二年（1645）	康熙五十八年（1719）	長洲
13	張孝時	順治三年（1646）	康熙四十七年十二月（1709）	吳縣
14	宋廣業	順治四年（1647）	不詳	長洲
15	張映葵	順治八年（1651）	康熙五十九年（1721）	長洲
16	陸淹	不詳	康熙四十七年（1708）	長洲
17	汪士鋐	順治十五年（1658）	雍正元年（1723）	長洲
18	張大受	順治十七年（1660）	雍正元年（1723）	長洲
19	何焯	順治十八年（1661）	康熙六十一年（1722）	長洲
20	惠周惕	不詳	康熙三十五年（1696）	吳縣
21	顧嗣立	康熙四年（1665）	康熙六十一年（1722）	長洲
22	惠士奇	康熙十年（1671）	乾隆六年（1741）	吳縣

23	沈德潛	康熙十二年（1673）	乾隆三十四年（1769）	長洲
24	許廷鑅	康熙十五年（1676）	乾隆二十四年（1759）	長洲
25	吳莊	康熙十八年（1679）	乾隆十五年（1750）	吳縣
26	李果	康熙十八年（1679）	乾隆十六年（1751）	長洲
27	薛雪	康熙二十年（1681）	乾隆三十五年（1770）	吳縣
28	韓騏	康熙三十三年（1694）	乾隆十九年（1754）	長洲
29	惠棟	康熙三十六年（1697）	乾隆二十三年（1758）	吳縣
30	顧詒祿	康熙三十八年（1699）	乾隆三十三年（1768）	長洲
31	彭啟豐	康熙四十年（1702）	乾隆四十九年（1784）	長洲
32	陳黃中	康熙四十三年（1704）	乾隆二十七年（1762）	吳縣
33	毛曙	康熙四十五年（1706）	不詳	吳縣
34	宋宗元	康熙四十九年（1710）	乾隆四十四年（1779）	長洲
35	顧文鍧	不詳	不詳	長洲
36	江聲	康熙六十年（1721）	嘉慶四年（1799）	元和
37	吳泰來	康熙六十一年（1722）	乾隆五十三年（1788）	長洲
38	汪縉	雍正三年（1725）	乾隆五十七年（1792）	吳縣
39	褚廷璋	雍正六年（1728）	嘉慶二年（1797）	長洲
40	蔣業晉	雍正六年（1728）	不詳	長洲
41	宋思仁	雍正八年（1730）	嘉慶十二年（1808）	長洲
42	張塤	雍正九年（1731）	乾隆五十四年（1789）	吳縣
43	薛起鳳	雍正十二年（1734）	乾隆三十九年（1774）	長洲
44	王世錦	雍正十三年（1735）	乾隆五十九年（1794）	吳縣
45	韓是升	雍正十三年（1735）	嘉慶二十一年（1816）	元和
46	范來宗	乾隆二年（1737）	嘉慶二十二年（1817）	吳縣
47	程際盛	乾隆四年（1739）	嘉慶元年（1796）	長洲
48	彭紹升	乾隆五年（1740）	嘉慶元年（1796）	長洲
49	顧堊	乾隆五年（1740）	嘉慶十六年（1811）	長洲
50	潘奕雋	乾隆五年（1740）	道光十年（1830）	吳縣
51	錢棨	乾隆七年（1742）	嘉慶四年（1799）	長洲
52	吳翌鳳	乾隆七年（1742）	嘉慶二十四年（1819）	長洲
53	周錫瓚	乾隆七年（1742）	嘉慶二十四年（1819）	吳縣
54	李燊	不詳	不詳	長洲

55	吳俊	乾隆九年（1744）	嘉慶二十年（1815）	吳縣
56	潘奕藻	乾隆九年（1744）	嘉慶二十年（1815）	吳縣
57	吳樹萱	乾隆十一年（1746）	嘉慶五年（1800）	吳縣
58	顧宗泰	乾隆十四年（1749）	不詳	元和
59	蔣廷恩	乾隆十七年（1752）	道光二年（1822）	元和
60	殷如梅	不詳	不詳	元和
61	王芑孫	乾隆二十年（1755）	嘉慶二十二年十二月（1818）	長洲
62	石韞玉	乾隆二十一年（1756）	道光十七年（1837）	吳縣
63	陸鼎	乾隆二十一年（1756）	不詳	吳縣
64	韓崶	乾隆二十三年（1758）	道光十四年（1834）	元和
65	鈕樹玉	乾隆二十五年（1760）	道光七年（1827）	吳縣
66	尤興詩	乾隆二十五年（1760）	不詳	吳縣
67	尤維熊	乾隆二十七年（1762）	嘉慶十四年（1809）	長洲
68	袁廷檮	乾隆二十七年（1762）	嘉慶十四年（1809）	吳縣
69	蔡復午	乾隆二十八年（1763）	道光元年（1821）	吳縣
70	黃丕烈	乾隆二十八年（1763）	道光五年（1825）	吳縣
71	周孝塤	乾隆二十八年（1763）	道光十三年（1833）	吳縣
72	顧祿	不詳	不詳	吳縣
73	戈宙襄	乾隆三十年（1765）	道光七年（1827）	元和
74	顧廣圻	乾隆三十一年（1766）	道光十五年（1835）	元和
75	江沅	乾隆三十二年（1767）	道光十八年（1838）	吳縣
76	陳基	乾隆三十六年（1771）	道光二十五年（1845）	長洲
77	李福	乾隆三十四年（1769）	道光元年（1821）	吳縣
78	潘世恩	乾隆三十四年（1770）	咸豐四年（1854）	吳縣
79	陶梁	乾隆三十七年（1772）	咸豐七年（1857）	長洲
80	金學蓮	乾隆三十七年（1772）	不詳	吳縣
81	吳廷琛	乾隆三十八年（1773）	道光二十四年（1844）	元和
82	宋翔鳳	乾隆三十九年（1774）	咸豐十年（1860）	長洲
83	沈欽韓	乾隆四十年（1775）	道光十一年（1832）	吳縣
84	劉澄	乾隆四十年（1776）	咸豐三年（1854）	吳縣
85	陸損之	乾隆四十一年（1776）	道光十六年（1836）	吳縣
86	吳慈鶴	乾隆四十三年（1778）	道光六年（1826）	吳縣

87	陳本直	乾隆三十七年（1772）	道光二十二年（1842）	元和
88	曹楙堅	乾隆五十一年（1786）	咸豐三年（1853）	吳縣
89	陳奐	乾隆五十一年（1786）	同治二年（1863）	長洲
90	孫義鈞	不詳	不詳	吳縣
91	朱駿聲	乾隆五十三年（1788）	咸豐八年（1858）	元和
92	朱綬	乾隆五十四年（1789）	道光二十年（1840）	元和
93	陸嵩	乾隆五十六年（1791）	咸豐十年（1860）	元和
94	彭蘊章	乾隆五十七年（1792）	同治元年（1862）	長洲
95	毛永柏	乾隆五十七年（1792）	不詳	吳縣
96	錢瑤鶴	不詳	道光十年（1830）	長洲
97	夏尚志	乾隆六十年（1795）	不詳	吳縣
98	毛永椿	不詳	不詳	吳縣
99	金蘭	嘉慶十三年（1808）	光緒二年（1876）	吳縣
100	潘曾瑩	嘉慶十三年（1808）	光緒四年（1878）	吳縣
101	潘遵祁	嘉慶十三年（1808）	光緒十八年（1892）	吳縣
102	馮桂芬	嘉慶十四年（1809）	同治十三年（1874）	吳縣
103	貝青喬	嘉慶十五年（1810）	同治二年（1863）	吳縣
104	潘曾綬	嘉慶十五年（1810）	光緒九年（1883）	吳縣
105	彭慰高	嘉慶十六年（1811）	光緒十三年（1887）	長洲
106	顧文彬	嘉慶十六年（1811）	光緒十五年（1889）	吳縣
107	顧復初	嘉慶十八年（1813）	光緒十九年（1893）	元和
108	雷濬	嘉慶十九年（1814）	光緒十九年（1893）	吳縣
109	亢樹滋	嘉慶二十二年（1817）	光緒十五年（1889）	吳縣
110	江湜	嘉慶二十三年（1818）	同治五年（1866）	長洲
111	陸懋修	嘉慶二十三年（1818）	光緒十二年（1886）	元和
112	潘曾瑋	嘉慶二十三年（1819）	光緒十一年（1886）	吳縣
113	劉廷枚	嘉慶二十四年（1819）	光緒十一年（1885）	吳縣
114	王炳燮	道光二年（1822）	光緒五年（1879）	元和
115	潘鍾瑞	道光三年（1823）	光緒十六年（1890）	長洲
116	俞廷瑛	道光五年（1825）	不詳	吳縣
117	王韜	道光八年（1828）	光緒二十三年（1897）	長洲
118	潘祖同	道光九年（1829）	光緒二十八年（1902）	吳縣

119	潘祖蔭	道光十年（1830）	光緒十六年（1890）	吳縣
120	汪芑	道光十年（1830）	光緒三十年（1904）	吳縣
121	孫周	不詳	不詳	元和
122	吳中彥	道光十一年（1831）	不詳	吳縣
123	吳大根	道光十三年（1833）	光緒二十五年（1899）	吳縣
124	彭翰孫	道光十四年（1834）	光緒十二年（1886）	長洲
125	吳大澂	道光十五年（1835）	光緒二十八年（1902）	吳縣
126	朱孔彰	道光二十二年（1842）	民國八年（1919）	長洲
127	葉昌熾	道光二十九年（1849）	民國六年（1917）	長洲
128	王頌蔚	道光二十八年（1848）	光緒二十一年（1895）	長洲
129	曹元忠	同治四年（1865）	民國十二年（1923）	吳縣

注：姓名前帶「*」者為女性作家，下表同。

二、蘇州下轄縣作家

　　本書所言蘇州下轄縣作家，同樣以《清代詩文集彙編》作者小傳中的籍貫信息為依據，凡籍貫為崑山、新陽、常熟、昭文、吳江、震澤六縣者，即列為蘇州下轄縣作家。另外，在雍正二年（1724）太倉州升直隸州之前，太倉州領崇明縣，嘉定縣也歸蘇州府管轄，故雍正二年之前出生、且籍貫為太倉、崇明、嘉定三地者，也一併列入蘇州下轄縣作家，但雍正二年（1724）之後此三地出生者不再列入蘇州下轄縣作家。按此原則，《清代詩文集彙編》中共有蘇州下轄縣作家147人。而這147人中毛瑩、吳偉業、張雲章、嚴禹沛、王愫、王鳴盛、李書吉、殷兆鏞、朱培源等9人曾僑寓蘇州，考慮到此9人曾長期在蘇州生活，對蘇州的熟悉程度一般遠勝其他蘇州下轄縣作家，更有可能對蘇州展開文學書寫，故將此9人列入僑寓蘇州的外地作家中，而不列入蘇州下轄縣作家中。因此，本書所統計的《清代詩文集彙編》中屬於蘇州下轄縣作家的實際有138人，具體人員如下（見表2）：

表2　《清代詩文集彙編》中蘇州下轄縣作家表

序號	姓　名	生　年	卒　年	籍貫
1	錢謙益	明萬曆十年（1582）	清康熙三年（1664）	常熟
2	*柳如是	明萬曆四十六年（1618）	清康熙三年（1664）	吳江
3	馮舒	明萬曆二十一年（1593）	清順治六年（1649）	常熟

4	王時敏	明萬曆二十一年（1592）	清康熙十九年（1680）	太倉
5	金之俊	明萬曆二十一年（1592）	清康熙九年（1670）	吳江
6	毛晉	明萬曆二十七年（1599）	清順治十六年（1659）	常熟
7	趙士春	明萬曆二十七年（1599）	清康熙十四年（1675）	常熟
8	張雋	不詳	清康熙二年（1663）	吳江
9	馮班	明萬曆三十二年（1604）	清康熙十年（1671）	常熟
10	朱鶴齡	明萬曆三十四年（1606）	清康熙二十二年（1683）	吳江
11	錢龍惕	明萬曆三十八年（1610）	不詳	常熟
12	陸世儀	明萬曆三十九年（1611）	清康熙十一年（1672）	太倉
13	顧炎武	明萬曆四十一年（1613）	清康熙二十一年（1682）	崑山
14	歸莊	明萬曆四十一年（1613）	清康熙十二年（1673）	崑山
15	周肇	明萬曆四十三年（1615）	清康熙二十二年（1683）	太倉
16	陸元輔	明萬曆四十五年（1617）	清康熙三十年（1691）	嘉定
17	黃與堅	明泰昌元年（1620）	清康熙四十年（1701）	太倉
18	吳莊	明天啟四年（1624）	清康熙三十四年（1695）	嘉定
19	計東	明天啟五年（1625）	清康熙十五年（1676）	吳江
20	潘檉章	明天啟六年（1626）	清康熙二年（1663）	吳江
21	嚴熊	明天啟六年（1626）	不詳	常熟
22	王昊	明天啟七年（1627）	清康熙十八年（1679）	太倉
23	朱用純	明天啟七年（1627）	清康熙三十七年（1698）	崑山
24	王錫闡	明崇禎元年（1628）	清康熙二十一年（1682）	吳江
25	王抃	明崇禎元年（1628）	清康熙四十一年（1702）	太倉
26	葉方藹	明崇禎二年（1629）	清康熙二十一年（1682）	崑山
27	釋曉青	明崇禎二年（1629）	清康熙二十九年（1690）	吳江
28	吳兆騫	明崇禎四年（1631）	清康熙二十三年（1684）	吳江
29	蔣伊	明崇禎四年（1631）	清康熙二十六年（1687）	常熟
30	徐乾學	明崇禎四年（1631）	清康熙三十三年（1694）	崑山
31	徐秉義	明崇禎六年（1633）	清康熙五十年（1711）	崑山
32	徐元文	明崇禎七年（1634）	清康熙三十年（1691）	崑山
33	唐孫華	明崇禎七年（1634）	清雍正元年（1723）	太倉
34	趙俞	明崇禎八年（1635）	清康熙五十二年（1713）	嘉定
35	徐釚	明崇禎九年（1636）	清康熙四十七年（1708）	吳江

36	沈寓	明崇禎十二年（1639）	清康熙五十六年（1717）	崇明
37	吳祖修	明崇禎十四年（1641）	清康熙三十三年（1694）	吳江
38	歸允肅	明崇禎十五年（1642）	清康熙二十八年（1689）	常熟
39	孫致彌	明崇禎十五年（1642）	清康熙四十八年（1709）	嘉定
40	王原祁	明崇禎十五年（1642）	清康熙五十四年（1715）	太倉
41	鈕琇	不詳	清康熙四十三年（1704）	吳江
42	錢良擇	順治二年（1645）	康熙四十九年（1710）	常熟
43	沈受宏	順治二年（1645）	康熙六十一年（1722）	太倉
44	王揆	順治二年（1645）	雍正六年（1728）	太倉
45	陶元淳	順治三年（1646）	康熙三十七年（1698）	常熟
46	王晦	順治三年（1646）	康熙五十八年（1719）	嘉定
47	潘耒	順治三年（1646）	康熙四十七年（1708）	吳江
48	金奇玉	順治三年（1646）	不詳	崑山
49	顧文淵	順治四年（1647）	不詳	常熟
50	曾倬	順治五年（1648）	康熙五十六年（1717）	常熟
51	王喆生	順治五年（1648）	雍正六年（1728）	崑山
52	嚴虞惇	順治七年（1650）	康熙五十二年（1713）	常熟
53	王時憲	順治十二年（1655）	康熙五十六年（1717）	太倉
54	張尚瑗	順治十三年（1656）	雍正九年（1731）	吳江
55	吳暻	康熙元年（1662）	康熙四十五年（1706）	太倉
56	徐昂發	不詳	乾隆五年（1740）	崑山
57	汪繹	康熙十年（1671）	康熙四十五年（1706）	常熟
58	釋律然	康熙十一年（1672）	不詳	常熟
59	陳祖範	康熙十四年（1675）	乾隆十九年（1754）	常熟
60	王時翔	康熙十四年（1675）	乾隆九年（1744）	鎮洋
61	陶貞一	康熙十五年（1676）	乾隆八年（1743）	常熟
62	顧陳垿	康熙十七年（1678）	乾隆十二年（1747）	鎮洋
63	汪沈琇	康熙十八年（1679）	乾隆十九年（1754）	常熟
64	陶正靖	康熙二十一年（1682）	乾隆十年（1745）	常熟
65	李重華	康熙二十一年（1682）	乾隆二十年（1755）	吳江
66	王應奎	康熙二十三年（1684）	乾隆二十二年（1757）	常熟
67	沈起元	康熙二十四年（1685）	乾隆二十八年（1763）	太倉

68	吳其琰	不詳	不詳	吳江
69	顧我錡	康熙二十七年（1688）	雍正十一年（1733）	吳江
70	沈彤	康熙二十七年（1688）	乾隆十七年（1752）	吳江
71	張鵬翀	康熙二十七年（1688）	乾隆十年（1745）	嘉定
72	汪應銓	不詳	不詳	常熟
73	王峻	康熙三十三年（1694）	乾隆十六年（1751）	常熟
74	龔煒	康熙四十三年（1704）	不詳	崑山
75	金廷炳	不詳	不詳	吳江
76	邵齊燾	康熙五十七年（1718）	乾隆三十四年（1969）	昭文
77	顧鎮	康熙五十九年（1720）	乾隆五十七年（1792）	常熟
78	陸耀	雍正元年（1723）	乾隆五十年（1785）	吳江
79	袁景輅	雍正二年（1724）	乾隆三十二年（1767）	吳江
80	李世望	雍正四年（1726）	嘉慶八年（1803）	崑山
81	金士松	雍正七年（1729）	嘉慶五年（1800）	吳江
82	王元文	雍正十年（1732）	乾隆五十三年（1788）	吳江
83	毛琛	雍正十一年（1733）	嘉慶十四年（1809）	常熟
84	金學詩	乾隆元年（1736）	不詳	吳江
85	陳庭學	乾隆四年（1739）	嘉慶八年（1803）	吳江
86	朱逢泰	不詳	不詳	吳江
87	徐淳	乾隆六年（1741）	嘉慶四年（1799）	吳江
88	張敦培	乾隆十年（1745）	嘉慶十年（1805）	常熟
89	邱岡	乾隆十二年（1747）	嘉慶四年（1799）	吳江
90	史善長	乾隆十五年（1750）	嘉慶九年（1804）	吳江
91	翁咸封	乾隆十五年（1750）	嘉慶十五年（1810）	常熟
92	張燮	乾隆十八年（1753）	嘉慶十三年（1808）	常熟
93	張士元	乾隆二十年（1755）	道光四年十二月（1825）	震澤
94	邱璋	不詳	不詳	吳江
95	陳懋	乾隆二十一年（1756）	不詳	吳江
96	姚瀛	乾隆二十二年（1757）	不詳	吳江
97	朱春生	乾隆二十五年（1760）	道光四年（1824）	吳江
98	孫原湘	乾隆二十五年（1760）	道光九年（1829）	昭文
99	*席佩蘭	乾隆三十一年（1766）	不詳	昭文

100	翁廣平	乾隆二十五年（1760）	道光二十二年（1842）	吳江
101	陳赫	乾隆二十六年（1761）	不詳	吳江
102	王家相	乾隆二十七年（1762）	道光十八年（1838）	常熟
103	顧日新	乾隆二十八年（1763）	道光三年（1823）	吳江
104	黃廷鑑	乾隆二十七年十二月（1763）	不詳	常熟
105	周鶴立	乾隆三十年（1765）	不詳	吳江
106	任兆麟	不詳	不詳	震澤
107	郭麐	乾隆三十二年（1767）	道光十一年（1831）	吳江
108	蔣因培	乾隆三十三年（1768）	道光十八年（1838）	常熟
109	陳揆	乾隆四十五年（1780）	道光五年（1825）	常熟
110	蔣寶齡	乾隆四十六年（1781）	道光二十年（1840）	昭文
111	吳嵰	不詳	不詳	常熟
112	張海珊	乾隆四十七年（1782）	道光元年（1821）	吳江
113	方熊	乾隆四十八年（1783）	咸豐十年（1860）	常熟
114	張金吾	乾隆五十二年（1787）	道光九年（1829）	常熟
115	柳樹芳	乾隆五十二年（1787）	道光三十年（1850）	吳江
116	翁心存	乾隆五十六年（1791）	同治元年（1862）	常熟
117	俞岳	乾隆五十六年（1791）	同治三年（1864）	吳江
118	趙允懷	乾隆五十七年（1792）	道光十九年（1839）	常熟
119	張爾旦	乾隆五十七年（1792）	道光二十五年（1845）	常熟
120	張履	乾隆五十七年（1792）	咸豐元年（1851）	震澤
121	曾熙文	嘉慶六年（1801）	咸豐九年（1859）	常熟
122	楊羲	不詳	不詳	吳江
123	沈曰富	嘉慶十三年（1808）	咸豐八年（1858）	吳江
124	陳壽熊	嘉慶十七年（1812）	咸豐十年（1860）	吳江
125	楊沂孫	嘉慶十八年（1813）	光緒七年（1881）	常熟
126	李德儀	嘉慶二十三年（1818）	咸豐十年（1860）	新陽
127	邵亨豫	嘉慶二十二年十二月二十二日（1818）	光緒九年（1883）	常熟
128	張星鑑	嘉慶二十四年（1819）	光緒三年（1877）	崑山
129	張瑛	道光三年（1823）	光緒二十七年（1901）	常熟
130	翁同龢	道光十年（1830）	光緒三十年（1904）	常熟

131	翁曾源	道光十四年（1834）	光緒十三年（1887）	常熟
132	汪之昌	道光十七年（1837）	光緒二十一年（1895）	崑山
133	潘文熊	道光二十二年（1842）	不詳	常熟
134	黃人	同治五年（1866）	民國二年（1913）	昭文
135	丁國鈞	不詳	民國八年（1919）	常熟
136	張鴻	同治六年（1867）	民國三十年（1941）	常熟
137	蔣元慶	不詳	不詳	常熟
138	龐樹柏	光緒十年（1884）	民國五年（1916）	常熟

三、僑寓蘇州的外地作家

　　本書根據《民國吳縣志》第七十六卷「列傳」中「流寓」部分的記載，從《清代詩文集彙編》中篩選出曾僑寓蘇州的外地作家 37 人。另外，根據《清代詩文集彙編》作者小傳的記載，又篩選出曾僑寓蘇州的外地作家 11 人。兩者相加，《清代詩文集彙編》中曾僑寓蘇州的外地作家共有 48 人，具體人員如下（見表 3）：

表 3　《清代詩文集彙編》中僑寓蘇州的外地作家表

序號	姓　名	生　年	卒　年	籍　貫
1	釋讀徹	明萬曆十六年（1588）	清順治十三年（1656）	雲南呈貢
2	毛瑩	明萬曆二十二年（1594）	不詳	江蘇吳江
3	熊開元	明萬曆二十七年（1599）	清康熙十五年（1676）	湖北嘉魚
4	姜埰	明萬曆三十五年（1608）	清順治十二年（1655）	山東萊陽
5	吳偉業	明萬曆三十七年（1609）	清康熙十年（1671）	江蘇太倉
6	黃周星	明萬曆三十九年（1611）	清康熙十九年（1680）	江蘇上元
7	錢澄之	明萬曆四十年（1612）	清康熙三十二年（1693）	安徽桐城
8	葉燮	明天啟七年（1627）	清康熙四十二年（1703）	浙江嘉興
9	朱彝尊	明崇禎二年（1629）	清康熙四十八年（1709）	浙江秀水
10	閻若璩	明崇禎九年（1636）	清康熙四十三年（1704）	山西太原
11	邵長蘅	明崇禎十年（1637）	清康熙四十三年（1704）	江蘇武進
12	楊賓	順治七年（1650）	康熙五十九年（1720）	浙江山陰
13	劉獻廷	順治五年（1648）	康熙三十四年（1695）	直隸大興
14	陳奕禧	順治五年（1648）	康熙四十八年（1709）	浙江海寧

15	張雲章	順治五年（1648）	雍正四年（1726）	江蘇嘉定
16	沈用濟	順治十三年（1956）	雍正四年（1726）	浙江錢塘
17	趙執信	康熙元年（1662）	乾隆九年（1744）	山東益都
18	李馥	康熙五年（1666）	乾隆十四年（1749）	福建福清
19	黃叔琳	康熙十一年（1672）	乾隆二十一年（1756）	順天大興
20	翁照	康熙十六年（1677）	乾隆二十年（1755）	江蘇江陰
21	嚴禹沛	康熙二十年（1681）	不詳	江蘇常熟
22	莊歆	康熙二十三年（1684）	乾隆二十年（1755）	江蘇武進
23	王愫	康熙三十九年（1700）	乾隆三十二年（1767）	江蘇太倉
24	王鳴盛	康熙六十一年（1722）	嘉慶二年（1789）	江蘇嘉定
25	王昶	雍正二年（1725）	嘉慶十一年（1806）	江蘇青浦
26	錢大昕	雍正六年（1728）	嘉慶九年（1804）	江蘇嘉定
27	畢沅	雍正八年（1730）	嘉慶二年（1797）	江蘇鎮洋
28	段玉裁	雍正十三年（1735）	乾隆二十五年（1760）	江蘇金壇
29	李書吉	乾隆九年（1744）	嘉慶二十四年（1819）	江蘇常熟
30	孫星衍	乾隆十八年（1753）	嘉慶二十三年（1818）	江蘇陽湖
31	張問陶	乾隆二十九年（1764）	嘉慶十九年（1814）	四川遂寧
32	*謝雪	不詳	不詳	江蘇無錫
33	舒位	乾隆三十年（1765）	嘉慶二十年（1816）	順天大興
34	朱珔	乾隆三十四年（1769）	道光三十年（1850）	安徽涇縣
35	印康祚	乾隆五十二年（1787）	道光二十一年（1841）	江蘇寶山
36	朱紫貴	乾隆六十年（1795）	不詳	浙江長興
37	何紹基	嘉慶四年（1799）	同治十二年（1873）	湖南道州
38	殷兆鏞	嘉慶十一年（1806）	光緒九年（1883）	江蘇吳江
39	余治	嘉慶十四年（1809）	同治十三年（1874）	江蘇無錫
40	王鴻	嘉慶十二年（1807）	不詳	天津
41	楊峴	嘉慶二十四年（1819）	光緒二十二年（1896）	浙江歸安
42	俞樾	道光元年（1821）	光緒三十二年（1907）	浙江德清
43	任道鎔	道光三年（1823）	光緒三十二年（1906）	江蘇宜興
44	姚覲元	道光三年（1823）	不詳	浙江歸安
45	張鳴珂	道光九年（1829）	光緒三十四年（1908）	浙江嘉興
46	李鴻裔	道光十一年（1831）	光緒十一年（1885）	四川中江
47	朱培源	道光十四年十二月（1835）	光緒三十四年（1908）	江蘇新陽
48	熊其英	道光十七年（1837）	光緒五年（1879）	江蘇青浦

四、任職蘇州的官員作家

本書所言任職蘇州者，是指清代擔任江蘇巡撫、江蘇布政使、江蘇按察使和蘇州知府這四個職務的官員。根據《蘇州通史・志表卷（上）》第十章「職官」中的記載，《清代詩文集彙編》中任職蘇州的官員作家共有97人次，接下來本書將按照四個職務分別進行統計。

1. 江蘇巡撫

《清代詩文集彙編》所收錄的作家中，曾擔任江蘇巡撫的有38人，具體人員如下（見表4-1）：

表4-1 《清代詩文集彙編》中任職蘇州的江蘇巡撫表

序號	姓　名	生　年	卒　年	籍　貫
1	湯斌	明天啟七年（1627）	清康熙二十六年（1687）	河南睢州
2	趙士麟	明崇禎二年（1629）	清康熙三十八年（1699）	雲南河陽
3	田雯	明崇禎八年（1635）	清康熙四十三年（1704）	山東德州
4	鄭端	明崇禎十二年（1639）	清康熙三十一年（1692）	直隸棗強
5	宋犖	明崇禎七年（1634）	清康熙五十二年（1713）	河南商丘
6	張伯行	順治八年十二月（1652）	雍正三年（1725）	河南儀封
7	施世綸	順治十六年（1659）	康熙六十一年（1722）	福建晉江
8	尹繼善	康熙三十五年（1696）	乾隆三十六年（1771）	滿洲鑲黃旗
9	王璣	不詳	不詳	浙江秀水
10	彭維新	不詳	乾隆三十四年（1769）	湖南茶陵
11	高其倬	康熙十五年（1676）	乾隆三年（1738）	漢軍鑲白旗
12	顧琮	康熙二十四年（1685）	乾隆二十年（1755）	滿洲鑲黃旗
13	陳大受	康熙四十一年（1702）	乾隆十六年（1751）	湖南祁陽
14	陳宏謀	康熙三十五年（1696）	乾隆三十六年（1771）	廣西臨桂
15	明德	乾隆六十年（1795）	不詳	滿洲正紅旗
16	孫士毅	康熙五十九年（1720）	嘉慶元年（1796）	浙江仁和
17	陳奉茲	雍正四年（1726）	嘉慶四年（1799）	江西德化
18	汪志伊	乾隆八年（1743）	嘉慶二十三年（1818）	安徽桐城
19	蔣攸銛	乾隆三十一年（1766）	道光十年（1830）	漢軍鑲紅旗
20	百齡	乾隆十三年（1748）	嘉慶二十一年（1816）	漢軍正黃旗
21	孫玉庭	乾隆十七年十二月（1753）	道光十四年（1834）	山東濟寧

22	陶澍	乾隆四十三年（1779）	道光十九年（1839）	湖南安化
23	梁章鉅	乾隆四十年（1775）	道光二十九年（1849）	福建福州
24	林則徐	乾隆五十年（1785）	道光三十年（1850）	福建侯官
25	裕謙	乾隆五十八年（1793）	道光二十一年（1841）	蒙古鑲黃旗
26	李星沅	嘉慶二年（1797）	咸豐元年（1851）	湖南湘陰
27	何桂清	嘉慶二十一年（1816）	同治元年（1862）	雲南昆明
28	李鴻章	道光三年（1823）	光緒二十七年（1901）	安徽合肥
29	郭柏蔭	嘉慶十二年（1807）	光緒十年（1884）	福建侯官
30	丁日昌	道光三年（1823）	光緒八年（1882）	廣東豐順
31	張之萬	嘉慶十六年（1811）	光緒二十三年（1897）	直隸南皮
32	恩錫	嘉慶二十三年（1818）	光緒三年（1877）	滿洲正藍旗
33	張樹聲	道光四年（1824）	光緒十年（1884）	安徽合肥
34	勒方錡	嘉慶二十一年（1816）	光緒六年（1880）	江西新建
35	黎培敬	道光六年（1826）	光緒八年（1882）	湖南湘潭
36	黃彭年	道光三年（1823）	光緒十六年（1891）	貴州貴陽
37	趙舒翹	道光二十八年（1848）	光緒二十七年（1901）	陝西長安
38	陳啟泰	道光二十七年（1848）	宣統元年（1909）	湖南長沙

2. 江蘇布政使

《清代詩文集彙編》所收錄的作家中，曾擔任江蘇布政使的有 22 人，具體人員如下（見表 4-2）：

表 4-2 《清代詩文集彙編》中任職蘇州的江蘇布政使表

序號	姓　名	生　　年	卒　　年	籍　貫
1	馮如京	明萬曆三十一年（1603）	清康熙九年（1670）	山西振武衛
2	宋犖	明崇禎七年（1634）	清康熙五十二年（1713）	河南商丘
3	陳鵬年	康熙二年十二月（1664）	雍正元年（1723）	湖南湘潭
4	鄂爾泰	康熙十六年（1677）	乾隆十年（1745）	滿洲鑲藍旗
5	高斌	康熙三十二年（1693）	乾隆二十年（1755）	滿洲鑲黃旗
6	陳奉茲	雍正四年（1726）	嘉慶四年（1799）	江西德化
7	王汝璧	乾隆六年（1741）	嘉慶十一年（1806）	四川銅梁
8	蔣攸銛	乾隆三十一年（1766）	道光十年（1830）	漢軍鑲紅旗
9	賀長齡	乾隆五十年（1785）	道光二十八年（1848）	湖南善化

10	梁章鉅	乾隆四十年（1775）	道光二十九年（1849）	福建福州
11	唐鑒	乾隆四十三年（1778）	咸豐十一年（1861）	湖南善化
12	裕謙	乾隆五十八年（1793）	道光二十一年（1841）	蒙古鑲黃旗
13	李星沅	嘉慶二年（1797）	咸豐元年（1851）	湖南湘陰
14	雷以諴	乾隆六十年（1795）	光緒十年（1884）	湖北咸寧
15	曾國荃	道光四年（1824）	光緒十六年（1890）	湖南湘鄉
16	郭柏蔭	嘉慶十二年（1807）	光緒十年（1884）	福建侯官
17	丁日昌	道光三年（1823）	光緒八年（1882）	廣東豐順
18	恩錫	嘉慶二十三年（1818）	光緒三年（1877）	滿洲正藍旗
19	勒方錡	嘉慶二十一年（1816）	光緒六年（1880）	江西新建
20	易佩紳	道光六年（1826）	光緒三十二年（1906）	湖南龍陽
21	黃彭年	道光三年（1823）	光緒十六年（1891）	貴州貴陽
22	陳啟泰	道光二十七年（1848）	宣統元年（1909）	湖南長沙

3. 江蘇按察使

《清代詩文集彙編》所收錄的作家中，曾擔任江蘇按察使的有 23 人，具體人員如下（見表 4-3）：

表 4-3　《清代詩文集彙編》中任職蘇州的江蘇按察使表

序號	姓　名	生　年	卒　年	籍　貫
1	徐本	康熙二十二年（1683）	乾隆十二年（1747）	浙江錢塘
2	陳宏謀	康熙三十五年（1696）	乾隆三十六年（1771）	廣西臨桂
3	錢琦	康熙四十八年（1709）	乾隆五十五年（1790）	浙江仁和
4	胡季堂	雍正七年（1729）	嘉慶五年（1800）	河南光山
5	陳奉茲	雍正四年（1726）	嘉慶四年（1799）	江西德化
6	汪志伊	乾隆八年（1743）	嘉慶二十三年（1818）	安徽桐城
7	百齡	乾隆十三年（1748）	嘉慶二十一年（1816）	漢軍正黃旗
8	鼉圖	乾隆十五年（1750）	嘉慶十六年（1811）	漢軍鑲紅旗
9	陳廷桂	乾隆二十四年（1759）	道光十二年（1832）	安徽和州
10	林則徐	乾隆五十年（1785）	道光三十年（1850）	福建侯官
11	葉紹本	乾隆三十三年（1768）	道光二十一年（1841）	浙江歸安
12	賀長齡	乾隆五十年（1785）	道光二十八年（1848）	湖南善化
13	裕謙	乾隆五十八年（1793）	道光二十一年（1841）	蒙古鑲黃旗

14	李象鶤	乾隆四十七年（1782）	道光二十九年十一月二十二日（1850）	湖南長沙
15	李星沅	嘉慶二年（1797）	咸豐元年（1851）	湖南湘陰
16	崇恩	嘉慶八年（1803）	不詳	滿洲正紅旗
17	黃恩彤	嘉慶六年（1801）	光緒九年（1883）	山東寧陽
18	郭柏蔭	嘉慶十二年（1807）	光緒十年（1884）	福建侯官
19	李鴻裔	道光十一年（1831）	光緒十一年（1885）	四川中江
20	勒方錡	嘉慶二十一年（1816）	光緒六年（1880）	江西新建
21	龔易圖	道光十五年十二月十四日（1836）	光緒十九年（1893）	福建閩縣
22	許應鑅	道光七年（1827）	不詳	廣東番禺
23	劉樹堂	不詳	不詳	雲南永昌

4. 蘇州知府

《清代詩文集彙編》所收錄的作家中，曾擔任蘇州知府的有 14 人，具體人員如下（見表 4-4）：

表 4-4 《清代詩文集彙編》中蘇州知府表

序號	姓　名	生　年	卒　年	籍　貫
1	張鵬翮	順治六年（1649）	雍正三年（1725）	四川遂寧
2	陳鵬年	康熙二年十二月（1664）	雍正元年（1723）	湖南湘潭
3	童華	康熙十四年（1675）	乾隆四年（1739）	浙江山陰
4	邵大業	康熙四十九年（1710）	乾隆三十六年（1771）	順天大興
5	韓錫胙	康熙五十五年（1716）	乾隆四十一年（1776）	浙江青田
6	汪志伊	乾隆八年（1743）	嘉慶二十三年（1818）	安徽桐城
7	馬慧裕	不詳	嘉慶二十一年（1816）	漢軍正黃旗
8	鼇圖	乾隆十五年（1750）	嘉慶十六年（1811）	漢軍鑲紅旗
9	唐仲冕	乾隆十八年（1753）	道光七年（1827）	湖北善化
10	周有聲	乾隆十四年（1749）	嘉慶十九年（1814）	湖南長沙
11	桂超萬	乾隆四十九年（1784）	同治二年（1863）	安徽貴池
12	喬松年	嘉慶二十年（1815）	光緒元年（1875）	山西徐溝
13	蒯德模	嘉慶二十一年（1816）	光緒三年（1877）	安徽合肥
14	王仁堪	道光二十九年（1849）	光緒十九年（1893）	福建閩縣

以上四張分表中任職蘇州的官員作家共有 97 人次，但其中宋犖、陳鵬年、陳奉茲、蔣攸銛、賀長齡、梁章鉅、裕謙、李星沅、郭柏蔭、丁日昌、恩錫、勒方錡、黃彭年、陳啟泰、陳宏謀、汪志伊、百齡、林則徐、黿圖等 19 人曾先後擔任 2～3 個職務。扣除這些重複人次後，任職蘇州的官員作家實際共有 73 人。另外，曾擔任江蘇按察使的李鴻裔據《民國吳縣志》記載曾僑寓蘇州，故此前已列入僑寓蘇州的外地作家。扣除此人後，本書所統計的《清代詩文集彙編》中任職蘇州的官員作家實際有 72 人。

第二節　對清代蘇州詩文的繫地統計

文學地理學研究中的以文繫地分為兩種情況，一種是作者創作詩文時正身處某地，其詩文內容也與該地有關；另一種是作者創作詩文時雖未身處某地，但詩文內容主要關於該地。這兩種情況不管是哪一種，都可以根據詩文的題目和內容來做出判斷，然後對詩文進行明確繫地。例如，吳偉業的《癸巳春日禊飲社集虎丘即事四首》，從題目可知此詩是詩人遊覽虎丘時所作，故此詩所係之地自然應為虎丘。再如，金聖歎的《夢遊虎丘》，從題目可知該詩並非作者遊覽虎丘時所作，但所寫內容為虎丘，故此詩所係之地也應為虎丘。又如，彭孫貽《寄懷渭臣弟客姑蘇》（其一），從題目可知其寫作此詩時並未身處蘇州，而且詩題中只是總言「姑蘇」，並未交代具體的場所，但詩中云：「西風落木洞庭秋，憶爾同舟上虎丘。可有紅妝踏明月，夜分相伴玉人遊」，由此可知此詩所寫實為虎丘，故此詩繫地也應為虎丘。接下來，本書將以表格形式，展示對清代蘇州詩文客觀的繫地統計結果。

一、對本土作家的蘇州詩文繫地統計

《清代詩文集彙編》中蘇州本土作家共有 129 人，爬梳相關詩文集，共檢得與蘇州空間系統有關的詩文 6834 首（篇），並按照九個二級空間進行繫地統計，具體情況如下（見表 5）：

表5　本土作家蘇州詩文繫地統計表

序號	姓　名	蘇州城區	金雞湖地區	滄臺湖地區	虎丘地區	石湖地區	靈巖山地區	鄧尉山地區	太湖地區	陽城湖地區	小計
1	金人瑞	0	0	0	9	2	3	0	0	0	14
2	尹明廷	0	0	0	0	0	0	0	0	0	0
3	徐增	7	0	0	12	4	42	80	9	0	154
4	尤侗	12	2	0	15	0	12	11	1	0	53
5	徐枋	0	0	0	0	4	5	22	0	0	31
6	汪琬	44	0	0	51	209	18	14	71	3	410
7	許虬	3	0	0	9	0	1	1	0	0	14
8	徐燦	2	0	0	1	0	1	0	0	0	4
9	王武	0	0	0	0	0	0	1	5	0	6
10	楊無咎	0	0	0	1	0	0	0	0	0	1
11	韓葵	3	0	0	0	0	0	0	0	0	3
12	彭定求	307	2	0	17	13	73	173	53	0	638
13	張孝時	0	0	0	0	0	0	0	0	0	0
14	宋廣業	0	0	0	8	1	5	12	2	0	28
15	張映葵	3	0	1	1	7	0	0	0	0	12
16	陸淹	2	0	0	0	0	5	0	0	0	7
17	汪士鋐	4	0	0	0	0	0	0	0	0	4
18	張大受	0	0	0	2	1	8	8	1	0	20
19	何焯	1	0	0	1	1	0	0	0	0	3
20	惠周惕	0	0	0	2	0	0	0	4	0	6
21	顧嗣立	106	0	2	42	6	20	113	31	1	321
22	惠士奇	3	0	0	0	3	0	0	11	0	17
23	沈德潛	40	3	0	17	4	30	49	21	0	164
24	許廷鑅	1	0	0	0	2	0	3	0	0	6
25	李果	19	3	0	5	1	15	11	1	0	55
26	吳莊	0	0	0	2	0	7	0	96	0	105
27	薛雪	4	0	0	5	2	7	4	7	0	29
28	韓騏	3	0	0	12	3	7	13	10	0	48
29	惠棟	0	0	0	0	0	0	0	0	0	0
30	顧詒祿	2	0	0	5	1	1	8	0	0	17

31	彭啟豐	14	0	0	6	0	15	17	13	0	65
32	陳黃中	0	0	0	0	0	0	0	0	0	0
33	毛曙	3	0	0	45	16	73	28	11	2	178
34	宋宗元	31	0	1	8	4	9	6	1	0	60
35	顧文鋹	0	0	0	3	1	4	2	1	0	11
36	江聲	0	0	0	0	0	0	0	0	0	0
37	吳泰來	3	0	0	15	6	26	6	9	0	65
38	汪縉	5	0	0	18	5	15	4	1	0	48
39	褚廷璋	9	0	0	2	4	14	5	0	0	34
40	蔣業晉	13	0	0	34	2	2	1	0	0	52
41	宋思仁	1	0	0	0	0	2	0	0	0	3
42	張塤	3	0	0	23	0	2	0	0	0	28
43	薛起鳳	2	0	0	0	0	4	2	0	0	8
44	王世錦	0	0	0	0	0	0	0	8	0	8
45	韓是升	6	0	0	4	1	4	10	2	1	28
46	范來宗	70	0	0	57	19	51	44	11	0	252
47	程際盛	0	0	0	25	6	6	22	0	0	59
48	彭紹升	8	0	1	5	1	15	5	2	0	37
49	顧塈	2	1	0	2	1	3	0	0	0	9
50	潘奕雋	71	0	0	92	21	50	40	6	0	280
51	錢棨	0	0	0	0	0	0	0	0	0	0
52	吳翌鳳	12	0	0	1	4	1	0	0	0	18
53	周錫瓚	5	0	0	4	1	1	0	3	0	14
54	李棨	2	0	0	0	0	0	1	0	0	3
55	吳俊	7	0	0	4	16	11	0	0	0	38
56	潘奕藻	10	0	0	21	1	25	5	3	0	65
57	吳樹萱	2	0	0	0	0	0	0	0	0	2
58	顧宗泰	16	0	0	28	15	30	27	7	0	123
59	蔣廷恩	2	0	0	10	0	6	6	6	0	30
60	殷如梅	6	0	0	46	9	39	27	57	0	184
61	王芑孫	20	0	0	15	14	1	1	25	0	76
62	石韞玉	45	0	0	38	5	36	17	0	0	141
63	陸鼎	3	0	0	1	1	1	1	1	0	8
64	韓崶	67	0	0	24	14	59	17	1	0	182

65	鈕樹玉	1	0	0	0	0	2	1	0	0	4
66	尤興詩	15	0	0	18	1	1	2	1	2	40
67	尤維熊	0	0	0	9	0	7	6	6	1	29
68	袁廷檮	0	0	0	22	0	0	0	10	0	32
69	蔡復午	0	0	0	0	0	0	2	0	0	2
70	黃丕烈	0	0	0	0	0	0	0	0	0	0
71	周孝塤	5	0	0	14	8	13	1	2	0	43
72	戈宙襄	0	0	0	1	0	0	0	0	0	1
73	顧祿	5	0	0	17	2	14	2	3	0	43
74	顧廣圻	2	0	0	5	0	0	0	0	0	7
75	陳基	5	0	0	10	2	2	1	0	0	20
76	江沅	9	0	0	0	0	0	0	0	0	9
77	李福	3	0	0	4	2	6	2	4	0	21
78	潘世恩	7	0	0	0	0	2	0	0	0	9
79	陶梁	1	0	0	8	0	1	1	1	0	12
80	金學蓮	0	0	0	0	0	0	0	1	0	1
81	吳廷琛	0	0	0	0	0	0	0	0	0	0
82	宋翔鳳	2	0	0	6	0	0	2	0	0	10
83	沈欽韓	7	0	0	6	47	62	50	16	0	188
84	劉澄	1	0	0	0	1	1	5	0	0	8
85	陸損之	0	0	0	0	0	5	0	0	0	5
86	吳慈鶴	2	0	0	6	12	4	5	1	0	30
87	陳本直	9	0	1	29	5	41	13	0	0	98
88	曹楙堅	0	0	0	2	0	1	0	1	0	4
89	陳奐	0	0	0	0	0	0	0	0	0	0
90	孫義鈞	4	0	0	1	0	3	13	0	0	21
91	朱駿聲	0	0	0	0	0	0	0	1	0	1
92	朱綬	12	0	1	16	4	18	11	1	0	63
93	陸嵩	1	1	0	2	0	4	0	0	0	8
94	彭蘊章	4	0	0	8	1	5	2	0	0	20
95	毛永柏	2	0	0	4	9	17	12	0	0	44
96	錢瑤鶴	3	0	0	22	4	2	2	0	0	33
97	夏尚志	4	0	0	16	0	5	7	23	0	55
98	毛永椿	1	0	0	5	3	9	3	0	0	21

99	金蘭	8	0	0	16	14	19	9	20	0	86
100	潘曾瑩	8	0	0	2	5	8	9	0	0	32
101	潘遵祁	24	0	1	32	49	33	89	6	0	234
102	馮桂芬	5	0	0	1	0	2	3	0	0	11
103	貝青喬	0	0	0	10	0	7	7	3	1	28
104	潘曾綬	4	0	0	1	0	1	8	1	0	15
105	顧文彬	600	0	0	1	0	0	0	0	0	601
106	彭慰高	43	0	0	6	24	4	7	4	0	88
107	顧復初	0	0	0	0	0	0	0	0	0	0
108	雷瀣	9	0	0	17	1	2	14	12	0	55
109	亢樹滋	25	1	0	40	19	18	17	1	0	121
110	江湜	1	0	0	0	2	0	0	0	0	3
111	陸懋修	6	0	0	8	5	4	7	1	0	31
112	潘曾瑋	7	0	0	0	3	0	1	0	0	11
113	劉廷枚	0	0	0	0	0	0	0	0	1	1
114	王炳燮	0	0	0	0	1	0	0	1	0	2
115	潘鍾瑞	10	0	0	8	4	8	22	80	0	132
116	俞廷瑛	6	0	0	0	0	0	0	0	0	6
117	王韜	2	0	0	0	0	0	0	2	0	4
118	潘祖同	1	0	0	2	0	0	0	0	0	3
119	潘祖蔭	0	0	0	1	0	0	0	0	0	1
120	汪芑	16	0	0	14	10	11	37	9	1	98
121	孫周	1	0	0	4	4	4	0	0	0	13
122	吳中彥	0	0	0	0	1	0	0	0	0	1
123	吳大根	0	0	0	0	0	0	0	0	0	0
124	彭翰孫	10	0	0	1	0	0	6	0	0	17
125	吳大澄	0	0	0	0	1	0	15	0	0	16
126	朱孔彰	0	0	0	0	0	0	0	0	0	0
127	葉昌熾	9	0	0	3	1	32	5	1	0	51
128	王頌蔚	1	0	0	0	0	0	0	1	0	2
129	曹元忠	2	0	0	2	0	2	4	0	0	10
合計		1907	13	8	1148	676	1145	1220	704	13	6834

二、對下轄縣作家的蘇州詩文繫地統計

《清代詩文集彙編》中蘇州下轄縣作家共有 138 人，爬梳相關詩文集，共檢得與蘇州空間系統有關的詩文 2096 首（篇），並按照九個二級空間進行繫地統計，具體情況如下（見表 6）：

表 6　下轄縣作家蘇州詩文繫地統計表

序號	姓名	蘇州城區	金雞湖地區	滄臺湖地區	虎丘地區	石湖地區	靈巖山地區	鄧尉山地區	太湖地區	陽城湖地區	小計
1	錢謙益	4	0	0	9	3	6	12	3	0	37
2	柳如是	0	0	0	1	0	1	0	0	0	2
3	馮舒	0	0	0	0	0	0	0	0	0	0
4	王時敏	0	0	0	5	1	2	0	0	0	8
5	金之俊	3	0	0	11	0	2	5	7	0	28
6	毛晉	2	1	0	11	3	12	9	0	1	39
7	趙士春	0	0	0	3	0	0	1	2	0	6
8	張雋	0	0	0	0	0	0	0	0	0	0
9	馮班	1	0	0	1	1	2	0	0	0	5
10	朱鶴齡	2	0	0	6	2	9	0	2	0	21
11	錢龍惕	0	0	0	0	0	0	0	0	0	0
12	陸世儀	0	0	1	1	2	1	10	0	0	15
13	顧炎武	0	0	0	0	0	1	0	0	0	1
14	歸莊	0	0	0	7	2	13	2	21	0	45
15	周肇	0	0	0	0	0	0	0	0	0	0
16	陸元輔	0	0	0	2	0	0	0	1	0	3
17	黃與堅	0	0	0	0	0	0	0	0	0	0
18	吳莊	0	0	0	0	0	0	0	0	0	0
19	計東	0	0	0	1	0	0	0	0	0	1
20	潘檉章	0	0	0	1	1	2	0	2	0	6
21	嚴熊	5	0	1	12	23	4	10	6	1	62
22	王昊	0	0	0	19	1	3	10	0	0	33
23	朱用純	0	0	0	0	0	0	0	2	0	2
24	王錫闡	0	0	0	0	0	0	0	2	0	2
25	王抃	0	0	0	0	0	0	1	0	0	2

26	葉方藹	0	0	0	1	2	0	0	0	0	3
27	釋曉青	0	0	0	1	0	1	0	0	0	2
28	吳兆騫	0	0	0	20	0	0	2	0	0	22
29	蔣伊	0	0	0	0	0	0	0	0	0	0
30	徐乾學	1	0	0	1	0	0	0	0	0	2
31	徐秉義	0	0	0	0	0	0	0	0	0	0
32	徐元文	1	0	0	4	0	0	0	0	0	5
33	唐孫華	4	1	0	9	0	1	0	3	0	18
34	趙俞	2	1	0	0	0	2	0	2	0	7
35	徐釚	1	0	0	2	2	11	6	18	0	40
36	沈寓	6	2	0	4	2	0	0	4	0	18
37	吳祖修	1	0	1	2	5	1	28	1	0	39
38	歸允肅	0	0	0	0	0	1	4	1	0	6
39	孫致彌	0	0	0	12	1	0	0	0	0	13
40	王原祁	3	0	0	1	1	1	1	0	0	7
41	鈕琇	0	0	0	1	0	2	1	0	0	4
42	錢良擇	0	0	0	1	0	0	1	0	0	2
43	沈受宏	3	1	0	4	12	0	2	0	0	22
44	王揆	0	0	0	0	0	2	1	0	0	3
45	陶元淳	0	0	0	0	0	0	0	0	0	0
46	王晦	0	0	0	0	0	0	0	0	0	0
47	潘耒	7	0	0	3	0	3	1	10	0	24
48	金奇玉	0	0	0	0	0	0	0	0	0	0
49	顧文淵	0	0	0	10	0	1	0	4	0	15
50	曾倬	0	0	0	0	0	0	0	0	0	0
51	王喆生	1	0	0	0	0	0	0	0	0	1
52	嚴虞惇	1	0	0	1	0	0	0	0	0	2
53	王時憲	1	0	0	1	24	6	1	0	0	33
54	張尚瑗	0	0	0	0	0	0	0	0	0	0
55	吳暻	1	0	0	1	15	1	2	20	0	40
56	徐昂發	10	0	0	7	13	3	3	0	0	36
57	汪繹	2	0	0	4	0	0	0	0	0	6
58	釋律然	0	0	0	0	0	0	10	0	0	10
59	陳祖範	1	0	0	1	0	0	0	0	1	3

60	王時翔	3	0	0	6	3	5	14	4	0	35
61	陶貞一	0	0	0	0	0	0	0	0	0	0
62	顧陳垿	0	0	0	2	0	0	0	0	0	2
63	汪沈琇	2	1	0	12	2	0	2	1	0	20
64	陶正靖	0	0	0	0	0	0	0	0	0	0
65	李重華	0	0	0	1	0	2	9	4	0	16
66	王應奎	6	0	0	13	0	17	2	6	0	44
67	沈起元	1	0	0	0	0	1	2	1	0	5
68	吳其琰	0	0	0	4	4	69	3	2	0	82
69	顧我錡	1	0	0	3	2	1	0	38	0	45
70	沈彤	0	0	0	1	0	0	0	7	0	8
71	張鵬翀	2	0	0	11	7	4	15	6	0	45
72	汪應銓	0	0	0	4	0	0	0	0	0	4
73	王峻	1	0	0	0	0	0	0	1	0	2
74	龔煒	4	0	0	8	3	2	10	0	0	27
75	金廷炳	1	0	0	1	0	0	0	0	0	2
76	邵齊燾	0	0	0	0	0	2	0	0	0	2
77	顧鎮	0	0	0	0	0	0	0	1	0	1
78	陸耀	0	0	0	0	0	0	0	0	0	0
79	袁景輅	5	0	0	26	3	4	1	0	0	39
80	李世望	2	0	0	4	1	3	2	1	0	13
81	金士松	0	0	0	2	2	3	0	0	0	7
82	王元文	7	0	0	6	1	5	0	0	0	19
83	毛琛	0	0	0	1	0	1	0	0	0	2
84	金學詩	1	0	0	4	8	6	10	5	0	34
85	陳庭學	0	0	0	0	0	0	0	0	0	0
86	朱逢泰	6	0	0	12	4	4	5	2	0	33
87	徐淳	0	0	0	4	0	2	0	0	0	6
88	張敦培	1	0	0	0	0	0	0	0	0	1
89	邱岡	6	0	0	6	4	13	8	5	1	43
90	史善長	1	0	0	19	1	0	1	0	0	22
91	翁咸封	0	0	0	0	0	0	0	0	0	0
92	張燮	4	0	0	1	0	0	0	0	0	5
93	張士元	0	0	0	3	0	1	6	2	0	12

94	邱璋	10	0	0	9	7	11	11	26	0	74
95	陳懋	5	0	1	14	12	5	10	2	0	49
96	姚瀛	2	0	0	3	0	1	4	1	0	11
97	朱春生	0	0	0	4	0	0	2	0	0	6
98	孫原湘	4	0	0	23	2	7	29	2	0	67
99	席佩蘭	0	0	0	6	0	0	1	0	0	7
100	翁廣平	0	0	0	0	0	0	0	1	0	1
101	陳赫	5	0	0	6	6	20	13	2	0	52
102	王家相	1	0	0	3	0	0	1	0	0	5
103	顧日新	21	0	0	30	17	13	3	6	0	90
104	黃廷鑒	0	0	0	0	0	0	0	0	0	0
105	周鶴立	1	0	0	9	0	0	0	0	0	10
106	任兆麟	2	0	0	18	0	0	0	0	0	20
107	郭麐	15	0	0	25	1	6	14	7	0	68
108	蔣因培	0	0	0	3	0	0	4	0	0	7
109	陳揆	0	0	0	0	0	0	0	0	0	0
110	蔣寶齡	3	0	0	11	2	1	0	2	0	19
111	吳嵰	0	0	0	2	0	0	0	1	0	3
112	張海珊	0	0	0	0	2	0	0	6	0	8
113	方熊	6	0	0	13	1	0	47	19	0	86
114	張金吾	0	0	0	0	0	0	0	0	0	0
115	柳樹芳	9	0	0	8	1	8	7	3	0	36
116	翁心存	0	0	0	0	1	0	0	0	0	1
117	俞岳	0	0	0	4	0	0	2	0	0	6
118	趙允懷	1	0	0	6	1	1	0	17	0	26
119	張爾旦	1	0	0	7	1	0	7	1	0	17
120	張履	0	0	0	0	0	0	0	19	0	19
121	曾熙文	3	0	0	11	4	2	0	0	0	20
122	楊羲	8	0	0	10	1	0	0	1	0	20
123	沈曰富	0	0	0	0	1	1	0	0	0	2
124	陳壽熊	1	0	0	1	1	0	0	0	0	3
125	楊沂孫	0	0	0	0	0	0	0	0	0	0
126	李德儀	4	0	0	0	0	1	0	0	0	5
127	邵亨豫	2	0	0	1	0	0	1	0	0	4

128	張星鑒	0	0	0	1	0	0	0	0	0	1
129	張瑛	0	0	0	1	0	0	0	0	0	1
130	翁同龢	0	0	0	0	0	0	0	1	0	1
131	翁曾源	0	0	0	0	0	0	0	0	0	0
132	汪之昌	22	2	0	11	3	14	11	0	0	63
133	潘文熊	0	0	0	0	0	0	0	0	0	0
134	黃人	3	0	0	2	0	0	0	0	0	5
135	丁國鈞	0	0	0	0	0	0	0	0	0	0
136	張鴻	0	0	0	0	0	0	0	0	0	0
137	蔣元慶	0	0	0	0	0	0	0	0	0	0
138	龐樹柏	0	0	0	3	0	3	0	0	0	6
合計		246	9	4	581	225	333	380	314	4	2096

三、對僑寓作家的蘇州詩文繫地統計

《清代詩文集彙編》中僑寓蘇州的外地作家共有 48 人，爬梳相關詩文集，共檢得與蘇州空間系統有關的詩文 1535 首（篇），並按照九個二級空間進行繫地統計，具體情況如下（見表 7）：

表 7　僑寓作家蘇州詩文繫地統計表

序號	姓　名	蘇州城區	金雞湖地區	滄臺湖地區	虎丘地區	石湖地區	靈巖山地區	鄧尉山地區	太湖地區	陽城湖地區	小計
1	釋讀徹	5	1	0	25	3	66	6	0	1	107
2	毛瑩	2	0	0	13	0	4	2	13	0	34
3	熊開元	0	0	0	0	0	0	1	0	0	1
4	姜埰	7	0	0	11	0	2	2	0	0	22
5	吳偉業	2	0	0	21	0	17	4	31	0	75
6	黃周星	0	0	0	0	0	0	0	0	0	0
7	錢澄之	1	1	0	6	1	7	4	2	0	22
8	葉燮	6	0	0	26	46	6	0	12	0	96
9	朱彝尊	9	0	0	13	9	9	7	18	0	65
10	閻若璩	0	0	0	0	0	1	0	0	0	1
11	邵長蘅	1	0	0	5	1	7	12	3	0	29
12	楊賓	15	1	0	9	3	9	1	6	0	44

13	劉獻廷	0	0	0	0	1	2	0	5	0	8
14	陳奕禧	0	0	0	0	0	0	0	0	0	0
15	張雲章	1	0	0	5	3	10	9	2	0	30
16	沈用濟	0	0	0	0	0	0	0	0	0	0
17	趙執信	18	1	0	21	2	0	1	1	2	46
18	李馥	0	0	0	5	0	1	4	0	0	10
19	黃叔琳	0	0	0	0	0	0	0	0	0	0
20	翁照	0	0	0	2	0	0	0	1	0	3
21	嚴禹沛	0	0	0	1	0	0	0	2	0	3
22	莊歆	2	0	0	1	1	4	1	3	0	12
23	王愫	2	0	0	8	2	8	2	0	0	22
24	王鳴盛	2	0	0	17	3	14	11	16	0	63
25	王昶	23	1	0	35	9	41	12	1	0	122
26	錢大昕	4	0	1	14	2	4	0	0	0	25
27	畢沅	1	0	0	19	6	36	17	6	0	85
28	段玉裁	0	0	0	0	0	0	0	0	0	0
29	李書吉	3	0	0	34	0	0	5	2	0	44
30	孫星衍	0	0	0	4	0	0	3	0	0	7
31	張問陶	2	0	0	14	1	3	2	0	0	22
32	謝雪	0	0	0	0	0	0	0	0	0	0
33	舒位	2	4	0	33	2	1	0	7	0	49
34	朱珔	110	1	1	36	13	20	21	20	1	223
35	印康祚	0	0	0	34	0	0	0	1	0	35
36	朱紫貴	19	0	0	41	7	24	2	1	0	94
37	何紹基	2	0	0	2	2	5	0	0	0	11
38	殷兆鏞	8	0	1	7	1	4	1	5	0	27
39	余治	0	0	0	0	0	0	0	0	0	0
40	王鴻	3	0	1	4	1	0	0	0	0	9
41	楊峴	0	0	0	1	0	1	0	0	0	2
42	俞樾	44	1	0	3	0	3	2	0	0	53
43	任道鎔	0	0	0	0	0	0	0	0	0	0
44	姚覲元	0	0	0	0	0	0	0	0	0	0
45	張鳴珂	1	0	0	0	0	0	3	2	0	6
46	李鴻裔	21	0	0	0	0	0	6	0	0	27

47	朱培源	0	0	0	0	0	0	0	0	0	0
48	熊其英	0	0	0	0	0	0	1	0	0	1
合計		316	11	4	470	119	309	142	160	4	1535

四、對官員作家的蘇州詩文繫地統計

《清代詩文集彙編》中任職蘇州的官員作家共有72人，爬梳相關詩文集，共檢得與蘇州空間系統有關的詩文514首（篇），並按照九個二級空間進行繫地統計，具體情況如下（見表8）：

表8　官員作家蘇州詩文繫地統計表

序號	姓名	蘇州城區	金雞湖地區	滄臺湖地區	虎丘地區	石湖地區	靈巖山地區	鄧尉山地區	太湖地區	陽城湖地區	小計
1	湯斌	1	0	0	1	2	0	0	0	0	4
2	趙士麟	2	0	1	12	6	6	3	5	0	35
3	田雯	0	0	0	0	0	0	0	0	0	0
4	鄭端	0	0	0	0	0	0	0	0	0	0
5	宋犖	27	0	1	9	7	21	10	1	0	76
6	張伯行	3	0	0	0	0	0	0	0	0	3
7	施世綸	1	0	0	8	0	0	0	0	0	9
8	尹繼善	10	0	0	7	6	21	3	0	0	47
9	王璣	0	0	0	0	0	0	0	0	0	0
10	彭維新	0	0	0	0	0	0	0	0	0	0
11	高其倬	0	0	0	0	0	0	0	0	0	0
12	顧琮	0	0	0	0	0	0	0	0	0	0
13	陳大受	1	0	0	0	0	0	0	0	0	1
14	陳宏謀	2	0	0	0	0	0	0	0	0	2
15	明德	0	0	0	0	0	0	0	0	0	0
16	孫士毅	0	0	0	3	0	0	0	0	0	3
17	陳奉玆	0	0	0	0	0	0	0	0	0	0
18	汪志伊	0	0	0	0	0	0	0	0	0	0
19	蔣攸銛	0	0	0	0	0	0	0	1	0	1
20	百齡	0	0	0	0	0	0	0	0	0	0
21	孫玉庭	0	0	0	0	0	0	0	0	0	0

22	陶澍	10	0	1	2	0	3	2	1	0	19
23	梁章鉅	46	0	1	3	5	12	26	2	0	95
24	林則徐	5	0	0	0	0	0	0	0	0	5
25	裕謙	0	0	0	0	0	0	0	0	0	0
26	李星沅	0	0	0	1	0	0	0	0	0	1
27	何桂清	0	0	0	0	0	0	0	0	0	0
28	李鴻章	2	0	0	0	0	0	0	0	0	2
29	郭柏蔭	0	0	0	2	0	0	0	0	0	2
30	丁日昌	0	0	0	0	0	0	0	0	0	0
31	張之萬	1	0	0	0	0	0	0	0	0	1
32	恩錫	18	0	0	0	0	6	0	0	0	24
33	張樹聲	0	0	0	0	0	0	0	0	0	0
34	勒方錡	0	0	0	0	0	0	0	0	0	0
35	黎培敬	0	0	0	0	0	0	0	0	0	0
36	黃彭年	0	0	0	0	0	0	0	0	0	0
37	趙舒翹	0	0	0	0	0	0	0	0	0	0
38	陳啟泰	0	0	0	0	0	0	0	0	0	0
39	馮如京	0	0	0	0	0	0	0	0	0	0
40	陳鵬年	5	1	0	11	0	0	1	0	0	18
41	鄂爾泰	0	0	0	0	0	0	0	0	0	0
42	高斌	0	0	0	0	0	0	1	0	0	1
43	王汝璧	0	0	0	0	0	0	0	1	0	1
44	蔣攸銛	0	0	0	0	0	0	0	1	0	1
45	賀長齡	0	0	0	0	0	0	0	0	0	0
46	唐鑒	0	0	0	0	0	2	0	1	0	3
47	雷以諴	0	0	1	0	0	0	0	0	0	1
48	曾國荃	0	0	0	0	0	0	0	0	0	0
49	易佩紳	2	0	1	3	2	4	3	0	0	15
50	徐本	0	0	0	0	0	0	0	0	0	0
51	錢琦	0	0	0	2	0	0	0	2	0	4
52	胡季堂	0	0	0	7	0	7	4	0	0	18
53	鼇圖	8	0	0	6	7	4	0	0	0	25
54	陳廷桂	0	0	0	2	0	0	0	0	0	2
55	葉紹本	7	0	0	10	2	5	0	0	0	24

56	李象鵾	0	0	0	0	0	0	0	0	0	0
57	崇恩	0	0	0	0	0	0	0	0	0	0
58	黃恩彤	0	0	0	0	0	0	0	0	0	0
59	龔易圖	0	0	0	2	0	0	0	0	0	2
60	許應鑅	0	0	0	0	0	0	0	0	0	0
61	劉樹堂	0	0	0	0	0	0	0	0	0	0
62	張鵬翮	0	0	0	1	0	0	0	0	0	1
63	童華	0	0	0	2	0	0	0	0	0	2
64	邵大業	0	0	0	0	0	0	0	0	0	0
65	韓錫胙	0	0	0	0	0	0	0	0	0	0
66	馬慧裕	0	0	0	0	0	0	0	0	0	0
67	唐仲冕	17	0	0	15	6	6	12	0	0	56
68	周有聲	0	0	0	0	1	0	0	0	0	1
69	桂超萬	2	0	0	0	0	0	0	0	0	2
70	喬松年	0	0	0	0	0	0	0	0	0	0
71	蒯德模	5	0	0	2	0	0	0	0	0	7
72	王仁堪	0	0	0	0	0	0	0	0	0	0
合計		175	1	6	111	44	97	65	15	0	514

五、清代蘇州詩文繫地統計匯總情況

　　將以上蘇州本土作家、蘇州下轄縣作家、僑寓蘇州的外地作家和任職蘇州
的官員作家這四類作家群體的詩文進行匯總，共得詩文10979首（篇），並按
照九個二級空間進行繫地統計，具體情況如下（見表9）：

表9　清代蘇州詩文繫地統計匯總表

序號	作家群體	蘇州城區	金雞湖地區	滄臺湖地區	虎丘地區	石湖地區	靈巖山地區	鄧尉山地區	太湖地區	陽城湖地區	小　計
1	蘇州本土作家（129人）	1907	13	8	1148	676	1145	1220	704	13	6834
2	蘇州下轄縣作家（138人）	246	9	4	581	225	333	380	314	4	2096
3	僑寓蘇州的外地作家（48人）	316	11	4	470	119	309	142	160	4	1535
4	任職蘇州的官員作家（72人）	175	1	6	111	44	97	65	15	0	514
合計	全體作家（387人）	2644	34	22	2310	1064	1884	1807	1193	21	10979

　　綜合表 5 至表 8，可知本書所統計的四類作家群體對蘇州空間系統的詩文
創作情況分為三種。第一種情況，該作家雖然在統計範圍內，但並未創作任何
與蘇州有關的詩文；第二種情況，該作家對蘇州空間系統中的九個二級空間均
有詩文創作；第三種情況，該作家對蘇州空間系統中的有些二級空間有詩文創
作，而對另外一些二級空間沒有詩文創作。這三種情況都會對二級空間在蘇州
空間系統中的文學微區位地位產生影響，接下來本書在具體的定量研究過程
均會有所考慮。

第五章　對清代蘇州詩文繫地統計數據的定量研究

研究過程中，對研究對象進行相關的數據統計只是第一步，最終目的是要通過科學的方法對得到的數據進行量化分析，以發現數據背後蘊含的事實真相。接下來，本書將以前述蘇州詩文繫地統計數據為基礎，多角度、多層次地剖析這些數據，讓數據轉變為具有意義的信息。

在具體的量化分析過程中，本書將遵循逐漸深入、不斷細化的原則，以對蘇州空間系統下九個二級空間文學微區位的共時性考察為主，在此基礎上兼顧對蘇州空間系統下虎丘地區文學微區位的歷時性考察，努力挖掘蘇州詩文繫地數據背後隱藏的蘇州空間系統下九個二級空間的文學微區位關係。

第一節　對清代蘇州詩文繫地統計數據的共時性考察

所謂對清代蘇州詩文繫地數據的共時性考察，是指在分析數據時，把整個清代視為一個時間段，不考慮清代文學的分期問題，以此為前提來考察清代蘇州詩文繫地數據在不同維度上呈現的分布特徵。

本書將從三個方面對清代蘇州詩文繫地統計數據展開分析。首先，本書將考察清代詩文在九個二級空間的分布情況，通過比較各二級空間的詩文數量和占比情況來分析其在蘇州空間系統中的文學微區位問題。其次，本書將考察創作蘇州詩文的作家在九個二級空間的分布情況，通過比較各二級空間創作詩文的作家人數和占比情況來分析其在蘇州空間系統中的文學微區位問題。

再次，本書將通過統計蘇州詩文數量的均值和中位數，來考察不同地區的詩文在創作作家間分布的均勻和集中程度。對這三個方面的考察，本書都將從「全體作家」和「四類作家群體」這兩個層面展開，先考察「全體作家」層面呈現的共性，再考察「四類作家群體」層面呈現的個性。

另外，在從三個方面展開對清代蘇州詩文的量化分析時，本書將按照三個步驟展開：首先，以表格形式呈現各考察維度下的客觀統計數據；其次，通過排序、比較等方式對數據進行解讀，揭示數據特徵；最後，分析數據特徵所反映的蘇州空間系統下九個二級空間的文學微區位關係。

一、對清代蘇州詩文空間分布情況的考察

上述表 9 清代蘇州詩文繫地統計總表有詩文數量和作家人數兩個維度，本書先來作詩文數量維度上的考察，即從全體作家和具體的四個作家群體出發，分析各自詩文在九個二級空間中的分布情況。

1. 對清代蘇州詩文總體空間分布情況的分析

對清代詩文繫地統計總表作詩文空間分布上的考察，首先要分析清代詩文總體的空間分布情況，以掌握全貌。本書所統計的全部清代蘇州詩文在九個二級空間中的空間分布情況如下（見表 10）：

表 10　清代蘇州詩文總體空間分布表

作家群體	統計項目	蘇州城區	金雞湖地區	澹臺湖地區	虎丘地區	石湖地區	靈巖山地區	鄧尉山地區	太湖地區	陽城湖地區
全體作家（詩文總數 10979）	詩文數量	2644	34	22	2310	1064	1884	1807	1193	21
	占比	24.1%	0.3%	0.2%	21.0%	9.7%	17.2%	16.5%	10.9%	0.2%

為了更加直觀形象地瞭解清代蘇州詩文的總體空間分布情況，本書將表 10 進行排序後轉化為水平條形圖來表示，具體如下（見圖 3）：

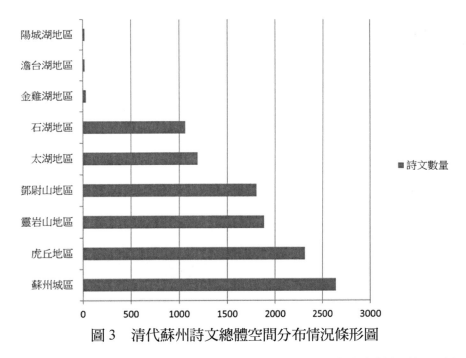

圖 3　清代蘇州詩文總體空間分布情況條形圖

　　分析上述兩張圖表，可以得出對清代蘇州詩文總體分布情況的兩點初步認識：

　　（1）金雞湖地區、澹臺湖地區和陽城湖地區這三個二級空間的文詩文數量都極少，作家對這三個地區的文學書寫幾乎處於一種空白狀態，即使將這三個地區的詩文數量相加，也只有 77 首（篇），在所有清代蘇州詩文中僅占 0.7%，實在是無足輕重，可以忽略不計。

　　（2）對九個二級空間的詩文數量和占比進行排序，位列第一的是蘇州城區，占 24.1%，位列第二的是虎丘地區，占 21%。這兩個地區相加共有詩文 4954 首（篇），占全部蘇州詩文的 45.1%，幾近一半。

　　由此可以判斷，蘇州詩文的總體空間分布很不均衡，呈現出一種「頭部集中效應」。在蘇州空間系統中，蘇州城區和虎丘地區處於文學微區位的優勢地位，而金雞湖地區、澹臺湖地區和陽城湖地區這三個二級空間則明顯處於文學微區位的劣勢地位。

2. 對清代蘇州詩文具體空間分布情況的分析

　　接下來，本書將從蘇州本土作家、蘇州下轄縣作家、僑寓蘇州的外地作家和任職蘇州的官員作家出發，分別分析這四類作家群體各自所創作的蘇州詩文在九個二級空間的具體分布情況。為敘述方便，本書此處將暫時忽略金雞湖

地區、澹臺湖地區和陽城湖地區的詩文數據。清代蘇州詩文的具體空間分布情況如下文（見表11）：

表11　清代蘇州詩文具體空間分布表

作家群體	統計項目	蘇州城區	虎丘地區	石湖地區	靈巖山地區	鄧尉山地區	太湖地區
蘇州本土作家（作品總數6834）	詩文數量	1907	1148	676	1145	1220	704
	占比	27.9%	16.8%	9.9%	16.8%	17.9%	10.3%
蘇州下轄縣作家（作品總數2096）	詩文數量	246	581	225	333	380	314
	占比	11.7%	27.7%	10.7%	15.9%	18.1%	15.0%
僑寓蘇州的外地作家（作品總數1535）	詩文數量	316	470	119	309	142	160
	占比	20.6%	30.6%	7.8%	20.1%	9.3%	10.4%
任職蘇州的官員作家（作品總數514）	詩文數量	175	111	44	97	65	15
	占比	34.0%	21.6%	8.6%	18.9%	12.6%	2.9%

　　根據表11中四類作家群體的詩文數量和占比情況，可以獲得六個二級空間詩文空間分布情況的排序，具體如下（見表12）：

表12　清代蘇州詩文具體空間分布排序表

排序	蘇州本土作家	蘇州下轄縣作家	僑寓蘇州的外地作家	任職蘇州的官員作家
1	蘇州城區（27.9%）	虎丘地區（27.7%）	虎丘地區（30.6%）	蘇州城區（34.0%）
2	鄧尉山地區（17.9%）	鄧尉山地區（18.1%）	蘇州城區（20.6%）	虎丘地區（21.6%）
3	虎丘地區（16.8%）	靈巖山地區（15.9%）	靈巖山地區（20.1%）	靈巖山地區（18.9%）
4	靈巖山地區（16.8%）	太湖地區（15.0%）	太湖地區（10.4%）	鄧尉山地區（12.6%）
5	太湖地區（10.3%）	蘇州城區（11.7%）	鄧尉山地區（9.3%）	石湖地區（8.6%）
6	石湖地區（9.9%）	石湖地區（10.7%）	石湖地區（7.8%）	太湖地區（2.9%）

　　仔細分析表12中四類作家群體所創作的詩文在六個二級空間的空間分布排序，可以得到以下四點認識：

　　（1）總體來看，這四類作家群體創作的詩文，在六個二級空間的空間分布上仍然存在明顯的「頭部集中效應」。蘇州本土作家、蘇州下轄縣作家、僑寓蘇州的外地作家、任職蘇州的官員作家這四類群體的詩文空間分布排序中，位於前兩位的二級空間的詩文占比之和依次是45.8%、45.8%、51.2%和55.6%，後兩個占比甚至超過了一半，「頭部集中效應」更加明顯。

（2）這四類作家群體的詩文空間分布排序都呈現一個共同的特徵，即排在第一位地區的詩文占比明顯大於排在第二位地區的詩文占比。具體來看，蘇州本土作家視角下前兩位地區的詩文占比相差 10%，蘇州下轄縣作家視角下前兩位的占比相差 9.6%，僑寓蘇州的外地作家視角下前兩位的占比相差 10%，任職蘇州的官員作家視角下前兩位的占比則相差更大，達到 12.4%。這四個差距都明顯大於上述清代蘇州詩文總體空間分布中排在前兩位的蘇州城區和虎丘地區之間 3.1%的差距。這說明從不同作家群體的視角來看，蘇州空間系統下的九個二級空間中都存在一個最具文學微區位優勢的重要地區。而這個地區並不是蘇州詩文總體空間分布表中排名第一的蘇州城區。從表 12 來看，這個地區在蘇州本土作家和任職蘇州的官員作家的視角下是蘇州城區，在蘇州下轄縣作家和僑寓蘇州的外地作家的視角下則是虎丘地區。

（3）蘇州城區和虎丘地區雖然在四類作家群體視角下都有兩個第一的排名，但這兩個地區的數據表現有所差別。虎丘地區的數據表現較為穩定，除去兩個第一的排名外，在任職蘇州的官員作家視角下位列第二，在蘇州本土作家視角下位列第三，但占比與位列第二的鄧尉山地區僅相差 1.1%，幾乎等於位列第二。相比之下，蘇州城區的數據表現則起伏較大，除去兩個第一的排名外，在僑寓蘇州的外地作家視角下位列第二，而在蘇州下轄縣作家的視角下僅位列第五，並且占比與位列第二的鄧尉山地區相差也較大，達到 6.4%。

（4）這六個二級空間中，除去虎丘地區和蘇州城區外，其餘四個地區可以分為兩種情況。其中靈巖山地區和石湖地區是一種情況，這兩個地區的排名都較為穩定，而鄧尉山地區和太湖地區則是第二種情況，這兩個地區的排名都波動較大。接下來對四個地區分述之。

靈巖山地區在蘇州下轄縣作家、僑寓蘇州的外地作家和任職蘇州的官員作家視角下均排名第三，不過與排名第二地區的詩文占比相差並不大；在蘇州本土作家的視角下排名第四，不過與排名第三的虎丘地區僅相差 3 首（篇）詩文，基本等於排名第三。這與其在蘇州詩文總體空間分布表中第三的排名相一致。

石湖地區的排名為三個第六、一個第五，在四類作家群體所創作的詩文中都屬於數量較少的地區。

鄧尉山地區在蘇州本土作家和下轄縣作家視角下均排名第二，不過與排名第三地區的詩文占比相差並不大；在任職蘇州的官員作家視角下排名第四；

在僑寓蘇州的外地作家視角下則排名第五。這說明與鄧尉山地區相關的詩文數量，會隨著作家群體的不同而發生較大的變化。

太湖地區在蘇州下轄縣作家和僑寓蘇州的外地作家視角下均排名第四，在蘇州本土作家視角下排名第五，而在任職蘇州的官員作家視角下則排名第六，並在占比上與排名第五的石湖地區差距較大。這說明與太湖地區相關的詩文數量，會隨著作家群體的不同而發生較大的變化，總體上在四類作家群體所創作的詩文中都屬於數量較少的地區。

3. 對蘇州空間系統下九個二級空間文學微區位的初步判斷

通過考察清代蘇州詩文在蘇州空間系統中的分布情況，可以得到以下對於九個二級空間的文學微區位關係的初步判斷：

（1）蘇州空間系統下的九個二級空間可以分為兩大陣營，其中金雞湖地區、澹臺湖地區和陽城湖地區這三個二級空間處於明顯的文學微區位劣勢地位，詩文數量極少，占比極低，甚至可以忽略不計。其餘六個地區相對於這三個地區具有文學微區位優勢。

（2）蘇州空間系統下的其餘六個二級空間大致上可以分為三個層次，具體情況如下：

虎丘地區和蘇州城區位於上層，具有文學微區位的優勢。蘇州城區在詩文總量上略多於虎丘地區，但從四類作家群體視角的詩文具體空間分布情況來看，虎丘地區又似乎略勝一籌，蘇州城區在蘇州下轄縣作家群體中甚至表現出一定的文學微區位劣勢。

靈巖山地區和鄧尉山地區位於中層，並不具有突出的文學微區位優勢，其中靈巖山地區在蘇州空間系統中總體上具有一定的文學微區位優勢，而鄧尉山地區在蘇州本土作家和下轄縣作家群體中又表現出一定的文學微區位優勢。

石湖地區和太湖地區位於下層，基本處於文學微區位的劣勢地位，尤其是石湖地區。太湖地區在蘇州下轄縣作家和僑寓蘇州的外地作家群體中具備一定的文學微區位優勢，但在任職蘇州的官員作家群體中處於明顯的文學微區位劣勢地位。

二、對清代創作作家空間分布情況的考察

上述對蘇州空間系統下九個二級空間的文學微區位關係的基本認識，是

以不同作家群體創作的詩文數量和占比為基礎，屬於對蘇州詩文空間分布的統計。不過，這種統計只關注到詩文數量，而未考慮到作家具體的創作情況。事實情況是，某類作家群體中並非每位作家都有詩文創作。例如，任職蘇州的官員作家群體一共創作了 514 首（篇）與蘇州相關的詩文，但實際上 72 位官員作家中，僅有 37 人有作品，另外的 35 人都沒有創作蘇州詩文；再如，蘇州本土作家群體一共創作了 1907 首（篇）與蘇州城區有關的詩文，但事實上 129位蘇州本土作家中，只有 92 人有作品，另外 37 人並未創作與蘇州城區相關的作品。也就是說，這種對詩文空間分布的統計因為以作家群體為維度，所以無法體現具體作家對九個二級空間的實際創作情況。接下來，本書將考察清代創作作家的空間分布情況，以發現作家具體創作情況背後隱藏的蘇州空間系統的文學微區位問題。

1. 對創作蘇州詩文的全部作家空間分布情況的分析

本書所統計的《清代詩文集彙編》中與蘇州相關的四類作家群體共有 387人，但並非每位作家都創作了與蘇州空間系統有關的詩文，爬梳相關詩文集，共檢得創作蘇州詩文的作家共計 303 人。而這 303 人中，對於九個二級空間的詩文創作情況也各不相同，具體統計如下（見表 13）：

表 13　創作蘇州詩文的全部作家空間分布情況表

序　號	二級空間	創作蘇州詩文的全部作家（303 人）	
		創作詩文人數	占　比
1	蘇州城區	204	67.3%
2	金雞湖地區	23	7.6%
3	澹臺湖地區	21	6.9%
4	虎丘地區	233	76.9%
5	石湖地區	154	50.8%
6	靈巖山地區	184	60.7%
7	鄧尉山地區	169	55.8%
8	太湖地區	147	48.5%
9	陽城湖地區	16	5.3%

為了更加直觀形象地瞭解作家創作蘇州詩文的總體情況，本書將表 13 中數據排序後轉化為水平條形圖來表示，具體如下（見圖 4）：

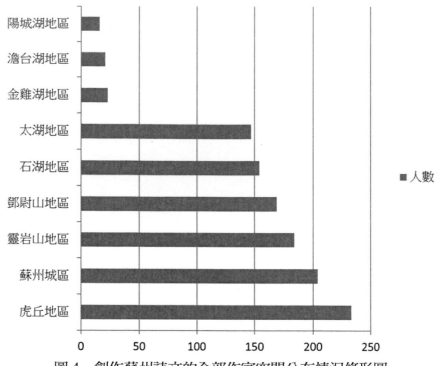

圖 4　創作蘇州詩文的全部作家空間分布情況條形圖

分析表 13 和圖 4，可以得到以下三點認識：

（1）對比圖 4 與圖 3，可以發現，本書所統計的創作蘇州詩文的全部作家在九個二級空間的分布情況排序，與清代蘇州詩文總體空間分布情況的排序基本一致。稍有不同者只是圖 4 中排名第一和第二的分別是虎丘地區和蘇州地區，而在圖 3 中這兩個地區的排名正好互換；另外，圖 4 中排名第五和第六的分別是石湖地區和太湖地區，而在圖 3 中這兩個地區的排名也正好互換。除此之外，其餘五個地區在兩張圖中的排名完全一致。

（2）全體作家中創作與金雞湖地區、澹臺湖地區和陽城湖地區這三個地區相關詩文的作家很少，創作作家最多的金雞湖地區也僅 23 人，只占全部 303 人的 7.6%。這三個地區在創作蘇州詩文的全部作家空間分布情況中的表現，與前述在蘇州詩文空間分布情況中的表現一致。

（3）本書所統計的創作蘇州詩文的全部作家共計 303 人，其中有 233 人曾創作與虎丘地區相關的詩文，占比 76.9%，而有 204 人曾創作與蘇州城區相關的詩文，占比 67.3%。在創作蘇州詩文的全部作家的空間分布情況上，虎丘地區人數明顯多於蘇州城區，占比高 9.6%。這說明對全體作家而言，虎丘地

區比蘇州城區更具吸引力，有更多作家為之文思湧動而創作詩文。

由此可以確定，金雞湖地區、澹臺湖地區和陽城湖地區這三個二級空間在蘇州空間系統中明顯處於文學微區位的劣勢地位。與蘇州城區相比，虎丘地區更具有文學微區位優勢，這也印證了前文從考察蘇州詩文總體空間分布情況後得出的初步認識，即「蘇州城區在詩文總量上略多於虎丘地區，但從四類作家群體視角的詩文具體空間分布情況來看，虎丘地區又似乎略勝一籌」。

2. 對創作蘇州詩文的四類作家群體具體空間分布情況的分析

在瞭解創作蘇州詩文的全部作家的總體空間分布情況後，接下來，本書分別考察蘇州本土作家、蘇州下轄縣作家、僑寓蘇州的外地作家和任職蘇州的官員作家這四類群體中創作蘇州詩文者在九個二級空間的具體空間分布情況。統計結果如下文（見表14）：

表14　四類作家群體創作蘇州詩文者具體空間分布情況表

序號	二級空間	本土作家創作蘇州詩文者（117人）		下轄縣作家創作蘇州詩文者（111人）		僑寓作家創作蘇州詩文者（38人）		官員作家創作蘇州詩文者（37人）	
		有作品人數	占比	有作品人數	占比	有作品人數	占比	有作品人數	占比
1	蘇州城區	92	78.6%	63	56.8%	28	73.7%	21	56.8%
2	金雞湖地區	7	6.0%	7	6.3%	8	21.1%	1	2.7%
3	澹臺湖地區	7	6.0%	4	3.6%	4	10.5%	6	16.2%
4	虎丘地區	88	75.2%	91	82.0%	32	84.2%	22	59.5%
5	石湖地區	70	59.8%	52	46.8%	22	57.9%	10	27.0%
6	靈巖山地區	84	71.8%	61	55.0%	27	71.1%	12	32.4%
7	鄧尉山地區	77	65.8%	55	49.5%	27	71.1%	10	27.0%
8	太湖地區	62	53.0%	53	47.7%	23	60.5%	9	24.3%
9	陽城湖地區	9	7.7%	4	3.6%	3	7.9%	0	0.0%

　　根據表 14 中四類作家群體中創作蘇州詩文者在九個二級空間的人數和占比情況，可以獲得四類作家中創作蘇州詩文者的空間分布的排序，具體情況如下（見表 15）：

表 15　四類作家群體有蘇州詩文者具體空間分布排序表

排序	本土作家 創作蘇州詩文者	下轄縣作家 創作蘇州詩文者	僑寓作家 創作蘇州詩文者	官員作家 創作蘇州詩文者
1	蘇州城區 （78.6%）	虎丘地區 （82.0%）	虎丘地區 （84.2%）	虎丘地區 （59.5%）
2	虎丘地區 （75.2%）	蘇州城區 （56.8%）	蘇州城區 （73.7%）	蘇州城區 （56.8%）
3	靈巖山地區 （71.8%）	靈巖山地區 （55.0%）	靈巖山地區 鄧尉山地區 （71.1%）	靈巖山地區 （32.4%）
4	鄧尉山地區 （65.8%）	鄧尉山地區 （49.5%）		鄧尉山地區 石湖地區 （27.0%）
5	石湖地區 （59.8%）	太湖地區 （47.7%）	太湖地區 （60.5%）	
6	太湖地區 （53.0%）	石湖地區 （46.8%）	石湖地區 （57.9%）	太湖地區 （24.3%）
7	陽城湖地區 （7.7%）	金雞湖地區 （6.3%）	金雞湖地區 （21.1%）	澹臺湖地區 （16.2%）
8	金雞湖地區 澹臺湖地區 （6.0%）	澹臺湖地區 陽城湖地區 （3.6%）	澹臺湖地區 （10.5%）	金雞湖地區 （2.7%）
9			陽城湖地區 （7.9%）	陽城湖地區 （0%）

　　仔細分析表 15 中四類作家群體中創作蘇州詩文者的具體空間分布排序，可以得到以下四點認識：

　　（1）虎丘地區在蘇州本土作家視角下位列第二，創作虎丘地區詩文的本土作家人數在所有創作蘇州詩文的本土作家人數中的占比為 75.2%，只比位列第一的蘇州城區略低。其餘在蘇州下轄縣作家、僑寓作家、官員作家這三個視角下，虎丘地區均位列第一。尤其是在蘇州下轄縣作家群體的視角下，111 名創作蘇州詩文的作家中，創作與虎丘地區相關詩文的作家有 91 人，占比為 82%，而排在第二的蘇州城區僅有 63 人，占比為 56.8%，比虎丘地區少 28 人，

占比低 25.2%。可見四類作家群體都對虎丘抱有濃厚的文學創作熱情，紛紛為
之吟詩作文，尤其是下轄縣作家群體，對虎丘地區的創作熱情最為高漲。

（2）蘇州城區在本土作家視角下排名第一，創作詩文者共計 92 人，占比
78.6%，但只比排名第二的虎丘地區多 4 人，占比僅高出 3.4%。說明在本土作
家群體中，蘇州城區的文學吸引力略高於虎丘地區，不過優勢很小，基本持平。
但在蘇州下轄縣作家、僑寓蘇州的外地作家和任職蘇州的官員作家的視角下，
蘇州城區均排名第二，位列虎丘地區之後。這說明在蘇州下轄縣作家、僑寓蘇
州的外地作家和任職蘇州的官員作家這三個群體中，對蘇州城區的文學創作
熱情都要低於虎丘地區。

（3）靈巖山地區在四類作家群體的具體空間分布排序中均位列第三，這
與其在前述蘇州詩文空間分布表中的排序完全一致。而鄧尉山地區在四類作
家群體的具體空間分布排序中，除在僑寓蘇州的外地作家視角下與靈巖山地
區並列第三外，其餘三個排名都是第四。說明四類作家群體對靈巖山地區的詩
文創作熱情略高於鄧尉山地區。

（4）石湖地區和太湖地區在四類作家群體的具體空間分布排序中各有兩
個第五，兩個第六，總體情況差不多。不過，在蘇州本土作家群體的視角下，
石湖地區占比 59.8%，太湖地區占比 53.0%，兩者相差 6.8%，明顯大於在蘇州
下轄縣作家、僑寓蘇州的作家和任職蘇州的作家這三個群體視角下兩者之間
的差距。說明蘇州本土作家群體中對石湖地區的詩文創作熱情高於太湖地區。

（5）值得注意的是，《清代詩文集彙編》中任職蘇州的官員作家一共 72
人，其中卻只有 37 人創作了有關蘇州的詩文，占比為 51.4%，僅超過半數 1
人。而這 37 位官員作家中，分別有 22 人和 21 人創作了與虎丘地區和蘇州城
區有關的詩文，占比為 59.5% 和 56.8%。與蘇州本土作家、下轄縣作家和僑寓
作家這三個群體相比，官員作家創作蘇州詩文的人數和占比都明顯偏低。官員
作家群體對蘇州的文學熱情並不高漲，即使創作詩文的作家也只偏愛虎丘地
區和蘇州城區，而對蘇州空間系統下的其他七個二級空間興趣一般，創作人數
多的才 12 人，少的甚至是 0。

3. 對蘇州空間系統下九個二級空間文學微區位的進一步判斷

通過考察四類作家群體中創作蘇州詩文者的具體空間分布情況，可以進
一步得到對於蘇州空間系統中九個二級空間的文學微區位關係的四點判斷：

（1）在蘇州空間系統中，九個二級空間的文學微區位關係呈兩極分化。

金雞湖地區、澹臺湖地區和陽城湖地區這三個二級空間明顯處於文學微區位的劣勢地位，與其他六個二級空間形成鮮明的對比。

（2）在蘇州空間系統中，虎丘地區和蘇州城區擁有明顯的文學微區位優勢，尤其在任職蘇州的官員作家群體中，這兩個地區擁有的文學微區位優勢更加突出。另外，綜合來看，虎丘地區要略優於蘇州城區，尤其是在蘇州下轄縣作家群體中，虎丘地區的文學微區位優勢很突出。

（3）綜合來說，靈巖山地區在蘇州空間系統中具有僅次於虎丘地區和蘇州城區的文學微區位優勢，而鄧尉山地區在文學微區位上略遜於靈巖山地區。

（4）除金雞湖地區、澹臺湖地區和陽城湖地區外，石湖地區和太湖地區在蘇州空間系統中基本處於文學微區位的劣勢地位，在蘇州本土作家群體中，太湖地區的文學微區位劣勢更加明顯。

三、對作家群體創作詩文數量均值和中位數的考察

1. 關於平均數、均值和中位數

在統計學上，平均數是一個基礎而重要的概念。平均數也叫集中趨勢量數，一般有三種形式：均值、中位數和眾數。平均數能幫助研究者從一大堆數據中看出模式和趨勢，把握大局，「有了平均數就能迅速找出數據中最具代表性的數值，得出重要結論」〔註1〕。根據數據類型和研究需要，本書主要統計不同作家群體創作詩文數量的均值和中位數。均值也稱算數平均數，其計算方法是將數據組中所有數值的總和除以該組數值的個數。但是，如果數據組中有明顯大於或小於大多數值的極大值或極小值這樣的異常值存在，均值就會向一方或另一方傾斜，使得均值對數據組的代表性減弱，同時作為集中趨勢量數的有效性減弱，這時就需要看該數據組的中位數。把數據組中所有數值按照從小到大的順序進行排列後，位於中間位置上的數值即中位數。中位數不受異常值影響，在有異常值的數據組中能更好地代表數據組的中心值，反映數據組中數值的集中趨勢。

在以上對蘇州詩文數量和創作作家人數統計的基礎上，通過計算，很容易就能得到蘇州詩文數量的均值和中位數。由於金雞湖地區、澹臺湖地區和陽城

〔註1〕〔美〕道恩·格里菲思：《深入淺出統計學》，李芳譯，電子工業出版社 2012年版，第 45 頁。

湖地區創作詩文的作家人數和詩文數量都很小，在蘇州空間系統中處於明顯的文學微區位劣勢地位，故本書此處將不統計這三個二級空間詩文數量的均值和中位數。

2. 蘇州詩文總量的均值和中位數

全體作家中創作蘇州詩文的作家共有 303 人，根據六個二級空間的詩文總量和創作作家人數，蘇州詩文總量的均值和中位數的具體情況如下（見表16）：

表 16　蘇州詩文總量的均值和中位數表

全體作家	蘇州城區	虎丘地區	石湖地區	靈巖山地區	鄧尉山地區	太湖地區
創作詩文的作家人數	204	233	154	184	169	147
詩文總數	2644	2310	1064	1884	1807	1193
個人最少詩文數	1	1	1	1	1	1
個人最多詩文數	600	92	209	73	173	96
詩文數量的均值	13.0	9.9	6.9	10.2	10.7	8.1
詩文數量的中位數	4	6	3	5	5	3
均值與中位數差	9.0	3.9	3.9	5.2	5.7	5.1

由表 16 中「個人最多詩文數」一欄可知，以上六個二級空間的詩文數量中都存在遠超一般作家詩文數量的異常值，但是異常值的大小、多少有不同，因而對數據組均值的影響也不同。從作家創作詩文數量的均值來看，六個二級空間中排在前三名的依次是蘇州城區、鄧尉山地區和靈巖山地區，均值依次為13、10.7 和 10.2 首（篇），都高於虎丘地區的 9.9 首（篇）。但是，這三個地區詩文數量的中位數僅有 4、5 和 5 首（篇），都低於虎丘地區的 6 首（篇）。蘇州城區、鄧尉山地區和靈巖山地區詩文數量的均值與中位數之間的差距都比較大，說明這三個地區的詩文數據中異常值存在的情況比較突出，導致異常值扭曲了均值，將均值大大拉高了。

事實情況符合數據統計顯示的結果，全體作家詩文集中這三個地區的詩文數量中的異常值情況確實比較突出。如果將等於或大於 50 首（篇）的詩文數量視為異常值，那麼，蘇州城區、鄧尉山地區和靈巖山地區詩文數量中異常值的個數分別是 7、8 和 5 個，而虎丘地區僅有 3 個異常值。蘇州城區、

鄧尉山地區和靈巖山地區的異常值不僅多，而且大。例如，蘇州城區的詩文數量中，顧文彬創作了 600 首題為《望江南・怡園即事》的詞作；彭定求創作了 185 首（篇）與其宅園南畇草堂相關的詩文，另有 49 首（篇）與文星閣相關的詩文；此外，顧嗣立創作了 75 首（篇）與其宅園秀野草堂相關的詩文。這幾個數據合計 909 首（篇），已超過全體作家創作的蘇州城區詩文總數 2644 首（篇）的三分之一。鄧尉山地區的詩文數量中，彭定求創作了 173 首（篇）相關詩文，顧嗣立也有 113 首（篇），另外潘遵祁和徐增也分別有相關詩文 89 首（篇）和 80 首（篇）。靈巖山地區的詩文數量中，毛曙和彭定求也各自創作了相關詩文 73 首（篇）。而虎丘地區的詩文數量中，潘奕雋、范來宗和汪琬分別有相關詩文 92、57 和 51 首（篇），對比之下，虎丘地區的異常值情況只能算是輕微。

某位或某幾位作家為一個地區創作數量驚人的詩文，自然說明這個地區對其具有強烈的文學吸引力，但是如果除了這個別作家外，其餘作家創作的與這個地區相關的詩文數量都較少，甚至寥寥無幾，則只能證明這個地區的文學吸引力是一種特殊情況，並不具有普遍性。最典型的例子就是顧文彬創作的 600 首《望江南・怡園即事》詞。這 600 首詞全部寫怡園，怡園是顧文彬的私人宅園，他的生活起居都在其中，他對怡園具有如此強烈的文學興趣實屬正常。但怡園對其他作家就沒有這麼大的吸引力了，除園主顧文彬外，全體作家中只有潘遵祁、葉昌熾等人創作過十餘首（篇）相關詩文。

通過分析蘇州詩文總量的均值和中位數，可以清晰地看到，作家們對虎丘地區普遍表現出較為濃厚的文學興趣，與虎丘地區相關的詩文在作家間的分布比較均勻和集中。虎丘地區雖然沒有出現其他地區那種某位作家為之創作百餘首（篇）、甚至數百首（篇）詩文的突出現象，但這恰恰證明了虎丘地區對作家群體、而非僅僅個別作家具有強烈的文學吸引力。這也進一步可以證明虎丘地區在蘇州空間系統中具有明顯的文學微區位優勢。

3. 四類作家群體詩文數量的均值和中位數

（1）蘇州本土作家詩文數量的均值和中位數

蘇州本土作家中創作蘇州詩文的作家共有 117 人，根據六個二級空間的相關詩文數量和創作作家人數，蘇州本土作家詩文數量的均值和中位數具體情況如下（見表17）：

表 17　蘇州本土作家詩文數量的均值和中位數表

本土作家	蘇州城區	虎丘地區	石湖地區	靈巖山地區	鄧尉山地區	太湖地區
創作詩文的作家人數	92	88	70	84	77	62
詩文總數	1907	1148	676	1145	1220	704
個人最少詩文數	1	1	1	1	1	1
個人最多詩文數	600	92	209	73	173	96
詩文數量的均值	20.7	13.0	9.7	13.6	15.8	11.4
詩文數量的中位數	5	8	4	6.5	7	4
均值與中位數差	15.7	5.0	5.7	7.1	8.8	7.4

　　對比表 17 和表 16，能發現兩張表中「個人最多詩文數」一欄的數據沒有發生變化。這說明六個二級空間創作詩文數量最多的作家都是蘇州本土作家。除了這六個異常值外，前述詩文數量等於或大於 50 首（篇）的異常值也基本都屬於蘇州本土作家。於是與表 16 相比，表 17「詩文數量的均值」和「均值與中位數差」這兩欄中的數值都明顯增大，尤其是蘇州城區，均值由 13 首（篇）變成了 20.7 首（篇），均值與中位數之差由 9 首（篇）變成了 15.7 首（篇）。這說明蘇州本土作家群體中，六個二級空間的詩文數據中異常值扭曲均值的情況更加突出。相比而言，虎丘地區均值與中位數之間的差是六個地區中最小的，說明虎丘地區的詩文在蘇州本土創作作家間的分布仍然比較均勻和集中，這反映出在蘇州空間系統中，蘇州本土作家普遍對虎丘地區具有較為濃厚的文學創作熱情。

（2）蘇州下轄縣作家詩文數量的均值和中位數

　　蘇州下轄縣作家中創作蘇州詩文的作家共有 111 人，根據六個二級空間的相關詩文數量和創作作家人數，蘇州下轄縣作家詩文數量的均值和中位數具體情況如下，見表 18。

　　對比表 18 和表 16，能發現表 18 中「詩文數量的均值」一欄的數值全部減小了，尤其是蘇州城區減小的幅度很大，均值由表 16 的 13 首（篇）減小為表 18 的 3.9 首（篇）。均值的全部減小也導致表 18「均值與中位數差」一欄的數值相應地全部減小了。這說明蘇州下轄縣作家詩文數量的均值基本未受到異常值的影響，六個地區的詩文在蘇州下轄縣創作作家間的分布都比較均勻和集中。這六個地區中，蘇州城區的詩文數量均值是最小的，只有 3.9 首（篇），這說明與其他五個地區相比，蘇州下轄縣作家群體對蘇州城區的文學創作興趣普遍不

高。而虎丘地區的詩文數量均值為 6.4 首（篇），位列第二，排在鄧尉山地區的 6.9 首（篇）之後，差距很小。不過，虎丘地區的均值與中位數差只有 2.4 首（篇），小於鄧尉山地區的 2.9 首（篇）。兩相結合，說明這兩個地區在下轄縣作家群體中比較受歡迎，而且詩文在下轄縣創作作家間分布的均勻和集中情況差不多。但是，如果再結合前述表 12 中蘇州下轄縣作家詩文的空間分布情況和表 15 中創作蘇州詩文的下轄縣作家的空間分布情況，可以確定，在綜合情況下蘇州下轄縣作家群體對虎丘地區的文學興趣要高於鄧尉山地區。

表 18　蘇州下轄縣作家詩文數量的均值和中位數表

下轄縣作家	蘇州城區	虎丘地區	石湖地區	靈巖山地區	鄧尉山地區	太湖地區
創作詩文的作家人數	63	91	52	61	55	53
詩文總數	246	581	225	333	380	314
個人最少詩文數	1	1	1	1	1	1
個人最多詩文數	22	30	24	69	47	38
詩文數量的均值	3.9	6.4	4.3	5.5	6.9	5.9
詩文數量的中位數	2	4	2	2	4	2
均值與中位數差	1.9	2.4	2.3	3.5	2.9	3.9

（3）僑寓作家詩文數量的均值和中位數

僑寓蘇州的外地作家中創作蘇州詩文的作家共有 38 人，根據六個二級空間的相關詩文數量和創作作家人數，僑寓作家詩文數量的均值和中位數具體情況如下（見表 19）：

表 19　僑寓作家詩文數量的均值和中位數表

僑寓作家	蘇州城區	虎丘地區	石湖地區	靈巖山地區	鄧尉山地區	太湖地區
創作詩文的作家人數	28	32	22	27	27	23
詩文總數	316	470	119	309	142	160
個人最少詩文數	1	1	1	1	1	1
個人最多詩文數	110	41	46	66	21	31
詩文數量的均值	11.3	14.7	5.4	11.4	5.3	7.0
詩文數量的中位數	3	12	2	6	3	3
均值與中位數差	8.3	2.7	3.4	5.4	2.3	4.0

表 19 中，六個地區詩文數量的均值排名前三的依次是虎丘地區、靈巖山地區和蘇州城區，分別為 14.7、11.4 和 11.3 首（篇）。但是，靈巖山地區和蘇州城區詩文數量的中位數都不大，分別只有 6 和 3 首（篇），導致這兩個地區詩文數量的均值與中位數差很大。這是因為蘇州城區詩文數量中包含朱珔創作的 110 首（篇）詩文，靈巖山地區詩文數量中包含釋讀徹創作的 66 首（篇）詩文，這兩個異常值的存在拉高了各自地區的均值。相比之下，雖然六個地區中虎丘地區詩文數量的均值最大，但是中位數 12 也是最大，而且遠超其他地區的中位數，因此均值與中位數差很小。這說明有關虎丘地區的詩文在僑寓蘇州的外地作家間分布得比較均勻和集中，僑寓作家普遍對虎丘地區興致很高。

（4）官員作家詩文數量的均值和中位數

任職蘇州的官員作家中創作蘇州詩文的作家共有 37 人，根據六個二級空間的詩文數量和創作作家人數，官員作家詩文數量的均值和中位數具體情況如下（見表 20）：

表20　官員作家詩文數量的均值和中位數表

官員作家	蘇州城區	虎丘地區	石湖地區	靈巖山地區	鄧尉山地區	太湖地區
創作詩文的作家人數	21	22	10	12	10	9
詩文總數	175	111	44	97	65	15
個人最少詩文數	1	1	1	2	1	1
個人最多詩文數	46	15	7	21	26	5
詩文數量的均值	8.3	5.0	4.4	8.1	6.5	1.7
詩文數量的中位數	5	3	5.5	6	3	1
均值與中位數差	3.3	2.0	-1.1	2.1	3.5	0.7

表 20 中，「個人最多詩文數」一欄除去蘇州城區的 46 首（篇）數值比較大外，其餘五個地區的數值都屬於正常，可見任職蘇州的官員作家創作詩文數量的均值基本沒有受到異常值的影響。比較任職蘇州的官員作家詩文數量的均值，蘇州空間系統中排名前三位的依次是蘇州城區、靈巖山地區和鄧尉山地區，虎丘地區只位列第四，但靈巖山地區和鄧尉山地區的創作人數和詩文總數都比較小，尤其是創作人數只有虎丘地區的近一半。

4. 對蘇州空間系統中虎丘地區文學微區位的判斷

上述對蘇州詩文總量與四類作家群體創作的詩文數量的均值、中位數的考察，主要以虎丘地區為中心。通過考察可以明確看到，在蘇州空間系統中，虎丘地區不僅詩文數量和為之創作詩文的作家人數都很多，並且詩文在創作作家間的分布也比較均勻和集中。而其他八個二級空間，或者詩文數量很少，或者創作作家人數很少，或者雖然詩文數量多但異常值現象突出，總之，這些地區在數據統計上的表現都不如虎丘地區。這說明與其他地區相比，虎丘地區對作家普遍存在很強的文學吸引力，相應的，作家也普遍對虎丘地區充滿文學興趣，紛紛為之創作詩文。這也更加深刻地印證了前述虎丘地區在蘇州空間系統中最具文學微區位優勢的結論。

四、對蘇州空間系統中九個二級空間文學微區位的綜合判斷

1. 對三種考察之間關係的闡述

以上分別考察了蘇州空間系統中蘇州詩文的空間分布情況、創作作家的空間分布情況、蘇州詩文數量的均值和中位數情況，這三個方面相互關聯，相互補充，相互證明，是一個有機整體。

本書對蘇州詩文空間分布情況的考察屬於以文繫地研究，反映作家群體對蘇州空間系統中九個二級空間進行文學創作的活躍程度。一個地區與之相關的詩文數量越多，說明該地區的地理資源能有效地激發作家的文學創作活力。反之，一個地區與之相關的詩文數量很少，則說明該地區的地理資源對作家的文學創作活動缺少激發力。

本書對創作蘇州詩文的作家空間分布情況的考察屬於以人繫地研究。需要指出的是，此處所言以人繫地研究不同於文學地理學中常見的基於籍貫考察作家地理分布情況的靜態的以人繫地研究，而是基於詩文創作活動對作家空間分布的動態考察，本質上反映作家的文學創作活動在蘇州空間系統中不同地區間的流向。這種流向分為兩類情況。一類是作家身臨其境，創作與該地區相關的詩文，這是主要情況；另一類是作家雖未親履其地，但對該地區心繫神往，於是創作與之相關的詩文，這是次要情況。這種作家在蘇州空間系統中文學創作活動的不同流向，能反映九個二級空間對作家群體的文學吸引力。一個地區的文學吸引力越大，自然就有越多的作家為之創作詩文。反之，一個地區很少有作家為之創作詩文，則說明該地區對作家群體的文學創作活動的影

響力不大。

　　本書對蘇州詩文數量的均值和中位數的考察，主要觀測詩文在作家間分布的均勻和集中程度。以文繫地研究只考慮詩文數量，不考慮創作詩文的作家人數；以人繫地研究只考慮創作詩文的作家人數，不考慮詩文數量。而對蘇州詩文數量的均值和中位數的考察則將兩者結合起來，既考慮詩文數量，也考慮創作詩文的作家人數，組合起來具體有四種情況。第一種情況，在一個空間系統中，一個地區不僅有大量作家為之創作詩文，而且詩文數量眾多，則該地區的詩文分布比較均勻和集中，詩文數量的均值和中位數都比較大；第二種情況，一個地區雖然詩文數量眾多，但這些詩文由少數人創作，則該地區的詩文分布比較失衡和分散，詩文數量的均值會偏大，而中位數並不大；第三種情況，一個地區詩文數量較少，同時創作詩文的作家人數也不多，則該地區的詩文分布也比較失衡和分散，詩文數量的均值相對偏大，而中位數較小；第四種情況，一個地區雖然詩文數量詩文較少，但創作詩文的作家人數較多，則該地區的詩文分布也比較均勻和集中，但詩文數量的均值和中位數都會較小。

　　因此，將以上三個方面的考察綜合起來，能充分說明一個地區在空間系統中所具有的文學微區位地位。

2. 對九個二級空間文學微區位的綜合判斷

　　綜合上述具體分析，可以得到對蘇州空間系統中九個二級空間文學微區位關係的以下五點結論：

　　（1）蘇州空間系統中九個二級空間的文學微區位關係很不均衡，呈現兩極分化。地處蘇州城外東面的金雞湖地區、南面的澹臺湖地區和北面的陽城湖地區，雖然區域面積很大，但是很少進入作家文學創作的視野，詩文數量極少，在蘇州空間系統中明顯處於文學微區位的劣勢地位，幾乎可以忽略不計。

　　（2）虎丘地區在蘇州空間系統中具有突出的文學微區位優勢。無論是哪個作家群體，都對虎丘地區充滿了文學創作的熱情，於是虎丘地區在詩文數量、創作作家人數、詩文分布的均勻和集中程度等方面都表現出比較明顯的優勢。虎丘地區處於蘇州城外西面，不是蘇州的地理中心，更不是蘇州的政治中心，卻是蘇州的文學中心。

　　（3）蘇州城區雖然在蘇州本土作家的視角下，在詩文數量和創作作家人數上略勝虎丘地區，但詩文數量中異常值情況突出，詩文在創作作家間的分布比較失衡和分散。而在蘇州下轄縣作家、僑寓蘇州的外地作家的視角下，蘇州

城區在各個方面基本都不如虎丘。綜合來看，蘇州城區雖然是蘇州的地理中心和政治中心，卻並不是文學中心，在文學微區位地位上低於虎丘地區。

（4）靈巖山地區和鄧尉山地區在蘇州空間系統中的文學微區位地位處在同一層次，低於虎丘地區和蘇州城區。在創作詩文的作家數量上，靈巖山地區在四類作家群體中都略勝鄧尉山地區，說明相比之下作家群體對靈巖山地區有更加濃厚的文學創作熱情。

（5）石湖地區和太湖地區在蘇州空間系統中的文學微區位地位處在同一層次，低於靈巖山地區和鄧尉山地區。從詩文數量來看，石湖地區總體上低於太湖地區，但是從創作詩文的作家人數來看，太湖地區總體不如石湖地區。作家群體對石湖地區有相對更加濃厚的文學創作興趣，為其創作詩文的人更多；但是太湖地區卻能更加有效地激發作家的創作激情，作家創作的詩文數量更多。

第二節　對清代蘇州空間系統中虎丘地區文學微區位的歷時性考察

上述對清代蘇州詩文繫地統計數據的共時性考察總體上屬於靜態研究。通過綜合分析，我們已經得出清代虎丘地區是蘇州空間系統中九個二級空間的文學中心的結論。為進一步深入理解清代虎丘地區在蘇州空間系統中的這種文學微區位上的優勢地位，接下來本書將在對清代進行歷史分期的基礎上，展開對清代虎丘地區文學微區位的歷時性考察。所謂歷時性考察，即考察不同時期虎丘地區在蘇州空間系統中文學微區位的變化情況。

一、對於清代分期問題及作家歸屬時期問題的說明

1. 對於清代歷史分期問題的說明

對清代虎丘地區在蘇州空間系統中文學微區位的歷時性考察，首先要明確清代分期問題。對於清代的歷史分期問題，史學界歷來存在不同的看法，因為本書研究清代文學，所以本書主要從文學發展的角度來考慮清代歷史分期問題。對於清代文學的分期問題，學術界也有多種不同的觀點，蔣寅先生在《清代文學的特徵、分期及歷史地位——〈清代文學通論〉引言》〔註2〕一文中對

〔註2〕蔣寅：《清代文學的特徵、分期及歷史地位——〈清代文學通論〉引言》，《煙臺師範學院學報》（哲學社會科學版）2004 年第 4 期。

此有專門的討論。本書採用羅書華先生在論文《清代文學的分期及特點》〔註3〕中提出的分法，即把清代文學分為清前期、清中期和清後期三個歷史階段。清前期包括順治（1644～1661）、康熙（1662～1722）、雍正（1723～1735）三朝，共92年；清中期包括乾隆（1736～1795）、嘉慶（1796～1820）兩朝，共85年；清後期包括道光（1821～1850）、咸豐（1851～1861）、同治（1862～1874）、光緒（1875～1908）、宣統（1909～1911）五朝，共91年〔註4〕。這種清代文學的分期下，清前期、清中期和清後期這三個歷史時期的長度相差無幾，有利於本書對清代蘇州詩文繫地統計數據進行歷時性考察。

2. 對於作家歸屬時期問題的說明

確定清代歷史分期問題後，接下來要明確作家歸屬時期問題。本書根據作家出生年份來確定其歸屬時期，但是，並非作家出生年份在某個時期內，即將其歸屬於該時期。這主要有兩方面的原因。其一，《清代詩文集彙編》收錄了錢謙益、毛瑩、金人瑞等一批生於明末、卒於清初的作家，這批作家在統計時肯定歸屬清前期，這等於拉長了清前期的時間長度，增加了清前期的作家人數和詩文數量；其二，一般情況下，一個人在其成年後才開始踏入文壇，進行文學創作活動，因此本書根據古人「二十及冠」的禮制常規，在作家出生年份基礎上往後推遲20年再確定其歸屬歷史時期。這樣統計，一方面符合作家真實的創作情況，另一方面也可以儘量保持清中期、清後期與清前期之間作家人數和詩文數量上的平衡。例如，清中期起始於乾隆元年（1736），曾擔任江蘇巡撫的孫士毅出生於康熙五十九年（1720），根據「在作家出生年份基礎上往後推遲20年再確定其歸屬歷史時期」的原則，本書把孫士毅歸屬於清中期，因為乾隆元年（1736）孫士毅才十六歲，他的主要文學創作活動肯定是在清中期，而非清前期。

另外，有少數作家生年不詳，則根據其卒年往前倒推60年計算其大致生年，然後結合其他相關信息來確定其歸屬時期。例如，曾擔任蘇州知府的馬慧裕生年不詳，卒於嘉慶二十一年（1816），乾隆三十六年（1771）進士，則其歸屬時期自然是清中期。此外，還有個別作家甚至生卒年都不詳，則根據《清代詩文集彙編》按照作家活動年代分冊排序的編纂體例，再結合其他相關信息

〔註3〕羅書華：《清代文學的分期及特點》，《天中學刊》2013年第4期。
〔註4〕本書清代皇帝的年號起止時間參考萬國鼎編，萬斯年、陳夢家補訂的《中國歷史紀年表》，中華書局1978年版。

來確定其歸屬時期。例如，蘇州震澤縣的任兆麟生卒年不詳，嘉慶元年（1796）舉孝廉方正，其詩文集位於《清代詩文集彙編》第484冊中江沅之後，江沅是清中期人，故任兆麟歸屬時期應是清中期。

本書採用以上方法來確定作家歸屬時期問題，然後以此為基礎統計各個歷史時期的詩文分布情況，雖然不能做到每首（篇）詩文歸屬時期上的準確無誤，但由於各個時期都遵循相同的統計標準，因此統計結果總體上是可靠有效的。

二、對清代虎丘地區文學微區位的歷時性考察

1. 蘇州詩文清代分期統計情況

根據以上清代前期、中期、後期的歷史分期和作家歸屬時期的原則，本書對蘇州詩文清代分期的總體統計情況如下（見表21）：

表21　蘇州詩文清代分期統計表

作家群體	清前期		清中期		清後期		創作人數小計	詩文數量小計
	創作人數	詩文數量	創作人數	詩文數量	創作人數	詩文數量		
蘇州本土作家	31	2484	58	2677	28	1673	117	6834
蘇州下轄縣作家	60	1038	39	927	12	131	111	2096
僑寓蘇州的外地作家	19	630	12	780	7	125	38	1535
任職蘇州的官員作家	13	203	17	258	7	53	37	514
全體作家	123	4355	126	4642	54	1982	303	10979

從表21中可以看出，清代三個時期中，清中期是一個創作高峰，創作蘇州詩文的作家人數和詩文數量都最多；其次是清前期，創作蘇州詩文的作家人數和詩文數量都位列第二；最少的則是清後期，而且與清前期、清中期相比，無論是作家人數，還是詩文數量，差距都很大。另外，清代下轄縣作家創作蘇州詩文的人數在清前期最多，至清中期和清後期數量大幅度減少，與蘇州本土作家清中期人數最多的情況形成反差，這主要是因為雍正二年（1724）太倉升為直隸州，因此在統計作家人數時，清中期和清後期不再包括太倉州及其所領崇明縣的作家。

2. 對蘇州詩文清代分期總體空間分布情況的考察

以蘇州詩文清代分期統計數據為基礎，接下來本書將進一步考察這些數據在蘇州空間系統下的分期分布情況。由於金雞湖地區、澹臺湖地區和陽城湖地區的詩文數量極少，故此處統計忽略這三個地區。

首先考察蘇州詩文在蘇州空間系統中六個二級空間的清代分期總體分布情況，具體統計結果如下（見表 22）：

表 22　蘇州詩文清代分期總體空間分布表

二級空間	清前期（詩文總數：4355）		清中期（詩文總數：4642）		清後期（詩文總數：1982）		詩文數量小計
	詩文數量	同期占比	詩文數量	同期占比	詩文數量	同期占比	
虎丘地區	752	17.3%	1324	28.5%	234	11.8%	2310
蘇州城區	821	18.9%	877	18.9%	946	47.7%	2644
靈巖山地區	757	17.4%	933	20.1%	194	9.8%	1884
鄧尉山地區	830	19.1%	689	14.8%	288	14.5%	1807
石湖地區	515	11.8%	391	8.4%	158	8.0%	1064
太湖地區	637	14.6%	405	8.7%	151	7.6%	1193

從表 22 可以看出，清前期虎丘地區的詩文數量在六個二級空間中的占比為 17.3%，位列第四，不過與位列第一的鄧尉山地區僅相差 1.8%。清代中期，虎丘地區的詩文數量占比則大幅度上升到 28.5%，比位列第二的靈巖山地區多出近 400 首（篇）詩文，占比高出 8.4%。而清後期，虎丘地區的詩文數量占比又陡然下降到 11.8%，位列第三，比位列第一的蘇州城區的占比低 35.9%，不過與位列第二的鄧尉山地區僅相差 2.7%。蘇州城區在清後期的詩文數量和占比中之所以獨樹一幟，是因為創作 600 首《望江南·怡園即事》詞的顧文彬就歸屬清後期，而清後期蘇州城區一共才有詩文 946 首（篇）。

由此可見，雖然前文通過對清代蘇州詩文繫地統計數據的共時性考察，得出虎丘地區在蘇州空間系統中具有突出的文學微區位優勢，是蘇州的文學中心的結論，但是，從蘇州詩文清代分期總體空間分布情況來看，虎丘地區在蘇州空間系統中總體上的文學微區位優勢有一個很明顯的變動過程，即從清前期的優勢並不明顯，發展到清中期的優勢突出，一枝獨秀，再發展到清後期的優勢一般。

　　就虎丘地區自身來看，清前期、清中期和清後期的詩文數量依次是 752、1324 和 234 首（篇），在與虎丘地區相關的 2310 首（篇）清代詩文總量中的占比依次為 32.6%、57.3%和 10.1%，可見清中期也是作家對虎丘地區進行文學創作的高峰期，詩文數量遠高於清前期和清後期。而三個歷史時期中，清後期的詩文數量最少，並且與清中期和清前期的差距都很大，可見虎丘地區對作家的文學吸引力在清後期有大幅度的下降。當然，這種吸引力的下降主要是針對虎丘地區自身的歷時性變化而言，而非來自與其他地區的共時性比較。

3. 對四類作家群體蘇州詩文清代分期空間分布情況的考察

　　在考察過蘇州詩文在六個二級空間的清代分期總體分布情況後，接下來本書將考察四類作家群體中蘇州詩文清代分期的具體空間分布情況，以進一步分析清代虎丘地區在蘇州空間系統中文學微區位的歷時性變化。

（1）本土作家蘇州詩文清代分期空間分布情況

　　首先考察蘇州本土作家視角下蘇州詩文清代分期空間分布的統計情況，具體數據如下（見表 23）：

表 23　本土作家蘇州詩文清代分期空間分布表

二級空間	清前期（詩文總數：2484）		清中期（詩文總數：2677）		清後期（詩文總數：1673）		詩文數量小計
	詩文數量	同期占比	詩文數量	同期占比	詩文數量	同期占比	
虎丘地區	279	11.2%	700	26.1%	169	10.1%	1148
蘇州城區	614	24.7%	495	18.5%	798	47.7%	1907
靈巖山地區	361	14.5%	629	23.5%	155	9.3%	1145
鄧尉山地區	576	23.2%	384	14.3%	260	15.5%	1220
石湖地區	285	11.5%	247	9.2%	144	8.6%	676
太湖地區	349	14.0%	213	8.0%	142	8.5%	704

　　在表 23 中，清前期虎丘地區的詩文數量在六個二級空間中的占比僅有 11.2%，位列最後。之所以出現這種情況，是因為清前期其餘五個地區詩文數量中的異常值情況都遠超虎丘地區，例如，太湖地區的詩文數量中就包含汪琬的 71 首（篇）、彭定求的 53 首（篇）和吳莊的 96 首（篇）這三個異常值，而虎丘地區則只包含汪琬的 51 首（篇）這一個異常值。但是，清中期

虎丘地區的詩文數量占比大幅增長至 26.1%，位列第一。清後期，虎丘地區的詩文數量占比又下降至 10.2%，位列第三。由此可知，在蘇州本土作家視角下，虎丘地區在蘇州空間系統中的文學微區位也如表 22 一樣，經歷了一個由清前期的一般，到清中期的躍升至頂峰，再到清後期的回落這樣一個發展過程。

（2）下轄縣作家蘇州詩文清代分期空間分布情況

其次考察蘇州下轄縣作家視角下蘇州詩文清代分期空間分布的情況，具體統計數據如下（見表 24）：

表 24　下轄縣作家蘇州詩文清代分期空間分布表

二級空間	清前期 （詩文總數：1038）		清中期 （詩文總數：927）		清後期 （詩文總數：131）		詩文數量 小計
	詩文數量	同期占比	詩文數量	同期占比	詩文數量	同期占比	
虎丘地區	248	23.9%	292	31.5%	41	31.3%	581
蘇州城區	84	8.1%	119	12.8%	43	32.8%	246
靈巖山地區	195	18.8%	117	12.6%	21	16.0%	333
鄧尉山地區	180	17.3%	188	20.3%	12	9.2%	380
石湖地區	137	13.2%	78	8.4%	10	7.6%	225
太湖地區	181	17.4%	131	14.1%	2	1.5%	314

在表 24 中，虎丘地區的統計數據表現比較特殊。清前期和清中期，虎丘地區的詩文數量在六個二級空間中的占比都是最高，位列第一，尤其是清中期，比位列第二的鄧尉山地區高出 11.2%。清後期虎丘地區詩文數量的占比雖然位列第二，但與位列第一的蘇州城區相差甚微。由此可知，在蘇州下轄縣作家的視角下，虎丘地區在蘇州空間系統中一直保持明顯的文學微區位優勢，而且這種優勢在清中期特別突出。

（3）僑寓作家蘇州詩文清代分期空間分布情況

接著考察僑寓蘇州的外地作家視角下蘇州詩文清代分期空間分布的情況，具體統計數據如下（見表 25）：

表25　僑寓作家蘇州詩文清代分期空間分布表

二級空間	清前期（詩文總數：630）		清中期（詩文總數：780）		清後期（詩文總數：125）		詩文數量小計
	詩文數量	同期占比	詩文數量	同期占比	詩文數量	同期占比	
虎丘地區	172	27.3%	283	36.3%	15	12.0%	470
蘇州城區	71	11.3%	168	21.5%	77	61.6%	316
靈巖山地區	153	24.3%	148	19.0%	8	6.4%	309
鄧尉山地區	56	8.9%	73	9.4%	13	10.4%	142
石湖地區	72	11.4%	45	5.8%	2	1.6%	119
太湖地區	99	15.7%	54	6.9%	7	5.6%	160

　　在表 25 中，虎丘地區的統計數據與表 24 中的情況比較相像。清前期和清中期，虎丘地區的詩文數量在六個二級空間中的占比同樣都是最高，位列第一，尤其是清中期，比位列第二的蘇州城區高出 14.8%。清後期虎丘地區詩文數量的占比再次回落到第二，但與位列第一的蘇州城區相差很大，達到 49.6%。之所以出現這種情況，是因為清後期僑寓作家對六個地區的詩文創作數量都不多，而蘇州城區的詩文數量中有俞樾的 44 首（篇）這個較大值存在。值得注意的是，如表 21 中所示，清中期僑寓作家中創作蘇州詩文的人數僅有 12 人，少於清前期的 19 人，但清中期創作的虎丘地區詩文數量達 283 首（篇），遠多於清前期的 172 首（篇）。這說明在清中期虎丘地區更能激發僑寓作家的文學創作活力，使他們創作詩文數量的均值有了大幅度的提高。

　　（4）官員作家蘇州詩文清代分期空間分布情況

　　最後考察任職蘇州的官員作家視角下蘇州詩文清代分期空間分布的情況，具體統計數據如下（見表 26）：

表26　官員作家蘇州詩文清代分期空間分布表

二級空間	清前期（詩文總數：203）		清中期（詩文總數：258）		清後期（詩文總數：53）		詩文數量小計
	詩文數量	同期占比	詩文數量	同期占比	詩文數量	同期占比	
虎丘地區	53	26.1%	49	19.0%	9	17.0%	111
蘇州城區	52	25.6%	95	36.8%	28	52.8%	175
靈巖山地區	48	23.6%	39	15.1%	10	18.9%	97

鄧尉山地區	18	8.9%	44	17.1%	3	5.7%	65
石湖地區	21	10.3%	21	8.1%	2	3.8%	44
太湖地區	8	3.9%	7	2.7%	0	0.0%	15

由表 26 可知，任職蘇州的官員作家視角下，蘇州詩文清代分期空間分布情況與上述三個作家群體視角下的情況都不同。清前期，虎丘地區詩文數量在六個二級空間中最多，位列第一。但是清中期虎丘地區的詩文數量占比位列第二，並且與位列第一的蘇州城區差距較大，相差 17.8%。清後期虎丘地區的詩文數量占比位列第三，並且與位列第一的蘇州城區的差距進一步拉大，相差 35.8%。這說明在官員作家的視角下，三個歷史時期中虎丘地區在蘇州空間系統中的文學微區位優勢在不斷下降，這與其他三類作家群體視角下清中期虎丘地區都最具文學微區位優勢的情況有所不同。

4. 對清代虎丘地區文學微區位歷時性考察的綜合判斷

通過上述對蘇州詩文清代分期空間分布情況的考察，能清晰地看到清代虎丘地區文學微區位的歷時性變化，得到以下判斷：

（1）在清代三個歷史時期中，總體上清中期虎丘地區在蘇州空間系統中的文學微區位優勢最為突出，也正是清中期的這種突出優勢，決定了虎丘地區在整個清代具備文學微區位的明顯優勢。因此，對於虎丘地區來說，清中期是一個重要的歷史時期。

（2）在清代三個歷史時期中，總體上清後期虎丘地區在蘇州空間系統中的文學微區位優勢較弱。對於虎丘地區來說，清後期是一個轉折，使其在蘇州空間系統中的文學微區位地位發生下降。

（3）在蘇州下轄縣作家的視角下，清代三個時期虎丘地區在蘇州空間系統中的文學微區位優勢都很明顯，清中期的優勢尤其突出。這說明虎丘地區對蘇州下轄縣作家的文學吸引力並未因為歷史分期而發生明顯改變。